百家小集

回顾过往，坚守常识
悦读小集，遇见大家

百家小集

肖复兴 —— 著

晚凉笔墨

SPM 南方传媒 | 广东人民出版社
·广州·

图书在版编目（CIP）数据

晚凉笔墨 / 肖复兴著. —广州：广东人民出版社，2022.6
ISBN 978-7-218-15475-6

Ⅰ．①晚…　Ⅱ．①肖…　Ⅲ．①散文集—中国—当代　Ⅳ．①I267

中国版本图书馆CIP数据核字（2021）第254751号

WAN LIANG BI MO
晚 凉 笔 墨

肖复兴　著

出 版 人：肖风华

责任编辑：钱飞遥
责任技编：吴彦斌　周星奎

出版发行：广东人民出版社
地　　址：广州市越秀区大沙头四马路10号（邮政编码：510102）
电　　话：（020）85716809（总编室）
传　　真：（020）85716872
网　　址：http://www.gdpph.com
印　　刷：广州鹏腾宇文化创新有限公司
开　　本：890毫米×1240毫米　1/32
印　　张：9.375　　**字　　数**：250千
版　　次：2022年6月第1版
印　　次：2022年6月第1次印刷
定　　价：88.00元

如发现印装质量问题影响阅读，请与出版社（020-83716848）联系调换。
售书热线：（020）85716826

自　序

　　《晚凉笔墨》是我最新一本散文随笔集，其中一半左右的篇章是今年新写的。自去年疫情全球爆发，蔓延今年，一直余波不断，大部分时间闭门宅家，多以写作和涂鸦，打发光阴，面对世事的跌宕与人生的沧桑。所谓：行到水穷处，坐看云起时。即使做不到，也多少让自己屏息静气一些，在世界与人生发生剧烈的动荡时，不至于惧怕翻涌而来的浪花溅湿衣襟而狼狈不堪。这时候，文学便是我最好的掩体乃至护身符。

　　这本小书，便也成为今年难得的一份纪念。

　　本书分为两部分：上半部忆或读文坛前辈，其中包括忆及我的母校汇文中学的九位师长，正巧今年是汇文中学建校150周年，以此做个纪念。下半部写我自己人生际遇中的人和事，虽都普通平凡琐碎，却可以说和前者的抒写互为镜像，是文学不可或缺的倒影。如今，在所谓成功学和厚黑学的影响之下，价值观变化倾斜，对于平凡普通，有所躲避，不屑，甚至惧怕。文学对于这一方面的书写，显得尤为重要，即使无从拨乱反正，却彰显文学基本的良知底线。从某种程度而言，文学，正是为普通人尤其是为那些心想事不成而坚持心想的人，而不是权势和资本的马弁和附庸。

两个主题共同一点，是都离不开时代与历史的背景。因此，无论貌似花团锦簇的文坛，还是再普通不过的人生，便都有了价值，文学尤其是散文随笔，不只是花边文学，乃至沦落为下午茶乔装献身的精致茶点，或晚宴上气泡纷呈争宠的香槟，情不自禁的将一塌糊涂的烂泥塘，书写成席梦思软床。

美国诗人布罗茨基，在回顾苏联在第二次世界大战期间的诗歌创作时反思说："在俄罗斯的诗歌中，第二次世界大战的体验，几乎没有得到反映。所有这些康斯坦丁·西蒙诺夫们和苏尔科夫们，他们写的不是民族的悲剧，也不是世界的灭亡，而更多的是对自己的怜悯。"

布罗茨基的话，值得写作者警惕。这是对待历史、时代与文学三者关系的基本认知与态度，也是鲁迅先生早就提出过的文学不是"小摆设"的另一种说法。对于当前几乎泛滥的怀人忆事的散文创作，起码对我，要格外警惕，散文不是"朱颜辞镜花辞树"顾影自怜的怀旧；不是"访旧半为鬼、惊呼热中肠"的感慨；不是"研朱点周易，饮酒和陶诗"的掉书袋；更不是"酒醉鞭名马""情多累美人"的炫耀；而需要尽可能的直面人生与历史。没有历史，便没有人生，也便没有文学。

这本小书里文字，尽管写得远远不够，尽管最后进行了一些删削，但还是希望多少保留着远去历史的一点依稀的影子，并未完全消失在我们的视线里。

自 序

这本小书的出版，要感谢广东人民出版社的支持，感谢向继东先生的青睐。我的上一本书《肖复兴文学回忆录》，是在他的热情相邀和信任中写得。这本小书，更是在他的鼓励下写得编出的。对于全书的每篇稿子。他都进行了认真仔细的审读，提出很多细致入微的修改意见，很多意见都是行家的知味之言，对我的帮助启发很大。如今，书籍的出版门槛越来越低，萝卜快了不洗泥，作者和编者都显得有些行色匆匆，如继东这样的编辑不多见了。

作为作者，离不开编辑，作者和编辑是鱼水关系，亦师亦友。从某种程度讲，编辑是作者背后的推手，一般读者看到的是文章或书籍上作者的名字，编辑隐在后面，像风，看不见，却吹拂着作者前行。写作几十年，报刊杂志和出版社负责我的稿子的责任编辑有很多，有不少从当初年轻到如今退休乃至故去，他们都令我难以忘怀。为这本小书写这则自序的时候，我想起了至今尚未见过面的继东，也想起这些为我出书操劳的编辑们。

2021年8月10日于北京

目　录

第一章　汇文师记

第二章　晚凉笔墨

第三章　风吹梅信

第 一 章
汇文师记

汇文师记

王瑗东老师

　　今年是我的母校汇文中学建校一百五十周年。这是当年美国基督教会办的一所老学校。1959年建北京火车站，占据了它大部分校园。1960年，我考入汇文中学，报到的时候还是到残缺的原校址，入学时，已经进入崇文区火神庙的新校址。火神庙早已不存，以前这里是一片乱坟岗子，汇文新校矗立在这里时，前面新开辟不久的大街起名叫幸福大街，火神庙后来更名为培新街。汇文中学，带来一个新时代清新明喻的街名。

　　我从初一到高三，在这所学校读书六年。高三时，我在5班，王瑗东老师是高三（4）班的语文老师兼班主任，并不教我。在北大荒插队第一次回北京探亲，我去学校找曾经教我语文的田老师借书，在语文教研室里没有见到田老师，却见到了王老师，她向我打招呼："你是找田老师借书的吧？你要想看书，我家有，到我家来。"说着，她把家的地址写给我。我到东单的新开路她家里，她借给我《约翰·克里斯朵夫》《红楼梦》和《人间词话》。特别是《约翰·克里斯朵夫》，几乎成为我走上写作道路的启蒙书。我和王老师长达五十余年的交往，就这样开始了。

去年，王老师年整九十，依然健康如旧。她曾教的高三（4）班同学为她祝寿，全班同学都到齐了。自1966年高中毕业，已经过去了五十四年，世事跌宕中，同学早已风流云散，能够聚齐，实属不易。王老师却觉得并未全部聚齐，她想起了赵同学。

1965年底，赵同学突然在全班同学的众目睽睽下被警察带走，以"猥亵幼女罪"被发配长春劳改。这件往事，触目惊心，一直盘桓在王老师的心里。赵同学品学兼优，初中毕业时是优良奖章获得者，保送汇文中学，怎么一下子沦为阶下囚呢？她想起"文革"期间，自己被扣上那么多莫须有的罪名而被批斗，无力反驳，只能沉默不语。设身处地想，在那样一个有口难辩的年代，只有十七岁的赵同学，又怎能证明自己的清白无罪？王老师坚信自己的判断。当年，作为赵同学的老师，她无力阻止这样荒诞行为的发生，现在，应该找到赵同学，起码让他在当年高三（4）班的全班同学面前，证明他是清白的，也弥补当年眼睁睁着赵同学从自己的眼皮底下被警察带走的遗憾。她无法忘记那时赵同学望着自己无辜而悲伤的眼神。

王老师开始寻找赵同学。这成为王老师九十岁这一年要做的一件大事。她对我说，当年自己对全班同学解释赵同学被劳改的事情时含糊其辞地说："这是青春期好奇心理所犯的错误吧？大家要引以为戒。"几十年了，这件事一直埋藏在心里，她要给全班同学一个交待，也给自己一个交待："我已经九十岁了，我不能再违心了，想做的事就去做，不给自己留遗憾。"

寻找五十五年前被注销北京户口的一个人，如同大海捞针。其中的艰难，可想而知，不必细说。架不住王老师桃李满天下，可以帮她如海葵的触角伸展大海深处，一身化作身千百；更架不住王老师心如铁锚，坚固地沉在海底，等待远航归来。终于，在这一年的年末，王老师找到了赵同学故去父亲的户籍上有一女子的登记信息，没有名字，只有一个电话号码。王老师迫不及待地打去电话，问接电话的女子知道不知道赵同学这个名字？她说那是我大伯！但是，她没有他大伯的电话，说她大伯在河北迁安，他的儿子在北京工作，她问问后再给王老师回电话。五分钟过后，电话打过来了，没有想到，竟是赵同学打过来的。

王老师告诉我："赵同学那个热情劲儿，甭提了，就像跑丢的孩子，被找回了家。"

一个只教过自己两年半的老师，居然还记得五十五年前的一个学生，而且，笃定相信他是被冤枉的。这样的老师，是少见的。不要说赵同学感动，我也非常地感动，因为不是每一个老师都能做到的。

赵同学确实是被冤枉的。他到了吉林的劳改农场，场长都觉得他是被冤枉的，只让他劳改两年，就提前释放，在吉林农村当农民。他有良好的学习底子，在农村，不忘苦读外语，艺不压身，先当村里的代课老师，再当民办老师，最后调到河北迁安当中学外语老师，也算是苦尽甘来。

王老师对我说："2020年让疫情闹的，是个灾年，没有想到，对于我，却是个'丰年'。"九十岁的王老师，做成了五十五年来一直都想做的事情，这确实是件大事。九十岁，还可以做很多事。我还远不到九十岁，不知能做什么事情。

张学铭老师

张学铭老师是我读高一时的班主任，兼教化学。他身体不好，从北京大学化学系肄业。以张老师的学识，教我们还在背元素周期律的高一学生的化学，是小菜一碟。除了上课，他不爱讲话，也不爱笑，脸总是绷得紧紧的。作为班主任，他管得不多，基本都放手让班干部干，无为而治。除了上课，很少见到他的身影。

在高一这一学年里，我和张老师的接触只有两次。

一次，是上化学实验课。张老师先在教室里讲完实验具体操作的步骤和要求，就让我们到实验室做实验。他没有跟着我们一起去，因为实验室里，有负责实验的老师。这是张老师的风格，什么都让我们自己动手。他说，饭得靠自己吃，路得靠自己走。

那一次实验，我忘记是做什么了，每一个同学一个实验桌，上面摆着各种化学粉末和液体，还有各种试管和瓶瓶罐罐。最醒目的，是一个大大的烧瓶，圆圆的，鼓着大肚子。实验过程中，"砰"的一声巨响，我面前的这个烧瓶，突然炸裂了。全班同学都被惊住了，目光像聚光灯一样都落在我身上。

实验老师也走了过来，望着有些惊慌失措的我，先问我没伤着吧？然后对我说："你去找张老师，跟他讲一下。"

我到化学教研室找到张老师，告诉他这件事，垂着头，等着挨批评。但是，他什么话也没说，转身走到化学用品柜前，拿出一个新烧瓶，交到我的手里，让我回去重新做实验。没有一句批评，就这么完了吗？我小心翼翼地捧着烧瓶，生怕掉到地上，站在那里。他只是挥挥手，让我赶紧回去做实验。

我说："张老师，我把烧瓶……"

他打断我的话："做实验，这是常会发生的。哪有什么实验都那么顺顺利利就成功的？"

第二次，是一次班会。那时，我是班上的宣传委员，我提议组织一次班会，专门讨论一下理想。我想了一个讨论题目：是当一名普通的工人，对社会贡献大，还是做一名科学家贡献大？那一阵子，我们班正组织活动，跟随崇文区环卫队一起到各个大杂院里的厕所掏粪。带领我们的掏粪工，是赫赫有名的时传祥师傅，他是全国劳动模范，因受到过国家主席刘少奇的接见而无人不晓。张老师听完我的提议说："很好，你就组织这个班会吧。到时候，我也参加。"

班会在周末下午放学之后进行，开得相当热闹。大家刚刚跟随时传祥掏过粪，很佩服时传祥，但是，高中毕业考大学，难道上完大学，不是为了做一名科学家，而是去当掏粪工吗？显然，当一名科学家对社会的贡献更大些。支持者，说得头头是道。反对者不甘示弱，一室不扫，何以扫天下？没有掏粪工，生活就变得臭烘烘的了。只有社会分工不同，行行出状元，他们对社会的贡献，和科学家一样大。

大家争论得非常激烈，一直到天黑，还在争论，尽管没有争出子丑寅卯来，却是兴味未减。整座教学楼，只有我们教室里的灯亮着。说实在的话，这个争论话题，有些像只带刺的刺猬。在当时的时代背景下，讨论这样的话题是犯忌的，却是所有同学心理和成长过程中绕不过去的一道坎儿。

张老师坐在那里，一言不发，静静地听我们热火朝天地争论。最后，我请张老师做总结发言，他站起来，只是简短地说了几句："今天同学们的讨论非常好，你们还年轻，还没有真正地走向社会，但你们应该有属于自己的理想，为实现这个理想，实实在在地学习努力！"他声调不高，语速很慢，我们都还在听他接着讲呢，他却戛然而止。

走在夜色笼罩的校园里，望着远去的张老师瘦削的背影，我真想问问他：张老师，您自己没当成一名科学家，而是到我们学校当了一名化学老师，您说您要是当了科学家对社会贡献大，还是当中学老师贡献大呢？我不知道他会怎样回答。

不管怎么说，高一那一年，张老师以他开明民主的教育方式，给我们全班同学关于理想、关于价值观，一次畅所欲言的机会。尽管一切都还没有答案，但一切的答案，不都是在我们这样年轻时候的摸索中、争论中，才能逐渐寻找到的吗？

田增科老师

田增科老师今年八十七岁。他教我的时候，我十五岁，他也刚刚大学毕业不久，仅比我大十多岁。如果不是他帮助我修改了我的一篇作文《一幅画像》，并亲自推荐我参加了北京市少年作文比赛，我便不会获奖，更不会有幸由此结识叶圣陶前辈。

那篇作文是我第一篇变成铅字的文章。如果没有这样一篇文章，我会那样迷恋上文学吗？我日后的道路会不会发生变化？我有时这样想，便十分感谢田老师。我永远难忘他将我的那篇作文塞进信封，投递进学校门前的绿色信筒里的情景；我也永远难忘当我的这篇文章被印进书中，他将那散发着油墨清香的书递给我手中时比我还要激动的情景。

我读高中以后，田老师不再教我。有一天放学之后，他邀请我到他家。那时，他刚刚结婚不久，学校分配他一间新房，离学校不远。到了他家，他从书柜里翻出了一个大本子，递给了我。本子很旧，纸页发黄，我打开一看，里面贴的全是从报刊上剪下来的文章。再仔细看，每篇文章的署名都是田老师。原来田老师曾经在报刊上发表过那么多文章。

田老师指着本子上的一篇文章，对我说："这是我发表的第一篇文章，和你一样，也是读中学的时候写的。"

我坐在他家，仔细看了田老师的这篇文章，写的是晚上放学回家，他在公交车上遇见的一件小事，写得委婉感人。朴实的叙述中，颠簸的车厢、迷离的灯光、窗外流萤般闪过的街景……荡漾着一丝丝诗意。我心里暗暗地和我写的那篇《一幅画像》比较，觉得他的文章更好，更像是一篇小说。有这样好的基础和开端，后来怎么再没有见到田老师发表的作品呢？

田老师好像明白了我的心思，对我说："可惜，后来上了大学，读的理论方面的书多，我没有把文学创作坚持下来。"然后，他望望我，又说："希望你坚持下来！"

我明白了田老师叫我到他家来的目的了。我知道他的心意，以及他对我的期望。

那天，田老师对我讲了很多话，不像对一个学生，倒像是对一个知心的朋友。印象最深的是，他特别对我讲起了他中学的往事，讲起了他读高中时候教他语文课的蒋老师。蒋老师曾经是清华大学英语系的学生，语文课却讲得特别好，经常给他们讲一些课外的文章，还借给他一些课外书。高中毕业时，田老师在河南洛阳，那时洛阳没有高考的考场，考场设在开封。全班共五十二个学生，是蒋老师带着他们，坐了四百里的火车，赶到开封，参加高考。为了防止学生意外生病，他还特意背着个药箱，细心周到地带着止泻药、防暑药。

田老师说他很感谢蒋老师，没有蒋老师，他不会从洛阳考到北京上大学。

我心里感到田老师就是像蒋老师一样的好老师。好老师，就是这样代代传承的。人的一辈子，在小学和中学阶段，能够遇到一个或几个好老师，真的是他或她的幸运、他或她的福分，因为可以影响他或她的一生。

我和田老师的师生之间的友情，从1962年一直延续至今，已经有了五十九年之久。即便我到北大荒插队，在那些路远天长、心折魂断的日子里，田老师也常有信来，一直劝我无论什么样艰苦的条件下千万不要放下笔放下书。在那文化凋零的季节，他千方百计从内部为我买了一套《水浒传》和一套《三国演义》，在我回家探亲假期结束要回北大荒的前夕，骑着自行车，赶到我的家里把书送来。那时，我住在前门外的一条老街上，一座老院破旧的小屋里。那一晚，偏巧我去和同学话别没有在家，徒留下桌上的一杯已经放凉的茶和漫天的繁星闪烁。

我写下这样一首小诗，怀念那个寒冬的夜晚——

清茶半盏饮光阴，往事偏从旧梦寻。
楼后百花春日影，雨前寸草故人心。
老街几度野云合，小院也曾荒雪深。
记得那年送书夜，一天明月照犹今。

高挥老师

在我们汇文中学里，有好几位漂亮的女老师，高挥老师是其中一位。那时她三十岁上下，会拉一手小提琴，还在学校的舞台上演出过话剧。好长一段时间里，我偷偷地喜欢多才多艺的她，觉得她长得特别像我的姐姐，连说话的声音都像。只是她没有教过我。

她原来是志愿军文工团的团员，从朝鲜战场上回来，部队动员她嫁给首长。她没有同意，只好复员，颠沛流离之后考学，毕业不久，到了我们学校，开始教地理，后来负责图书馆。

1963年秋天，我读高一。因为我初三的一篇作文在北京市获了奖，校长对高老师说可以破例准许我进入图书馆自己选书。那一天的午饭时间，我刚要进食堂，看见高老师站在食堂旁的树下，向我招招手，我走过去，她对我说了这件事，说我什么时候去图书馆都行。我心里涌出一种说不出的感动，但口拙，一时又说不出什么。她摆摆手对我说，快吃饭去吧。我走后忍不住回头，才发现高老师站在一片花荫凉儿里，阳光从树叶间筛下，跳跃在高老师的身上，闪动着好多颜色的花一样，是那么的漂亮。

图书馆在学校五楼，由于学校有百年历史，藏书很多，有不少解放以前的书籍，由于没有整理，都尘埋网封在最里面的一间大屋子里。大概看出我频频瞭向那间上锁黑屋的心思，高老师帮我打开屋门的锁，让我进去随便挑。那是我有生以来第一次叹为观止见到那么多的书，山一般堆满屋顶，散发着霉味和潮气，让人觉得远离尘世，与世隔绝，像是进入了深山宝窟。我沉浸在那书山里，常常忘记了时间，常常是高老师在我的身后微笑着打开了电灯，我才知道到了下班的时候了。

久别重逢，逝去的日子，一下子迅速地回流到眼前。我对高老师说："您对我有恩，没有您，我看不到那么多的书，也许我不会走上写作的道路。"高老师摆摆手说不能这么讲，然后对在座的其他几位老师说："我去过肖复兴家一次，看见地上垫两块砖，上面搭一块木板，他的书都放在那里，心里非常感动，回家就对我女儿说。后来，肖复兴到我家里看见一个书架，其实是最简单不过的一个矮矮的书架。他对我说，以后我有钱一定买一个您这样的书架。这给我印象很深。"

我忽然想起了这样一件事，为了我可以破例进图书馆挑书这件事，高老师曾经和一个同学吵过一架，那个同学也要进图书馆自己挑书，她不让，那个同学气哼哼指着我说："为什么他就可以进去？"为此，"文革"中高老师被贴了大字报，说是培养修正主义的苗子。我私下猜想，为什么高老师默默忍受了，大概她去我家的那一次，是一个感性而重要的原因。秉承着孔老夫子有教无类的理念，她一直同情我、帮助我。如今，这样的老师太少了。

我对高老师说："我从北大荒插队回来，第一个月领取了工资，就在前门大街的家具店买了一个您家那样的书架，二十二元钱，那时我的工资才四十二元半。"高老师对其他老师夸奖我说："爱书的孩子，什么时候都爱书。"

我又对高老师说："'文革'中，虽然挨了批判，但图书馆的钥匙还在您的手里。有一次在校园的甬道上，您扬扬手里的钥匙，问我想看什么书，可以偷偷进图书馆帮我找。好长一段时间，我都是把想看的书目写在纸上交给您，您帮我把书找到，包在一张报纸里，放在学校传达室王大爷那里，我取后看完再包上报纸放回传达室。这样像地下工作者传递情报一样借书的日子，一直到我去北大荒。那是我看书看得最多的日子。《罗亭》《偷东西的喜鹊》《三家评注李长吉》……好几本书，都没有还您，让我带到北大荒去了。"高老师说："没还就对了，还了也都烧了。"在场的几位老师都沉默下来，那时，我们学校的书，成车成车拉到东单体育场焚毁，那里的大火曾是我学生时代最残酷的记忆。

一个人的一生，萍水相逢中能够碰到这样的人，即使不多，也足够点石成金。分手时，送高老师进了汽车，一直看着汽车跑远，才忽然想到，忘记告诉高老师了，那个从北大荒回来买的和您家一样的书架，一直没舍得丢掉，还跟着我。很多的记忆，都还紧紧地跟着我，就像影子一样，像校园里树叶洒下了花荫凉儿一样。

我庆幸中学读书时遇见了高老师。虽然多年未见，但心里一直把她当作自己的一位大姐。她比我姐姐大一岁，今年八十七岁了。真的，我非常想念她，想起她，总有一种想流泪的感觉。

韩永祥老师

从母校寄来的新的一期刊物《汇文校友》上，才得知韩永祥老师刚刚过完他的百岁生日。看刊物上登载他祝寿的照片，一百岁的老人，依然那样精神矍铄；鹤发童颜，和身着的红色唐装相映成辉。哪里看得出竟然有一百年的光阴，已经从他的身上淌过？额头上居然没有时光留下的皱纹，岁月的年轮，只是留在他的心里和我的记忆中。

记忆中的韩老师，并没有这样老。那时，我在汇文中学上高一的时候，韩老师教我立体几何。他高高瘦瘦的个子，抱着一支大大的三角板，第一次出现在教室门口的时候，给我的感觉很奇怪，有些像相声演员马三立先生，也有些像独自一人大战风车的堂吉诃德。大概因为他实在太瘦，那三角板显得格外硕大而与他不成比例。另外，他微微地笑着，那笑带有几分幽默的缘故，让人总想跟着一起发笑。

课间操的时间里，常看见他和数学组的年轻老师一起打排球。就在我们教室窗外的空地上，没有球网，只是老师们围成一圈，互相托球，不让球落地，也要技术和技巧，我们学生下操后常常去看热闹，为老师叫好。那时，韩老师身手不凡，格外灵敏，加上胳膊长腿长，能够海底捞月一般弯腰救起许多险球。他给我的印象，还是那时年轻的样子，心想所以现在他活到百岁也不显老吧！年龄，在不同人的身上有不同的显像，那是内心的一种镜像。

幽默感，是上天赐予极少数人才有的品质。它来自人对于外部世界的一种宠辱不惊的态度和洞若观火的认知。韩老师这种幽默感，在文化大革命中得到最好的验证。幽默感，是情不自禁的，真是压也压不住，就像春天的小草，再冷的天，到了时候也要拱出地面。那时，我们学校的各个地方的门，都被聪明的学生贴上了自以为是写出的对联。最出名的是给卫生室贴的对联：凉白开水医疗百病，发面起子根治胃酸。说的是卫生室穷对付。还有是给男厕所贴的对联：桃花潭水深千尺，不及我校小便池。说的是厕所的卫生没人管理。那时候，卫生室的孙大夫和韩老师同关押在牛棚，路过卫生室，相视一笑。据说，孙大夫是苦笑，学校不给钱，他上哪里买那多药。韩老师是笑说这对联对得还挺好！那时候，学校的厕所是分为老师用的和学生用的，各用各的，"文革"一来，规矩打破了，大家也去老师用的厕所，有时会和韩老师打照面，韩老师会说这对联幽默，但不对仗。为此，他还挨了一通批判，说是对小将的革命行动不满。

韩老师最初给我幽默的感觉，是在他上课的时候。他讲课不紧不慢，不温不火，言语干净利索，讲得清晰明白，时不时地带几分幽默。记忆最深的一次，是讲双抛物线，讲到其特点在坐标轴上下的弧线是无限延长永不相交的时候，韩老师指着黑板上他画出的双抛物线，忽然说了一句："这叫作——上穷碧落下黄泉，两处茫茫皆不见。"全班同学一下子都会意地笑了，他自己也有些得意地笑了。因为那时我们刚刚学完白居易的《长恨歌》，"上穷碧落下黄泉，两处茫茫皆不见"正是其中的一句诗。这句诗本来是形容唐玄宗对杨贵妃上天入地的渴望，用在抛物线上，歪打正着，那么恰如其分，又生动富于想象力。学问的积淀，方能触类旁通，横竖相连，让我们的学习有了趣味而记忆牢靠。

我的立体几何一直学得不错，在韩老师教授我的一年时间里，大小考试都是满分，只有一次马失前蹄。我记得很清楚，是期末考试前的一次阶段测验，韩老师出了四道题，每题二十五分，我马马虎虎，做错了一道，得了七十五分。有意思的是，全班只有我一人错了一题，其他同学都是满分，我的脸有些臊不答答的。那天，发下试卷，韩老师没有找我，而是让我的班主任找到我。班主任并没有批评我，只是转告我说韩老师觉得很奇怪，说肯定是大意了，期末考试时把损失找补回来吧！我听后心里很感动。好的老师总是懂得教育学生的机会和方法，使得枯燥的数学化为了艺术，也使得平凡的生活化为了永远的回忆。

一晃，弹指一挥间，韩老师已是百岁老人，不禁令我感慨，更令我怀念。当晚睡不着，诌出一首打油诗，寄赠韩老师，算我迟到的生日祝贺——

两处茫茫皆不见，上穷碧落下黄泉。

先生教我抛物线，一语记犹五十年。

美术老师

在汇文读书时教过我的老师，我都记住了他们的名字。唯独美术老师的名字，连姓什么都没有记住。

她是代课老师，四十来岁，不苟言笑，总是很严肃的样子，比一脸板正的班主任老师还显得严厉。

那时，我刚上初一。中学有专门的美术教室，软硬件都很齐全，每人一把右边带拐弯的木椅子，是专门为美术教室订做的，方便一边听课一边画画。我们上了中学就觉得和小学不一样，仿佛自己一下子也长大了许多。每次上美术课时，老师给每人发一张图画纸，让大家在上面画。偶尔，老师教我们照石膏像写生；有时，老师也会拿来她自己画的一张画，让我们照葫芦画瓢。大多时候，是布置一个题目，让我们随意画，当场画完，交给老师，下次上课时，老师发下来，上面有评分。她也不讲评，只是让我们画。

只有初一和初二两年有美术课，我已经忘记了是一周一节还是两周一节。美术课是副科，大家都不太重视，但我还是很期待的，因为那时候我喜欢画画。我写过一篇作文《一幅画像》，还曾经在北京市少年儿童作文比赛中获奖，里面写的就是我上数学课画画的事。

我们班上有两个同学画画最好，他们都拜画家吴镜汀为师，放学之后，常到吴镜汀家学画，然后第二天到学校来和我白话。受他们的影响，我也喜欢涂涂抹抹，虽然赶不上他们二位画得那样好，但总还是画得有点儿模样吧。当然，这只是我自己这样觉得，所谓敝帚自珍吧。

可气的是，美术课上每一次作业，这位老师给我判的分最高只是"良"，一次"优"也没有。那时候，我少年气盛，争强好胜，也因为每学年评定可获得优良奖章，要求期末所有科目评分必须要在"良"以上，所以，我非常努力想画好，哪怕只是争取得到一个"优"也好。但是，每一次发下作业，看到自己的画上面，老师给我不是"中"就是"良"，很让我丧气，又很不服气，特别想找老师理论理论。但一想到她那张总是绷着的脸，就泄了气。

那时候，我各科的学习成绩都好，唯独美术课拉了后腿。但是，现实残酷，让我只能退而求其次，没有"优"就没有吧，命中注定，不是你的，就别再强求。希望"良"多一点儿而"中"少一点儿，就念佛了。到期末总评分，这位老师能够发慈悲给我个"良"，不耽误评优良奖章就行了。不过，说句心里话，每次发下作业，看到上面的评分，再看看老师那张冰冷的脸，我都提心吊胆，心总是小把儿的紧攥着，生平头一次感到自己的小命被掌握在这美术老师的手心里。

没有想到，初一这一年成绩册发下来，我打开一看，美术课一栏，给我的总评分是"良"。一直提到嗓子眼儿的那颗悬着的心，终于被安稳地放进肚子里了。想想这位美术老师，还是挺善解人意的，起码懂得我的心思。再想想她那一张绷紧如刷墙浆糊的脸，也不觉得那么冷若冰霜了。再开学上美术课，我应该谢谢她高抬贵手才是。

初二开学第一节美术课，站在美术教师门口的，是一位高个子的男老师，姓邓，叫邓元昌，是正式从美专学院调进来的美术老师。那位女老师，不再代课了。从此，我再也没有见过她。

美术课，是中学最不起眼的副科，美术老师也处于教师队伍的边缘位置，清闲，不受重视。美术老师真正受到重用，是在文化大革命早期，当时我们学校的教学楼前悬挂的巨幅毛主席画像，花坛中矗立起来的毛主席挥手的巨幅水泥雕像，都主要是邓老师在忙乎，其他老师当帮手。看他一个人站在脚手架上，挥洒着油画笔，或拍打着水泥，总会让我想起初一教过我一年的那位不苟言笑的女美术老师，如果她还在我们学校，也会和邓老师一起忙乎，有她的用武之地了。可是，我连她的姓都忘记了。每次想到这儿，我都很惭愧。

司锡龄老师

初一，我们的班主任是司锡龄老师，他高中毕业留校不久，也就二十岁出头的样子。面色黧黑，身材消瘦，富于朝气和激情。第一堂课，他没有讲别的，先向我们介绍了方志敏烈士的事迹，和方志敏写的《可爱的中国》，然后，他大段大段背诵了《可爱的中国》其中的段落，气势磅礴，如同高山滚滚落石，把我们砸晕。

　　整整六十年过去了，我眼前总还浮现他背诵时的样子。他的背诵充满激情，他的眼睛在高度近视镜片后闪闪发光，教室里一下子安静异常，只有窗外高大的白杨树发出哗哗的响声，如同一片涨潮时翻滚的海浪，在为司老师、为方志敏伴奏。

　　"到那时，中国的面貌将会被我们改造一新……到那时，到处都是活跃跃的创造，到处都是日新月异的进步，欢歌将代替了悲叹，笑脸将代替了哭脸，富裕将代替了贫穷，康健将代替了疾苦，智慧将代替了愚昧，友爱将代替了仇杀，生之快乐将代替了死之悲哀，明媚的花园，将代替凄凉的荒地……这么光荣的一天，决不在辽远的将来，而在很近的将来，我们可以这样的相信，朋友！"

　　司老师背诵的《可爱的中国》中这几段话，我记忆犹新。那情景恍如昨日。一位英雄，一个老师，一篇文章，一次激情洋溢的朗诵，对于一个少年的影响，竟然是一辈子的。那一年，我十三岁。

　　在此之前，我没有读过方志敏的《可爱的中国》。司老师朗诵得好，方志敏写得好，那一连串的排比，水银泻地一般，把对祖国的热爱和对未来的向往，抒发得那样激情澎湃，像国庆节天空中绽放的璀璨礼花，燃烧得我们每一个同学的心里火热而明亮。

　　我渴望读到《可爱的中国》的全文。没过多久，我在旧书店里买到了《可爱的中国》，这是一本薄薄的小册子，1952年人民文学出版社出版。这本方志敏牺牲之前写下的著作，由鲁迅先生保存，一直到新中国成立之后才得以出版，更凸显其不凡的价值。世上有很多书，连篇累牍，厚厚如同砖头，精装如似豪宅。但是，书从来不以薄厚精粗论英雄，正如人的生命价值不以长短为标准，方志敏只活了三十六岁，却顶天立地；他的一本薄薄的《可爱的中国》，却是中国革命史和中国文学史绕不过去的一座丰碑。

回到家，我一口气读完《可爱的中国》。这本书还包括方志敏的另一篇散文《清贫》。我从未有过这样读书的激动，在那样贫穷落后、黑暗残酷而且时刻面临生命危险的年代，方志敏对于祖国充满那样深厚而不可动摇的感情，充满那样坚定而不可动摇的信心，寄托着那样多美好的向往和心愿，不是每个人都可以做到的，也不是仅仅靠生花妙笔就可以写出这样的文章的。

在《可爱的中国》中，还有这样一段话，我也非常喜爱："朋友！中国是生育我们的母亲。你们觉得这位母亲可爱吗？我想你们是和我一样的见解，都觉得这位母亲是蛮可爱蛮可爱的。"然后，他以丰富的想象和真挚的情感，将中国温暖的气候比之母亲的体温，将中国辽阔的土地比之母亲的体魄，将中国的生产力、地下宝藏、未曾利用的天然资源比之母亲的乳汁，将中国绵延的海岸线比之母亲的曲线，将中国自然美景比之母亲这样天资玉质的美人……

我不知道将祖国比喻成母亲，方志敏是不是第一人，我是第一次看到，感到那样的贴切、生动、含温带热、充满情感。他那又是一连串热情奔放的排比，绝对不是靠修辞方法可以书写出来的，是对于祖国母亲深厚情感的情不自禁又无可抑制的流露，是心的回声，是血液的奔涌。

如果说少年时代，哪一位英雄最难以让我忘怀，是方志敏！从那以后，方志敏留给我抹不掉的记忆。想起他来，眼前总会浮现出那张他牺牲前披着棉大衣，拖着沉重脚镣的照片所呈现的威武不屈的形象（后来我看到一幅以此形象创作的版画，黑白线条爽劲醒目，至今难忘）。为此，我心里一直非常感谢司老师为我们朗诵了《可爱的中国》，在我刚上中学的时候，为我推荐了这本一辈子难忘的好书。

司老师只教我初一一年，中学毕业之后，我再也没有见过司老师。直到1986年的夏天，我在中宣部的一间会客厅里，才再次见到司老师，也才知道他已经是中宣部的一个司长，负责中学教育。当时，我的长篇小说《早恋》引起争议，特别是一些来自中学校长和老师的反对，书已经在印刷厂印刷了，不得不停印下来。这部书的责编，北京十月文艺出版社的吴光华先生不服气，带着我，拿着书，找到中宣部评理。没有想到出面接待我们的是司老师。司老师把书留下了，说看完后再提具体的意见。

阔别多年的重逢，司老师笑着对我说："一直关注你的写作。希望你多写点儿，写好点儿！"我对身边的吴光华提起了当年司老师为我们全班同学大段大段背诵《可爱的中国》的情景，司老师听了笑了起来。逝者如斯，日子在时代的动荡和变迁中飞逝，我和司老师的人生都发生了重大的变化。我心里揣测，不知这本《早恋》，司老师看过之后，会有什么看法。他的位置，会让他的看法举足轻重，甚至决定着这本书的命运。还好，他很快就看完了，传达了他的意见，觉得写得挺好的，没有问题。书顺利地出版了。

从那年以后，一直到前些年，我才又一次见到司老师。他和我都已经退休，只是他还操心着中学教育的事情。他打电话问我能不能到四川绵阳给中学师生做一个文学讲座，我当然是义不容辞。过不久，在母校汇文中学新建的一所初中分校里，我和语文老师座谈语文教学，司老师也参加了。他正在帮助这所学校进行教学改革。会后，学校派车送我和司老师回家，在路上，我知道了他的儿子到美国读完博士，在普渡大学里当老师。我知道，司老师结婚晚，听到他的孩子都已经结婚生子而且当了大学的老师，觉得日子过得飞快。我的印象还总是定格在初一那一年他大段大段背诵《可爱的中国》的情景里。

十五年前的一个冬天，我去美国，那是我第一次到美国。在芝加哥，我借住在一位留学美国攻读历史博士的公寓里，那时，他回国探亲，正好房子空着，好心让我去住。在美国读博尤其是文科的博士，不那么容易，他到美国已经十多年了，快四十了。这么大的年纪，还坚持读博，终于完成了博士论文，得到了导师的认可，正艰难地等待着出版社最后的审定出版，其中艰辛的心路历程，真是不容易。

在他的书架上，摆满了各种英文和中文的书，闲来无事，我翻他的书，忽然发现有一本方志敏的《可爱的中国》，居然是和我当年买的同样的版本，连封面都一样。尽管封面已经破旧、褪色，却突然间在我心中涌起一种他乡遇故知的感觉。重读这本书，那些曾经熟悉的几乎可以背诵下来的段落，迅速将我带回初一时的青葱岁月，想起司老师的激情背诵，想起自己买到这本小册子回家一口气读完后情不自禁地抄录……

这位博士从家回到美国的时候，我和他聊起了这本《可爱的中国》。我告诉他我少年时的经历、司老师的朗读、我买的旧书等等。他告诉我读博出国前，尽管筛选下好多书，没有带，但还是从国内海运了满满两大箱子书，其中没有忘记带上这本《可爱的中国》。他很喜欢这本书，这本书让他会想起祖国。

他问我："这本书里还有一篇《清贫》，你看了吧？"

我点点头，说看了。

他接着说："方志敏说，'清贫，清白朴素的生活，正是我们革命者能战胜许多困难的地方。'方志敏被捕的时候，仅仅从他的身上搜出一块手表，一支钢笔和两块铜板。想想如今那些贪污受贿动不动就是上亿的人，你会不会很感慨？如果像方志敏这样的革命者多一些，可爱的中国，不是会更可爱？"

在异国他乡，他的这一番话，让我难忘。那是他的是我的也是司老师的，对于我们的祖国的一份感情和一份期望。那一夜，因谈起方志敏的《可爱的中国》，我想起了司老师。

大约五六年前的夏天，我到美国探亲。那时，我的孩子在印第安纳大学里教书。我知道，普渡大学也在印第安纳州，离孩子的大学不算太远，便对孩子说想去去普渡大学看看。孩子开车带我去了普渡大学，校园很漂亮，像是一座花园，四周被绿树鲜花环绕。我们绕着校园转了一圈，我对孩子说起司老师，说起我读初一那一年司老师大段大段背诵《可爱的中国》的情景，也说起司老师的儿子在这里教书。孩子一听，立刻说那咱们去找找他呀。可惜，那时，司老师的儿子已经调到西雅图去了。

阎述诗老师

阎述诗老师，冬天永远不戴帽子，曾是我们汇文中学的一个颇为引人嘱目的景观。他的头发永远梳理得一丝不乱，似乎冬天的大风也难在他的头发上留下痕迹。

阎述诗是北京市的特级数学教师，这在我们学校数学教研组里，是唯一的。学校里所有的老师，包括我们的校长对他都格外尊重。他只教高三毕业班，非常巧，我上初一的时侯，他忽然要求带一个初一班的数学课。可惜，这样的好事没有轮到我们班。不过，他常在阶梯教室给我们初一的学生进行数学课外辅导，谁都可以去听。他这样做，为了我们学生，同时也是为了年轻的老师。他把数学要从初一开始抓起的重要性，用自己的实际行动告诉我们大家。

我那时并不怎么喜欢数学，但还是到阶梯教室听了他一次课，是慕名而去的。那一天，阶梯教室坐满了学生和老师，连走道都挤得水泄不通。上课铃声响的时候，他正好出现在教室门口。他讲课的声音十分动听，像音乐在流淌；板书极其整洁，一块黑板让他写得井然有序，像布局得当的一幅书法、一盘围棋。他从不擦一个字或符号，写上去了，就像钉上的钉、落下的棋。给我印象最深的是他随手在黑板上画的圆，一笔下来，不用圆轨，居然那么圆，让我们这些学生叹为观止，差点儿没叫出声来。

四十五分钟一节课，当他讲完最后一句话的时候，下课的铃声正好清脆地响起，真是料"时"如神。下课以后，同学们围在黑板前啧啧赞叹。阎老师的板书安排得错落有致，从未擦过一笔、从未涂过一下的黑板，满满堂堂，又干干净净，简直像是精心编织的一幅图案。同学们都舍不得擦掉。

是的，那简直是精美的艺术品。我还未见过一个老师能够做到这样。阎老师并不是有意这样做，而是已经形成了习惯。长大以后，我回母校见过阎老师的备课笔记本，虽然他的数学课教了那么多年，早已驾轻就熟，但每一个笔记本、每一课的内容，他依然写得那样一丝不苟，像他的板书一样，不涂改一笔一划，那怕是一个圆、一个三角形，都用圆轨和三角板画得规规矩矩，而且每一页都布置得整齐有序，一个笔记本像一本印刷精良的书。阎老师是把数学课当成艺术对待的，他便把数学课化为了艺术。只是刚上学的时候，我不知道阎老师其实就是一位艺术家。

一直到阎老师逝世之后，学校办了一期纪念阎老师的板报，在板报上我见到诗人光未然先生写来的悼念信，信中提起那首著名的抗战歌曲《五月的鲜花》，方才知道是阎老师作的曲，原来学艺如此广泛而精深。想起阎老师的数学课，便不再奇怪，他既是一位数学家，又是一位音乐家，他将音乐形象的音符和旋律，与数学的符号和公式，那样神奇地结合起来。他拥有一片大海，给予我们的才如此滋润淋漓。

那一年，是1963年，我上初三，阎述诗老师才五十八岁，太早地离开了我们。他是患肝病离开我们的。肝病不是肝癌，并不是不可以治的。如果他不坚持在课堂上，早一些去医院看病，他不至于这么早走的。他就像唱着他的《五月的鲜花》的战士，不愿离开自己战斗的岗位一样，不愿离开课堂。从那一年之后，我再唱起这首歌："五月的鲜花，开遍了原野，鲜花掩盖着志士的鲜血……"便想起了阎老师。

就是从那时起，我对阎述诗老师有了进一步的了解。以他的才华学识，他本可以不当一名寒酸的中学老师。艺术之路和仕途之径，都曾为他敞开。1942年，日寇铁蹄践踏北平，日本教官接管了学校后曾让他出来做官，他却愤而离校出走，开一家小照相馆艰难度日谋生。解放初期，他的照相馆已经小有规模，凭他的艺术才华，他的照相水平远近颇有名气，收入自是不错。但是，这时母校请他回来教书，他二话没说，毅然放弃商海赚钱生涯，重返校园再执教鞭。一官一商，他都是那样爽快挥手告别，放弃不下的唯有教师生涯。这并不是所有知识分子都能做得到的，人生在世，诱惑良多，无处不在，——考验着人的灵魂和良知。

　　我对阎述诗老师的人品和学品愈发敬重。据说，当初学校请他回校教书，校长月薪九十元，却经市政府特批予他月薪一百二十元，实在是得有其所，充分体现了对知识的尊重。现在想想，即使今天也不是那么容易做到的。

　　世上有许多东西是无法用金钱衡量的。阎述诗老师一生与世无争，淡泊名利，白日教数学，晚间听音乐，手指在黑板与钢琴上均是黑白之间，相互弹奏，两相契合，阴阳互补，物我两忘，陶然自乐。这在物欲横泛之时，媚世苟合、曲宦巧学、操守难持、趋避易变盛行，阎述诗老师守住艺术家和教育家一颗清静透彻之心，对今日的我们实在是一面明澈的镜子。

　　诗人早就说过，有的人活着，他却死了；有的人死了，他却活着。想想抗战胜利都七十多年了，《五月的鲜花》唱了整整有七十多年，却依然在整个中国的土地上回荡。岁月最为无情而公正，七十多年的时间，会有多少歌、多少人，被人们无情地遗忘！但是，阎述诗老师和他的《五月的鲜花》仍被人们记起。

　　在母校纪念阎述诗老师的会上，我见到他的女儿，她是著名演员王铁成的夫人。她告诉我她的女儿至今还保留着几十年前外公临终前吐出的最后一口鲜血——洁白的棉花上托着一块玛瑙红的血迹。

　　从血管里流出的是血，与从自来水管里流出的水，终究是不同的人生、不同的历史。

　　那块血迹永远不会褪色。那是五月的鲜花，开遍我们的心上。

高万春校长

高万春校长戴一副宽边眼镜，总爱穿一身中山装，风纪扣紧系着，不苟言笑，很威严的样子。在我们同学中间，流传他的传说，最广的是他曾经在西南联大听过闻一多的课，在学校的文学创作园地《百花》墙报上，每期都有他亲自写的文章（最出名的有《李自成起义的传说》《盖叫天谈练功》），谈天说地，博古论今，让我更加信服他一定出师名门。我们学生对他肃然起敬，也充满对那个风云激荡时代的想象；但对他也多少有些害怕，远远看见他，都会躲着走。

高校长在汇文的那十年时间中，有我在汇文读书的六年，我单独见到他，只有两次。但是，遵从着有教无类的古训，我知道他对我青睐和照顾有加，学校破例允许我可以进图书馆里面去挑书，便是他的指示。当时有很多学生不满，找到图书馆的高挥老师去吵，向学校提意见，高校长坚持自己的主见："要给爱学习的学生开小灶！"

记得我初一的班主任司老师曾经对我说，有一次，高校长问司老师这样一个问题："你说一名大学教授贡献大，还是一名优秀的中学老师贡献大？"不等回答，他自己说："办好一所中学，不见得比大学教授贡献小。"在他为汇文校长的那十年中，把一所拥有百年历史的老校，以德智体美全面发展的好成绩，推到全北京市中学前五六名的位置上，这是他之后历任校长再也无法企及的。

高校长最大的爱好就是听课，所以，年轻的老师和我们学生一样，都有些怕他，怕他搬来一把椅子，坐在教室后面听课，课下来之后，检查他们的教案和备课笔记。他是教学的行家，老师哪里讲得好，哪里讲得不好，他听得出来，会不客气地提出批评。

作为学生，我们只会在他来听课或学校开大会的时候见到他，一般情况，很少能和他相见。幸运的我，单独见到他两次。

第一次，在高一，下午放学的时候，班主任老师叫住我，让我到校长室去一趟，说高校长找我。我有些惴惴不安，一般学生被叫到校长室，不会有什么好事，总是犯了错误被叫去受训的居多。我心里在想，自己犯什么事了吗？会不会把我找去批评我？

校长室在一楼西侧之南，我敲门走进去的时候，高校长正襟危坐在办公桌前。他没有让我坐下，只是先问我最近的学习情况，然后又告诫我谦虚，不要骄傲翘尾巴，最后，拉开办公桌的抽屉，拿出一个牛皮纸袋递给我说："这是一本英文版的《中国妇女》杂志，你的一篇作文翻译成了英文，刊登在上面了。"

我松了一口气，原来是好事。我站在那里，等着他继续训话。但是，没有了，他摆摆手，放行，让我走了。刚走出校长室，在楼道里，我就打开了杂志，一看，是我的那篇《一幅画像》被翻译成了英文，还配了一幅插图。

我到现在还记得，在校长的办公室里，靠墙有一个长条靠背椅，后来我听有老师说，高校长就是在这个长椅子前面再加一把椅子，把它们当成了床，常常晚上不回家，睡在这上面。

第二次，我读高二，有一天下午放学早了点儿，我和一个同学下楼，边下楼梯，边哼唱《花儿为什么这样红》。那时候，正放映电影《冰山上的来客》，这首雷振邦作曲的电影插曲很走红，很多人都爱唱，我们也是刚刚学会的。我们的教室在三楼，我们两人从三楼走到一楼，也从三楼哼哼地唱到一楼。走到一楼前的最后几个台阶的时候，我们两人都看见了，高校长正一脸乌云站在一楼的楼梯口，守株待兔在等着我们呢。

我们收住了歌，惴惴不安地走到他的跟前，他劈头盖脑问了我们一句："你们说说，花儿到底为什么这样红？"

我们两人吓得什么话也说不出来。

高校长又严厉地对我们说道："你们不知道吗，高三的同学还在上课？"

我们才忽然想到，高三年级各班的教室都在一楼，为了迎接高考，他们得加班加点上课。

高校长说完，转身走了，我们两人赶紧夹着尾巴溜出了教学楼。

高二的那年，我当了一年学校学生会的主席。也没有多少工作，只是负责在学校大厅的黑板上每周出一次黑板报，每学期一次全校运动会和文艺汇演，还有每学期开学典礼上的文艺演出。

高三开学典礼的文艺演出准备工作，还是由我们这一届的学生会负责，开学之后，学生会换届选举，我就可以卸任，准备紧张的高考了。就在准备文艺演出的一天下午，我正在学校礼堂的舞台上和同学们一起忙乎，一个同学跑上台，对我说范老师找我。范老师是负责我们学生会的教导处主任。我跟着这个同学走下舞台，往礼堂外面走，刚走到门口，看见范老师正坐在最后一排的椅子上。他身边还坐着两位老师，一男一女，我都不认识。

范老师见我走了过来，站起来，向我介绍，原来是中央戏剧学院表演系的两位老师。男老师教形体课，女老师教表演课。我很有些奇怪，不知道他们找我有什么事情。说句很羞愧的话，当时，我确实见识很浅陋，从来没有听说过北京还有一个戏剧学院。

范老师告诉我："这两位老师是专门来咱们学校招收学生的，他们看中了你！"

我更是有些吃惊，因为当时我一门心思只想考北大，对于戏剧学院一无所知，对于表演系更是一头雾水。两位老师非常热情，对我说："以前不了解，没关系，到我们学校参观一下，不就了解了嘛！"

于是，我被邀请参观了中央戏剧学院，由这两位老师陪同，观看了戏剧学院学生当年演出的话剧《焦裕禄》。我第一次走进了正规剧院的后台，那是我们学校舞台一侧简陋的后台无法相提并论的。鲜艳的服装、化妆的镜子、喷香的油彩、迷离的灯光、色彩纷呈的道具……以一种新奇而杂乱的印象，一起涌向一个中学即将毕业而有些好奇有些兴奋又有些不知所措的少年面前。

中央戏剧学院的初试和复试，都是第二年开春进行。在不大的校园里，格外醒目的是一架怒放的紫藤花，让我感到那样的新奇，未来一种未可知的命运，朦胧而芬芳四溢。我不知道，未来，其实不用多久就可以到来，以一种我绝没有料到的暴风骤雨的情景、场面以及方式，席天卷地，扑面而来。

那时，我只是在对戏剧学院美好的想象憧憬中。我一直很奇怪，我根本不认识这两位戏剧学院表演系的老师，他们是怎么知道我的呢？我把这个疑问抛向了我的班主任老师。他告诉我："艺术院校是提前招生，所以，这两位老师老早就来过咱们学校好几次了，想物色一个能写也能演的学生，希望学校推荐合适的人选，是高校长推荐了你。"

我的心里，对高校长很有些感激。

这一年，春天过得那样的快。刚刚进入六月，学校教学楼大厅的东面墙上贴出了第一张大字报，这是学生中团中央干部子弟贴出来的，他们得风气之先，闻到了风暴就要来临的气息。很快，大字报铺天盖地贴满学校的各个角落。大字报批判走资本主义的当权派，首当其冲的便是高校长。高校长的性格，大概也是酿造了他的悲剧的因素之一。他肯定遭受了不少人的恨，尤其是那些常受到他严厉批评的学生，这些学生都是学习极差的。他们凭当时所谓出身好而在学校里耀武扬威。在那一年号称的"红八月"里，他们把高校长第一个揪上台批斗，然后把他关进二楼的阶梯教室里。

　　这还不算，他们知道高校长是闻一多的学生，又命令高校长交代出当年杀害闻一多的凶手名单，第二天必须交出。高校长只是闻一多的一个学生，他怎么会知道凶手是谁……第二天的早晨，他从教学楼三楼厕所的窗户里爬出来，跳楼自杀了。

　　高校长已经死去整整五十五年了。我们这些学生，我这一届的同学今年七十四五，当年比我小的那几届学生也是该往七十岁上走的人了，都远远活过了高校长死时候的年龄。当年残害高校长的学生，有的就是我的同学。我不知道他们是否还记得当年这件事。他们的灵魂会得安宁吗？

　　那一年，高万春校长四十二岁。他是那么年轻！他留下一个女儿，当时只有十五岁。

　　　　　　　　　　　　　2021年3月8日整理完毕于北京

第 二 章
晚凉笔墨

燕鸣仍在华威楼——记燕祥点滴

一

　　燕祥走了。我不敢谬托知己，因为我不是他的学生，也谈不上朋友。我只是和他同住华威一楼二十来年。虽然同住一楼，我不愿串门，疏于交往，很少去他家拜访，更主要是不想打搅他。我一直以为，喜欢并敬重一位作家，读他的书就是了，这是更重要的。

　　但是，我和燕祥倒是常常见面。有意思的是，见面的地方是电梯内外。常常是在电梯里见到，便在电梯里说几句，十几层下来，出了电梯，有时会再接着说几句。电梯内外，是我们的会客厅。

　　印象深刻的那一次，是2011年的中秋节，天有点儿阴，我在电梯上又见到了燕祥。我刚在《新民晚报》上读到他写的一首诗《八十初度》，问他："您还没到八十呢！"他笑着对我说："我都七十八过三个多月了，我现在是七十八点三岁了，就是已经开始过七十九岁的日子了，所以叫八十初度。我是1933年生人。"我笑着说他："您这也太四舍五入了！"

一晃，九年过去了。那么硬朗，那么真诚，又那么幽默的燕祥走了。

二

燕祥几乎每天都会下楼出来散步。他告诉我，每天快到中午阳光好的时候和晚饭过后，出来散步两次，各一个小时。很多时候向东走过农光里，再向南到首都图书馆，然后顺着三环路折返回来。

记得他曾经写过一首关于散步的诗，其中有这样几句："他曾经跌倒/不止一次/不要人扶掖/他又爬起……从20世纪到21世纪，/从蹒跚学步到从容漫步，/这个在中国散步的人，/这个在天地之间散步的人/他/就是我。"这几句包含着漫长历史容量和心情跌宕的诗，我想应该就是他在这样的散步中得来的吧。

我和他在电梯里相见，大多是在他要外出散步或刚散步回来这两个时间段。

他见我不怎么下楼，问我身体怎么样？我说还可以吧。他劝我说："还是多下楼走走，接接地气。"

说起身体，他对我说："老了，病了，并不可怕，怕的是这样两点：一是眼睛瞎了，什么都看不见了；二是瘫在床上，生活不能自理。"最后，他对我说："那还不如死了呢！"

我忙对他说："您身体不错，记忆力又那么好，再接着多写点儿东西！"

他说："是！想写写我生活周边的人，许多曾经帮助我的人，应该感恩。"

如今，他曾经担心老境之中的这两怕，都未曾发生。他走得那样安详，走的前一天，依然散步如常。

三

很多人都认为燕祥的笔多沉郁，对于历史和现实，彼此镜鉴，多有讽喻，内含锋芒。这自然是不错的。在我看来，同样写杂文，同样写旧体诗，燕祥更多一层文学功底和自省精神。后者，秉承的是鲁迅解剖自己更多一些的传统。前者，则是他年轻时积累下的文学素养。前者来自才情，后者来自思想。

多年前，我曾经读过他的一篇文章，记录1958年他下放到沧县的一段往事。因为沧县是我的老家，便格外注意，随手抄录了他在沧县看京剧《四进士》这样一节："那地方戏班里老生一板一眼唱出的'我为你披戴枷锁边外去充军'，一样悲凉，仿佛发自我的肺腑，并久久萦回在耳边。选择这个剧目，我想出于偶然，倘有并不偶然处，就是这是剧团的看家戏，经常用以待客，绝对没有深意，以古讽今，控诉不公等等。你心为之动，似有灵犀，只是说明你个人的阴暗心理，与荟萃了旧文化精华和糟粕的旧戏曲依稀相通。"

我还读到他的一则短文，题目叫《纸窗》，说的是1951年的事情。郑振铎的办公室在北海的团城上，他去那里拜访。办公室是一排平房，郑振铎的写字台前临着一扇纸窗，郑对他兴致勃勃地说起纸窗的好处，最主要的好处是它不阻隔紫外线。老人对这种老窗，才会有这样的感情。事后，燕祥回忆那一天的情景写道："心中浮现一方雕花的窗，上面罩着雪白的纸，鲜亮的太阳光透过纸，变得柔和温煦，几乎可掬了。"他将纸窗的美和好处，以及人和心情乃至梦连带一起，写得那样的柔和温煦。几乎可掬，写得真好！

从这两则段落中可以看出，他对细节捕捉的能力，亦即布罗茨基所说的"在每一个句子里都要放上一个细节"的能力；在隐忍有节制的叙述中传递思想与感情的感人力量；也可以看出他内心柔软的一隅。这是他杂文之外的另一番功夫。

我曾对他讲起读完这两则文章的感受，他只是谦和地笑笑。然后，他对我说，前些年他还专程回沧县看过。沧县不是他的老家，一股浓浓的乡愁，却在他的眼中和话语中流露。

四

我曾经请教过他：记忆力怎么这样的好？很多事情，都过去了几十年，为什么还能记得这样牢？写得那么须眉毕现？

他指指自己的脑袋，说："都是凭记忆，个别地方翻了材料。史家写的就是材料，提供了很好的证据。我是从个人的经历、角度，为历史提供一份证言。年轻时的事都在大脑记忆的沟回里了，忘也忘不掉。"

然后，他又对我说了句："还有一点，死猪不怕开水烫，只要你把自己当成死猪，写起来，就什么都想起来了，什么也不怕了！"说完，他自嘲地嘿嘿笑了起来。

五

一次，我在电梯里碰见燕祥送一位长者下楼，燕祥向我们做了彼此的介绍，我才知道这位就是大名鼎鼎的吴小如先生。他们是老朋友了。我知道吴小如学问丰厚，字写得也好，得他父亲吴玉如先生的真传。

燕祥见我喜欢吴先生的书法，特意借我一本吴先生小楷抄录宋词的新书，对我说："写楷书最见功夫。"我说："是，现在草书行书最蒙事行！"他接着对我说起有官员借水行船，靠官位写字卖钱，冒充书法家。然后说起吴先生的一则轶事，有人见吴先生字写得那么好，问道："您是书协会员吧？"吴先生答道："会写书法的人，一般都不入书协！"说完，我们两人相视都笑了起来。

燕祥的字写得也很漂亮，清秀而有书卷气。有一次，我从汪曾祺纪念馆回来，在那里见到燕祥题写的一幅对联，雕刻在门前的柱上。见到燕祥，告诉他。在他家，他拿出一张照片给我看，上面是题写着"何满子故居"的匾额，然后对我说："看了人家吴小如的字，咱们都不敢写字了。"

我说："您的字一看就练过。"他说："小时候练过小楷大楷，但老师没教过用笔，到现在也不会用笔锋。"

他说得谦虚，但很实在。

六

吴小如先生病重期间，燕祥约我一起去探望。行前，他嘱咐我，不要开车去，也不要打的去，咱们一起坐地铁十号线，出了地铁站，到小如家很近。

这让我没有想到，我本想燕祥年纪那么大了，让他挤地铁，心里过意不去。但他说得不容置辩。我知道，他是不愿意麻烦人。这符合他平易而低调的性格。

他又嘱咐我，不必带什么礼物，要带就带几本我的书。这又让我没有想到，小如先生是长辈，我又是头一次去他家，总应该带点儿礼物，才合乎礼数。但是，燕祥说得依然不容置辩。我只好从命，带去了几本小书。

地铁不算太挤，车厢里还有座位。我们坐下，燕祥的爱人从包里掏出两块巧克力，分别递在我和燕祥的手里。是圆形的巧克力，包着漂亮的金纸，上面印着莫扎特的头像。我对他们二位说："这种莫扎特巧克力，我在芝加哥音乐商店里见过，一块要一美金呢。"他们笑笑。巧克力很甜，莫扎特伴随我们颠簸一路。

七

我很少到燕祥家骚扰。印象中好像只到过两次，顶多三次。记得第一次到他家，书房的桌上和地上堆满了书籍杂志和报纸，他笑着对我说："我这儿快成堆房了！"然后又说："堆房这词，你是老北京，你懂，大概好多年轻人不明白怎么回事了。"没错，老北京人管仓库叫堆房。

那次，是在电梯里遇到他，他说看了我在报上写的一则文章，谈到巴乌斯托夫斯基的《一生的故事》，他想看看，可惜没买到这套书。我说："我拿给您看看吧。"他说："我跟你上楼去取。"他是要出门的，我哪里好意思让他跑一趟。尽管我从来都管他叫燕祥，但他是我的长辈，只是一直觉得这么叫着，比叫先生或老师更亲切。他也从来没有怪我，总是那么谦和平易，还对我说："我们是校友呢。"对，我们还同是汇文中学的校友，但他是我年长十多年的老学长了。

《一生的故事》一套六本，我给他送书那天，在他家里聊过一次，算是比较深入的交谈。巴乌斯托夫斯基是我非常喜爱的一位俄罗斯作家，我问他对巴氏的认知和理解，然后向他请教俄罗斯文学对于中国文学尤其是对他们这一代作家的影响。燕祥学问深厚，对同代作家有着惊人警醒的认知，见解不凡，明心见性。谈到巴氏时，他告我巴氏一战时当过卫生员，属于历史问题不清吧，所以，十月革命之后，他一直远离政治漩涡。但他的作品文学性、艺术性很强，属于文学史上少不了他，但又上不了头条的作家。然后，他打了个比喻："有点儿像咱们这儿的汪曾祺。就像林斤澜说的他自己和汪曾祺是拼盘，不是人家桌上的主菜。"这个比喻，说得真是精到而别致，意味无穷。

那一次，还谈到俄罗斯很多作家，其中谈到诗人伊萨科夫斯基。二十世纪五十年代，我国翻译出版过他的《论诗的秘密》和他的诗集，很出名。他写的歌如《喀秋莎》《灯光》，更广为人熟知传唱。爱伦堡访华时，艾青陪同，向爱伦堡问起伊萨科夫斯基，爱伦堡一脸不屑，说他没有文凭，是个土包子，只会写写歌词之类。后来，燕祥听翻译家蓝英年说伊萨科夫斯基一辈子操守不易，没有写过一首歌颂强权和霸主的歌，很是令人敬佩。后来，在一次为伊萨科夫斯基修建墓地而捐款的活动中，燕祥捐了一千元。

八

有一次，说起前苏联作家柯切托夫。有一度时间，柯切托夫在我国很有名。我对燕祥说，他的长篇小说《你到底要什么》曾经作为内部书籍出版，在北大荒知青中很流行。我还读过他的另一部长篇小说《叶尔绍夫兄弟》。

燕祥对我说，柯切托夫当过前苏联文学杂志《十月》的主编，思想僵化，是个保守派。但他有工厂的生活，他的长篇小说《茹尔宾一家》写得不错，还拍成了电影。因为有生活，他的作品很多是主题先行，一直到后来他写的《州委书记》《你到底要什么》。这一点，有点儿像浩然，只不过，一个有农村的生活，一个有工厂的生活。

然后，燕祥话锋一转，对我说，老舍也属于这样的作家，有生活，会写。当年，周总理交给他任务，他都能写得出，《龙须沟》《全家福》《红店员》呀，都是这样的作品。

我插话说，肖斯塔科维奇后来反思自己的创作时说：不为订货而写交响乐。

燕祥接着说，但老舍他有底层的生活，知道怎么写。

就像当年胡絜青告诉他抗战期间北京的事，那时他人没在北京，照样写出了《四世同堂》。

最后，他补充一句：鲁迅说自己世故，我看老舍更世故。老舍自杀，是因为觉得自己没有了希望。

和燕祥聊文学，我觉得特别有意思，他特别能够将外国作家和中国作家联系一起做比较，就像吴小如先生倡导的"对读法"，也像是为你穿上一个带冰刀的鞋，在冰面上带你迅速滑向另一个新天地，让你的眼界豁然开朗。我有时想，如果能有人专门和他聊聊这方面的话题，听听他的臧否指点，就算只是寥寥数语，也会很有现实意义。他洞烛幽微，知人论世，有识见，有锋芒，能一下就捅到人的麻筋儿上，比有些评论家长篇大论却茫茫不知所云的文章要有趣得多。

九

电梯间里，常是匆匆一面而后匆匆一别。蒙太奇镜头一样，剪辑出燕祥的身影、话语和思绪。那身影瘦削而坚韧，犹如木刻；那思绪简短而深邃，犹如绝句；那话语，犹如回忆里清晰的画外音。

他常给我以鼓励。有一次，他对我说："看到你写的《上一碗米饭的时间》，有契诃夫味儿。"这是极高的褒奖，我受之有愧，连连摆手，心中却十分温暖。

有一次，我下电梯，他上电梯，正好相遇，他没有上，和我交谈了好一会儿。他直率地对我说："我给你提个建议，现在写老北京的人不多，我看你还行。"然后，他问我："你是戏剧学院学编剧的吧？"我说是，他接着说，"现在人艺还有点儿北京味儿，青艺（现在国家话剧院）演什么'豆汁儿'，他们以为豆汁儿就是北京味儿？"然后，他很郑重地对我说："我建议你写一个，不是剧本，是长篇小说。"我谢过他，说："您和袁鹰老师一样，袁鹰老师也让我写个长篇。可是，我水平不够，积累也不够，不行呀！"他连连摆手说："你行！你怎么不行！"

分手的时候，他一把握住我的手，笑着说："你要是写出来了，别忘了，要给我一个建议奖！"他就是这样幽默的一个人，手很有劲儿。

这是去年秋天的事情。这之后，我去南方，到年底回来，没有再见过他。今年疫情以来，更是无缘见面。如今，偶然在空荡荡的电梯间里，忽然感到很寂寞。

十

十年前夏天，我到美国探亲，无事可做，学习写旧体诗，刚好在图书馆里借到燕祥的一本新书，读罢写了一首读后感：

> 半世风雨付逝川，一书览罢夜阑珊。
> 不堪斜日遭劫日，无奈余寒涉水寒。
> 忆在心中伤近史，言超象外叹长天。
> 几人别后思前梦，歌舞朱门自管弦。

回北京后，见到燕祥，将诗抄给他看，也是请他指教。

在当今文人中，燕祥的旧体诗既有古风，又有现代感，还有难得的自嘲幽默，写得相当好。他认真看后，鼓励我，并指出几处格律有误。

后来，燕祥写给我两首诗，其中有《步肖复兴兄原韵打油一首》：

愧充龙套感当年，曾记开门红挑帘。

如此可憎虚打扮，至今已觉不新鲜。（赵翼原句）

本应民意高于党，偏令官权大过天。

哀莫甚焉心不死，无多幻想要全删。（二句聂诗）

他的坦诚自省，还有他的古诗学养，都让我感佩并感慨，学到很多。如今，燕祥走了，听到消息当天，我很伤感，写了一首小诗，以怀燕祥：

夜凉如水梦如流，世乱犹耕笔似牛。

百首独吟惊后事，一书相别问前羞。

鉴心明月出沧海，证史文章到白头。

人去自寻日斜后，燕鸣仍在华威楼。

想燕祥可以看到。

2020年8月24日雨后于北京

8月26日改毕于北京

想起洁泯先生

不知为什么，这几天一直想起洁泯先生，昨天夜里还梦见了他。其实，我和他并不熟，只有短短几面之交，几乎可以算是萍水相逢。他年长我二十六岁，无论年龄还是资历，都是德高望重的前辈，按理说，我和他搭不上架。人生中的偶然，有时充满不可测的神奇，让很多和你相识甚久的人形同陌路，而萍水相逢者却留下泯没不去的记忆。

我知道，日有所思，才会夜有所梦，之所以想起洁泯先生，是因为前几天偶翻旧物，翻出一个很薄很破的牛皮纸小笔记本，里面有一次会议上我记录下来的洁泯先生的发言。那是二十八年前的1992年春天，我的"中学生三部曲"最后一部长篇小说《青春回旋曲》在辽宁少年儿童出版社出版，出版社来北京在北纬饭店开了一次座谈会，请来老教育家韩作黎，作协当时的书记处书记、评论家谢永旺和作家张锴，中国社科院文学研究所所长、评论家洁泯，社科院的评论家、后来的中国作家协会副主席张韧，光明日报社评论部主任、评论家秦晋，儿童文学作家庄之明和尹世霖，当时有事未能出席的作家韩少华特意派来他的女儿韩晓征，还有我的"中学生三部曲"第一部《早恋》一书的责编吴光华……可谓当时文坛大腕济济一堂。会开得却是极其简陋，所有人像蒜瓣一样拥挤在一间狭窄寒酸的会议室里，连个转身的地方都没有。也没有红包和车马费，只发给每人一个黑色人造革的公文包做为纪念。所有这些人，即便是那么大年纪的韩作黎先生和作协或社科院的领导，统统都是坐公交车或骑着自行车来到北纬饭店。这样的"盛况"，在今天看来，简直是天方夜谭。

在我的印象中，洁泯先生是骑着自行车来的。

那是我第一次见到他。个子不高，面容白皙，温文儒雅，说话温和，带有些南方口音。看到笔记上记录的他的发言，之所以感到如见故人，频频忆起，是忽然想到，再过几天，就是他的忌日。他是2006年11月13日去世的，一晃，过去了十四年。

重读他的发言，不禁感慨系之：

我觉得这本书很好，是本文学书，尽管写的是青年，跟文艺现在投以的宽松、和谐是相呼应的。小说有酸辛，也有欢乐，是当前文艺界提倡的生活中平凡有益于人欣赏的作品。经济建设是物质的生产力，小说也是，是精神生产力。这是应该重视的，现在文艺界希望有这种宽松、和谐，否则作家就会前怕狼后怕虎。读者也希望有生命力的真实的作品，才爱看。应该鼓励、爱护、推动这样的作品的诞生，一种冷漠的态度是要不得的。文艺批评难写，但不能冷漠，比冷漠更糟糕的是践踏，讨论肖复兴的小说，是有意义的。复兴写中学生，有很多经验，我记得最早的一部是《早恋》，受到各方面种种的非难，也有赞同。我当时是赞同的，十七八岁的青年，对他们的心理要求、朦胧的爱情追求，不能抹杀，那是一种荒唐的奇怪的现象。不管这本书的成就有多大，开创这一个领域是有意义的，小说的布局、情节、人物，是有意义的。以后，复兴又写了不少，他执着这方面，是值得肯定的。下面，随便谈一点《青春奏鸣曲》的零星意见。优点是写时代发展趋势下青年的心态，主线一是不同的生活追求，二是不同的爱情追求，就是事业和爱情两方面，写得比较成功，合乎生活本身发展逻辑。把两代人不同的遭遇交叉来写，米兰妈妈当年性格倔强，不顾一切拼命要到西北去，这一点，在米兰身上表现得更加强烈。妈妈最早钟情某一人，以后的感情难以消失，掌握得很有分寸，妈妈保留那封信，被米兰发现，所发生的故事，合情合理，表现了两代人的相同与不同之处，写得很生动。在人物的塑造上，我觉得米兰的性格比母亲更倔强，不服气、自信、自尊，是鲜明的。不屑于自费读大学，和母亲的矛盾，自尊心受到伤害，到第二次被大学录取之后的转折，从性格的发展来看是符合米兰、青年一代的当代意识的，也写出来了。她受到改革开放的召唤而到深圳突然了些，她是思念李陵的，但这时候感到事业高于爱情，信也不回，可以说是矜持，但最后李陵追到火车站送她，却没有太深刻的表示，占用她脑子里的是深圳，显得突然。这个结尾复兴煞费苦心，不搞大团圆，不流于一般。出人意料是好的，但总觉得太突然。小说还有一种不足：缺历史感。米、郑两家，成长的年代就是历史，很痛苦。现在小说从他们过去经历表达出来的只是情感痛苦，不够充分。他们过去的道路比较平稳，米兰母亲去西北是自己非要去的，不是发配，历史的痕迹缺少描绘，便会对他们的思想感情看不清爽，影响米兰对上一代更深刻的理解。倒是陈紫云的妈妈身上能看到历史的痕迹。写当代年轻人的生活，写上一代人，不能割断历史，这样会让人物更生动些。

二十八年过去，这番话对于我记忆深刻，他说得那样诚恳，所言及小说的长与短，那样准确，那样亲切，是仔细读过书之后的认真言说，而不是泛泛而谈的敷衍，或过年话的站台捧场。其中，他说到的《早恋》一书最初出版时受到非难时的支持，指的是1987年，《早恋》因为涉及中学生的恋爱，引起一些人的不满和批评，甚至书稿发到印刷厂而被撤版，险些没能够出版。我没有想到，第一位给予支持的是洁泯先生，他首先在《文汇报》上发表文章，对《早恋》进行评论和表扬，打破了当时的僵局，不仅给予我，同时给予出版社以强有力的鼓励。那时，素昧平生，我根本不认识他，后来一直心怀感念。

以后，我很少能够见到他，我相信君子之交淡如水的古训，文坛毕竟不是闹哄哄的大卖场和推杯换盏的派对。每年春节前夕，我只是寄一张贺卡给他，表示我的敬意与祝福。晚凉时节，寒风渐起，我知道他的身体越来越弱，但每一次他收到贺卡总要回寄一张贺卡给我。这是老一代文人的礼数，也是笔墨之间的习惯，平生江湖心，聊寄笔砚中，方才有了尺牍悠久的传统。这和如今一切都变为手机短信格式化的问候，不可同日而语。

2004年春节前，他寄来一张红色贺卡，在贺卡上密密麻麻写了前后两页，我便知道他的身体不好，心情也不好。他说："我这几年身体走下坡路，肠癌开刀，留下了大便难以控制的后遗症。我的青光眼已转入恶化，成了视神经萎缩，视力只有零点一，读书写字俱废，报纸也少看，写东西极少。"但在视力如此恶化的情况下，他还说："我时常读到你的文章，关于音乐方面的，读了尤其钦佩。"他还是一如既往地给予我宽厚而温暖的鼓励。想想一个年过八旬的老人，身体那样差，视力那样差，还能够读能够写，心里真的很感动，忍不住想起放翁的诗句："岂知鹤发残年叟，犹读蝇头细字书。"

2005年春节前夕，看他在贺卡上写的，似乎心情略好些，他这样写道："收到贺卡，至为感谢。多年来我目疾恶化，生活进入半自理状态，但心情尚好。祝您写作丰收，工作有新成就。还有身体健康最要紧。"想到他自己处于如此身体状态中，还要那样关心我，心里充满无法言说的感动。我知道自从他的妻子去世之后，他独自一人生活，且老和病两相叠加，日子不好过。特别是想到他亲自走到邮局去寄信给我，想到他每一次进城开会或办事后坐公交车回家，拖着垂老的身躯，踽踽独行在长街深巷的情景，心里都会充满感伤。

又想起了洁泯先生。日子过得那样的快，一晃，洁泯先生离开我们十四年了。如果他还活着，今年九十九岁，按照旧历，是要过百岁生日的。夜不成寐，写了一首打油，怀念洁泯先生。

西窗明烛扫浮尘，检得旧笺思后吟。

鹤发犹存幽谷意，蝇头常读暮年心。

晚凉笔墨风难细，夜暖秋光月自沉。

又忆长街独行影，去年此日落花深。

2020年11月2日于北京大风中

想念王火

在成都，老作家中有百岁老人马识途在，一览众山小，其他的老作家显得都像小弟弟，很容易被遮蔽。其实，在成都还有一位老作家，今年九十一岁高龄，是王火先生。

王火再次出现在人们的视野，是他的新书《九十回眸——中国现当代史上那些人和事》出版，恰逢今年反法西斯胜利七十周年。当年，刚刚从复旦大学新闻系毕业的二十一岁的王火，凭着他年轻的一腔热血和良知，采写了南京大屠杀和审判日本战犯、汉奸的新闻报道。

1947年，他在上海《大公报》发表了《被侮辱与被损害的——记南京大屠杀中的三个幸存者》。这三个幸存者：一个是南京保卫战的担架队队长国军上尉梁廷芳，一个是十几岁的小孩子陈福宝，一个是被日本兵强奸并残酷毁容的姑娘李秀英。可以说，王火是第一位报道南京大屠杀的中国记者。人们在忆及南京大屠杀历史的时候，常忽略了这样重要的一点：后世重新钩沉书写者，毕竟和亲历者不同，不能说前者完全是隔岸观火，但后者却是不仅在岸上，而且是涉入水中的。

1947年，我刚出生。

1997年，我第一次见到王火。他已经七十三岁。但我一点看不出他有这样大的年纪。他面容白净，身材瘦削，身着一身干练的西装，更显俊朗挺拔。一看就是一介书生，温文尔雅，曾经血雨腥风的岁月，似乎没有在他的身上留下一丝痕迹。那时，我们一起去欧洲访问，他是我们中国作家代表团的团长。他的三卷长篇小说《战争与人》刚刚获得茅盾文学奖，但是，看不出一丝春风得意的痕迹。他是一位极谦和平易的长者。

那一次，我们一起访问了捷克、塞尔维亚和黑山共和国，以及奥地利。我和他一直同居一室。他步履敏健，谈吐优雅，颇具朝气。最有意思的是在塞尔维亚，常有诗歌朗诵会，最隆重的一次是在贝尔格莱德的共和广场，四围是成百上千的群众，来自二十五个国家的作家都要派一个人登台朗诵。王火居然派我赶鸭子上架。我根本不写诗，儿子正读高二，爱写诗，只好临时朗诵了儿子的一首小诗。下台后，他夸奖我朗诵得不错，我觉得只是鼓励，他比划着手势，又说："真的，刚才一位日本诗人夸你朗诵得韵律起伏呢。"

在捷克，我向他提出希望能够到音乐家德沃夏克的故居看看，但行程没有安排。他知道我喜欢音乐，便向捷克作协主席安东尼先生提出，希望满足我的这个愿望，年过七旬的安东尼先生亲自开车，带我们到布拉格外三十公里的尼拉霍柴维斯村。那里是德沃夏克的故居，房前是伏尔塔瓦河，房后是绵延的波西米亚森林，是我在捷克见到的最漂亮的地方。

在布拉格，王火先生向我们提议，一定要去看看丹娜，为她扫扫墓。那时候，我学识浅陋，不知道丹娜。他告诉我，和鲁迅有过交往并得到鲁迅赞扬过的普实克是捷克的第一代汉学家；丹娜是捷克第二代汉学家，对中国非常有感情，翻译过艾青等作家的作品，编写过捷克第一部《捷华大词典》。可惜，1976年，她因车祸丧生。这二十多年以来，一直没有中国作家看望过她，咱们是这二十多年来捷克的第一个中国作家代表团，应该去为她扫扫墓。那一天，布拉格秋雨霏霏，我们跟着他，倒了几次地铁，来到布拉格郊外很偏僻的奥尔格桑公墓，找到被茂密林木和荒草掩盖的丹娜的墓地。我看见雨滴顺着王火的脸庞和风衣滴落，还有他的泪滴。我发现他是极其重情重义的人，即便是素不相识的丹娜，也寄托着一份真挚的情感。从凄清寒冷的墓地出来，我们在一家古老的咖啡馆里喝咖啡，暖和暖和身子。我看见王火握着手中的咖啡杯，一动未动，一言不发，眼睛一直望着窗外，望着窗外的冷雨霏霏。

印象最深的是在维也纳。到达时已是夜幕垂落，车子特意在百泉宫绕了一个弯，让我们看看那里美丽的夜景，然后驶向前面的一条小街。堵车，像北京一样，车子不得不停了下来，我们只好隔着车窗看夜景。王火一眼看见车前一家商店闪亮的橱窗，情不自禁地叫道："我女儿也来过这里！"这让我有些吃惊，吃惊于平常一向矜持的他，竟然叫出了声；也吃惊于我们都是第一次来维也纳，他怎么就这么肯定这里一定是他女儿来过的地方？他肯定地对我说："我女儿去年来过维也纳，就是在这个橱窗前照过一张照片，寄给我过！"我知道，他的小女儿在英国。橱窗明亮的灯光，在他的眼镜镜片上辉映，那一刻，一个父亲对女儿无限的情思，毫不遮掩地宣泄在他的眸子里。

维也纳那一夜的情景，已经过去了十八年，依然恍若眼前。真的，做个一好作家，做一个好父亲，做一个好朋友，还有，做一个好丈夫，也许都不难，但能将四者兼而合一，都能像王火做得那样的好，并不容易。

一晃，十八年过去了。除了在北京开会，我见过王火（他还专门请我吃西餐），一直没有再见过他。这中间，我们偶尔通信，彼此问候，更多是他读到我写的一点东西之后对我的鼓励。

这期间，我听成都的朋友对我讲起，王火跳下水中为救一个孩子而使得自己的一只眼睛失明。这样舍己救人的事情，他从来没有对我透露过一丝一毫，他实在是一位心胸坦荡而干净的人。我想起张承志曾经写过的一篇文章，题目叫作《清洁的精神》。他应该就属于这样难得具有清洁精神的人吧。

这期间，对他的打击最大的事情，是他的夫人凌起风去世。他对我说过，他的夫人是民国元老凌铁庵之女，正经的名门闺秀，他们的爱情在他的新书《九十回眸》中有专门的描述，可谓乱世传奇。当年，夫人在香港，为和他结婚佯装自杀，才能够回到内地，终成眷属，算得是蹈海而归。日后的日子，跟着他颠簸流离，对他支持很大，是他的支柱，他称她是自己的"大后方"。在他的信中，在他的文章中，我都体味到他对相濡以沫的夫人的那一份深情。

说实在的，无论隔空读他的信，还是和他直面接触，都没有感觉他的年纪会这样大。读他的信，信笺上字体非常流畅潇洒；和他交谈，更觉得他思维敏捷而年轻；听他的声音，感觉非常的爽朗而亲切。没有想到，他居然一下子九十一岁了！

去年年初，曾经寄他两本我新出版的小书，其中一本《蓉城十八拍》，是专门写成都的。我在成都时，赶写这本书后马上去美国，行色匆匆，心想下次吧，便没去看望他。他接到书后给我写了一封信，责备我道："惠赠的两本书里，出我意外的是《蓉城十八拍》。看来您是到过成都的，在2012年。您怎么没来看看我或打个电话给我呢？我可能无法陪您游玩，但聚一聚，谈一谈，总是高兴的。您说是不？"

在同一封信中，他这样说："匆匆写上此信，表示一点想念。我身体不太好，但比起同龄人似乎还好一些。如今，看看书报，时日倒也好消磨，但人生这个历程，在我已经是快到达目的地不远了。"读到这里时候，忍不住想起暮年孙犁先生抄录暮年老杜诗中的一联：雕虫蒙记忆，烹鲤问沈绵。文人老时的心情是相似的：记忆自己的文字，想念远方的老友。我的心里非常难受，更加愧疚去成都时未能看望他。王火先生，请等着我，下次去成都看您。我从心底里祝您长寿，起码也要赶上您的老友马识途，超过百岁！

曾写一首小诗，寄赠王火先生，诗中的"双凤"，指的是他的两个女儿：

九十回眸雨后晴，当年挥笔在南京。

白头痛说忠和义，碧血惊书战与争。

老树已随双凤舞，大山犹见一江横。

蓉城春色来天地，依旧文章火样情。

2015年7月23日改毕于北京

怀念高莽先生

6月，我还见过高莽先生；10月，高莽先生就离开了我们。真的是世事茫茫难自料。

那一天，我和雪村、绿茶去他家探望，看他消瘦了许多，胡子也留长了许多。他早早地在等候我们，每一次去看望他，他都是这样早早地守候在他家那温暖熟悉的门后。我知道，这是礼数，也是渴望，人老了，难免孤独，渴望风雨故人来。

我算不上他的故人，我和他结识很晚。三年多前，雪村张罗一个六人的"边写边画"的画展，邀请的六人中有高莽先生和我，我才第一次见到了他。第一次相见，他在送我的书的扉页上随手画了我一幅速写的肖像，虽是逸笔草草，却也形神兼备，足见他的功力，更见他的平易。

　　我和他居住地只有一街之隔，只是怕打扰他，并不多见。不过，每一次相见，都会相谈甚欢，对于晚辈，他总是那样的谦和。记得第一次到他家拜访时，我请教他树的画法，因为我看他的树和别人画法不一样，不见树叶，都是线条随意地飞舞，却给人枝叶参天迎风摇曳的感觉，很想学习。他找来一张纸，几笔勾勒，亲自教我。这是我生平第一次有真正的画家教我画画。

　　他喜欢画画，好几次，他对我说，现在我最喜欢画画。在作家、翻译家和画家这三种身份里，我觉得他更在意做一名画家。在他的眼里，处处生春，画的素材无所不在，甚至开会时候，坐在他前排的人的脑袋，都可以入画。晚年，足不出户，我发现他喜欢画别人的肖像画，也喜欢画自画像，数量之多，大概和梵高有一拼。有一幅自画像，我特别喜欢，居然是女儿为他理发后，他从地上拾起自己的头发，粘贴而成。这实在是奇思妙想，是梵高也画不出的自画像。那天，他拿出这幅镶嵌在镜框里的自画像，我看见头发上有很多白点儿，很像斑斑白发，便问他是用白颜色点上去的吗？他很有些得意地告诉我，把头发贴在纸上，看见有很多头皮屑，用水洗了一遍，就出现了这样的效果。然后又对我说："我喜欢弄点新玩意儿！"俏皮的劲头儿，童心未泯。

　　有一次，他让我在他新画的一幅自画像上题字，我担心自己的字破坏了画面，有些犹豫，他鼓励我随便写，我知道他是想用这样的方式和人交流，以往文人之间常是这样以文会友，书画诗文传递着彼此的感情与思想。樽酒每招邻父共，图书时与小儿评。他是这样一个愿意将自己的作品和平常人分享的人，不是那种自命不凡甚至待价而沽的画家。

记得那次，我在他的自画像上写了句：岂知鹤发老年叟，犹写蝇头细字书。这是放翁的一句诗，我改了两个字，一个是"衰"，我觉得他还远不到衰年之时；一个是"读"字，因为晚年他不仅坚持读，更坚持写。

说起写，《阿赫马托娃诗文抄》是他写作的最后一本书。尽管已经出版很多本著作，这本书对于他，意义非同寻常。他不止一次说过："我翻译阿赫马托娃，是为了向她道歉，为自己赎罪，我亏欠她的太多。"七十一年前，他在哈尔滨工作的时候，看到前苏共中央对阿赫马托娃的批判文件，而且，是他亲手将文件从俄文翻译成中文。一直到三十年过后，1976年，他在北京图书馆里看到解禁的俄文版阿赫马托娃的诗集，内心受到极大的震撼。这样美好的诗句，这样爱国爱人民的诗句，怎么能说是反苏维埃反人民呢？自己以前没有看过她的一句诗，却也跟着批判她的人，他的良心受到极大的自我谴责。从那时候起，他开始翻译阿赫马托娃的诗，就是想在自己的有生之年完成对她的道歉，为自己赎罪。

我们中国文人，自以为是的多，撂爪就忘的多，文过饰非的多，明哲保身的多，闲云野鹤的多，能够真诚的而且长期坚持以自己的实际行动，为他人道歉，为自己忏悔的，并不多见。在这一点上，高莽先生最让我敬重。他让我看到他谦和平易性格的另外一面，即他的良知、他的自我解剖、他的赤子之心。淹留岁月之中，清扫往日与内心的尘埃，并不是每一位文人都能够做到的。

在高莽先生最后的时光里，重新翻译阿赫马托娃的诗，并用他老迈却依然清秀的笔，亲自抄写阿赫马托娃的诗，成为他生命中最重要的事，可以说是他人生最为浓墨重彩的一章。"让他们用黑暗的帷幕遮掩吧，干脆连路灯也移走""让青铜塑像那僵凝的眼睑，流出眼泪，如同消融的雪水……"如今，重读《安魂曲》中这样的诗句，我有些分不清这究竟是阿赫马托娃写的，还是高莽先生自己写的了。在我的想象中，译笔流淌在纸墨之间的那一刻，先生和阿赫马托娃互为镜像，消融为一样清澈而清冽的雪水。知道先生过世消息的这两天，我总想象着先生暮年，每天用颤抖的手，持一管羊毫毛笔，焚香静写，老树犹花，病身化蝶，内心是并不平静的，也是最为幽远旷达的。

6月，我们见他的时候，已经知道他病重在身，但看他精神还不错，和我们聊得很开心。聊得最多的还是绘画和文学。这是他一辈子最喜欢做的两件事，是他的爱好，更是他的事业。只要有这样两件事陪伴，立刻宠辱皆忘，月白风清。那天，他还让他的女儿晓岚拿来笔纸，为我画了一幅肖像画。晓岚在他身后对我们说："这是这大半年来他第一次动笔画画！"

他在画我的时候，雪村也画他。两位画家都是画人物的高手，不一会儿，两幅画都画得了，相互一看，相视一笑。他的笑容，定格在那天上午的阳光中，是那样的灿烂，又显得那样的沧桑。想起一年前，我们一起为他过九十岁生日的时候，虽是深秋季节，他的笑声比这时候要爽朗许多。不知为什么，心里总有一种"病叶多先坠，寒花只暂香"的隐忧和哀伤。

那天，我学习雪村画的高莽先生的肖像画，比照着也画了一幅，送给他。他很高兴，将他画我的那幅肖像画送给了我。在这幅画上，可以看到他笔力不减，线条依然流畅，也可以看到他从青春一路走来的笔迹、心迹和足迹。他为我画过好几幅肖像画，这是最后一幅，也是他留给世上的最后一幅画。

如今，高莽先生离开了我们。九十一岁，应该是喜丧。我们不该过分地悲伤，他毕竟为我们留下了那么多的作品，包括绘画和译作，更有他的心地和精神。我想起在他最后那本《阿赫马托娃诗文抄》的书中，有他亲手抄写的一段诗句："让我孤零零的一个人能够，安然轻松地长眠，让高高的苔草萋萋吟唱，吟唱春天，我的春天。"记得一年前先生九十岁生日的宴席上，九十三岁的诗人屠岸先生解释他的名字时说，高莽就是站在高高的草原上看一片高高的青草呀！那么，阿赫马托娃诗中那高高的苔草，也应该是你——高莽先生呀！就让你在天堂里，和阿赫马托娃相会，和所有你曾经翻译过他们作品的诗人相会，吟唱你的春天吧！春天，永远不会离开你，你也永远不会离开我们！

2017年10月10日宜兴绵绵秋雨中

追忆诗人苏金伞先生

端午节那天，我在郑州火车站。候车大厅里人非常多，好不容易找到一个座位，坐下等车回北京。离开车时间还早，正好书包里有苏金伞的小女儿刚刚送我的一本《苏金伞诗文集》。书很厚，苏金伞先生一辈子的作品，都集中在这里了。

苏金伞是河南最负盛名的老诗人，他的诗，我一直都喜欢看。最早读他的诗，已经忘记是在什么时候了，记得题目叫作《汗褂》，这个叫法，在我的老家也这么叫，我母亲从老家来北京很多年，一直改不掉这种叫法，总会对我说："赶紧的，把那个汗褂换上！"所以，一看题目就觉得亲切，便忘不了。忘不了的，还有那像汗褂洗得掉了颜色一样朴素至极的诗句："汗褂烂了，改给孩子穿；又烂了，改作尿布。最后撕成铺衬，垫在脚下，一直踏得不成一条线……"

赶紧在书中先找到这首诗，像找到了多年未见的那件汗褂。跳跃在纸页间的那一行行诗句，映射着苏先生熟悉的身影，映澈着逝去的岁月，才忽然想到，今年，苏金伞先生去世整整二十年了，日子过得这样的快！心里一下子有些莫名的感喟，不知是为什么，为苏先生？为诗？还是为自己？

苏金伞先生是1997年去世的。在一个不是诗的时代，真正的诗人是寂寞的。苏金伞先生的去世是很寂寞的，只是在当地的报纸上和北京上海几家有关文学的报刊上发了个简短的消息。记得那时当地的领导忙于开别的会议，没有参加他的追悼会，有文人愤愤不平，给当地的领导写了一封信，直言不讳地批评他们，讲到艾青逝世时国家领导人还送了花圈，苏金伞是和艾青齐名的老诗人呀，他不仅是河南人民的骄傲，也是中国诗坛的一株枝繁叶茂的老树。

这些话是没有错的。作为中国新诗的奠基者，他在中国文学史上的地位应该是和艾青齐名的。从上世纪二十年代就开始写诗，一直写到九十岁高龄，仍然没有放下他的笔。一直到现在，我依然清晰地记得，在他逝世前一年年底的第十二期《人民文学》上，他还发表了《四月诗稿》，那是他写的最后的诗了。

我在书中又找到《四月诗稿》，这是一组诗，一共五首，第一首《黄和平》，写的是一种叫作黄和平的月季："花瓣像黄莺的羽毛一样黄，似鼓动着翅膀跃跃欲飞，我仿佛听见了黄莺的啼叫声，使我想起少年时，我坐在屋里读唐诗，黄莺在屋外高声啼叫，它的叫声压住了我的读书声。现在黄莺仍站在窗台上歌唱着，可我不是在读诗，而是在写着诗，月季花肯定是不败落的了。"很难想象这样美好的诗句出自九十岁老人之手，轻盈而年轻，如黄莺一样在枝头、在花间、在诗人的心头跳跃。"月季花肯定不败落的"，说得多好。有诗，月季花就肯定不会败落。这是只有诗人的眼前才会浮现的情景。

1997年，香港回归。苏金伞先生没有等到那一天的到来，临终之际他用含混不清的声音对他的大女儿说，他要写一首香港回归的诗，他都已经想好了……他就是这样的一个诗人，是真正意义上将诗、生命和时代融为一体的诗人。他曾经有一首诗的名字叫作《我的诗跟爆竹一样响着》，实际上，在他一辈子漫长的岁月里，他的诗都是这样跟爆竹一样响着。可以这样说，在目前中国所有的诗人中，除了汪静之等仅有的几位写了那样漫长岁月的诗，恐怕就要数他了；而坚持到九十一岁的高龄将诗写到生命的最后时刻的诗人，恐怕只有他了。苏金伞是全国诗坛和文化的财富，这话一点儿不为过。

在一个不是诗的时代，诗集却泛滥，这在当今中国诗坛实在是一个颇为滑稽的景观。只要有钱，似乎谁都可以出版诗集，而且能出得精装堂皇，诗集可以成为某些老板手臂上挽着的"小蜜"，或官员晚礼服上点缀的花朵。苏金伞没有这份福气。虽然，在二十世纪二十年代，他就写过《拟拟曲》，三十年代就写过为抗战呐喊的《我们不能逃走》，四十年代又写过《无弦琴》等一系列脍炙人口的诗篇，曾获得朱自清、叶圣陶、闻一多等人的好评。在现当代中国诗歌史上，谁也不敢小觑而轻易地将他迈过。

我在书中翻到了这几首诗重读。《我们不能逃走》里的诗句："我们不能逃走，不能离开我们的乡村。门前的槐树有祖父的指纹，那是他亲手栽种的……"还是让我感动，好诗是从心底流淌出来的，没有落上时间的尘埃。但是，只因为这首诗当年发表在胡风主编的《七月》杂志上，苏金伞被打成右派，落难发配到大别山深处。

我又找到我特别喜欢读的他的那首诗《雪和夜一般深》。那是刚刚粉碎"四人帮"之后不久八十年代初的作品，我是在《人民文学》杂志上读到的。记忆中的诗句，和记忆中的人一样深刻。"雪，跟夜一般深，跟夜一般寂静。雪，埋住了通往红薯窖的脚印。埋住了窗台上扑簌着的小风。雪落在院子里带荚的棉柴上。落在干了叶子的包谷秆上，发出屑碎的似有似无的声音，只有在梦里才能听清……"读这样的诗，总能让我的心有所动，我曾想，在经历了命运的拨弄和时代的动荡之后，他没有像有的诗人那样愤怒亢奋、慷慨激昂、指点江山，而是在饱尝了"一肩行李尘中老，半世琵琶马上弹"的沧桑之后，归于跟夜一样深、跟雪一样静的心境之中。这不是哪一位诗人都能够做到的。这样质朴的诗句如他人一样，他的老友、诗人牛汉先生在他诗文集总序中说："我读金伞一生的创作，最欣赏他三十年代和八十年代的诗，还有他晚年的'近作'。它们真正显示和达到了经一生的沉淀而完成的人格塑造。这里说的沉淀，正是真正的超越和升华。"这是诗的也是人生的超越和升华。不是每一个诗人都有这份幸运。

但是，有了这份幸运又能如何呢？徒有好诗是无用的！如他一样的声望和资历，在有的人手里可以成为身价的筹码、进阶的梯子。在他那里却成了无用的别名，他一辈子只出版过六本诗集，1983年在人民文学出版社出版《苏金伞诗选》；1993年在百花文艺出版社出版《苏金伞新作选》，到1997年去世，再无法出版新书。原因很简单，经济和诗展开肉搏战，诗只能落荒而逃。出书可以，要拿钱来。河南一家出版社狮子大开口要十七万元，北京一家出版社带有恻隐之心便宜得多了，但也要六万元。应该说，苏金伞也算作一位大诗人，出版一本诗集，竟遭如此漫天要价，在我看来简直有些敲诈的味道。幸亏河南省委宣传部拨款五万元，一家出版社方才答应出书。作为一个以笔墨为生的诗人，在晚年希望看到自己最后一部诗集，该是一种什么样的心境。我禁不住想起他在以前写过的一首诗中说过的话："眼看着苹果一个个长大，就像诗句在心里怦怦跳动；现在苹果该收摘了，她多想出一本诗集，在歌咏会上朗诵。"可惜，在他临终之际，他也未能看到他渴望的新诗集。苹果熟了，苹果烂了，他的诗集还未能出版。我可以想象得到，诗人临终之际是寂寞的。

其实，我和苏金伞先生只有一面之交。那是1985年的5月，我到郑州参加一个会议，他作为河南省文联和作协的领导来看望我们，听我说我出生在信阳，离他落难大别山的地方不远，相见甚欢，邀请我到他家做客。临别那天，天下起雨来，他特地来送我，还带来他刚刚写好的一幅字。他的书法很有名，笔力遒劲古朴，写的是他刚刚完成的一首五绝："远望白帝城，缥缈在云天。踌躇不敢上，勇壮愧萧乾。"他告诉我，前不久和萧乾等人一起游三峡，过白帝城，萧乾上去了，他没敢爬。"萧乾比我还小四岁呢。"他指着诗自嘲地对我说。

那一天的晚上，他打着伞，顶着雨，穿着雨鞋，踩着雨，一直把我送到开往火车站的一辆面包车上。那情景，像一幅水淋淋的水彩画，总浮现在眼前，怎么也忘不了。那一年，他已经七十九岁的高龄了。

此后，我再也没有见过苏金伞先生，但是，我们一直通信，一直到他去世。我们可以说是忘年交，他比我年长四十一岁，是我的长辈，一点架子也没有，一直关心我，鼓励我。他属马，记得那一年，他八十四岁，本命年，我做了一幅剪纸的马，寄给了他，祝他生日快乐。他给我回信，说非常喜欢这张剪纸的马，他要为这张马写一首诗。想起这些往事，我的眼睛有些湿润，书页上的字也有些模糊，仿佛一切近在眼前，一切又遥不可及，一片云烟迷离。

竟没有发现一个十来岁的小姑娘，已经站在我的身旁一会儿了。她看我从书中抬起头来望着她，递给我一张硬纸牌，上面写着为残疾孩子捐赠的几个大字。我很奇怪，候车大厅里的人非常多，她怎么一下子选中了我？我问她，她是个聋哑的孩子，但是从我的连比带划中明白了我的意思。她笑着指指我手中的《苏金伞诗文集》。那意思是看苏金伞诗的人，应该有爱心。我也笑了，掏出了一百元交给了她。她把钱装进书包里，顺便从书包里掏出一根鲜艳的线绳。我知道，这是用黑白黄红绿五种颜色的细线编成的，所谓五色，对应的是五毒，这五色线，可以系在手腕上，专门在端午节驱赶五毒，为平安祈福的。她帮我把这端午节的五色线系在我的手脖子上。我觉得这是端午节缘由一本《苏金伞诗文集》而得来的礼物。端午节又是纪念诗人的节日，这应该是冥冥之中送给苏金伞先生的礼物。

2017年7月20日写于北京

龙云断忆

一

我和龙云是汇文中学同届同学。读高中的时候，彼此不熟，只知道那时他爱踢足球。稍微熟悉一点，是在"文革"中，那时北京中学分成两派，我们同为一派，自然便亲切了许多。

我们汇文中学是男校，和女同学接触有限。"文革"运动一来，打破了男校女校之间的界限。那时，我们汇文的几个男同学和一街之隔的邻校女十五中的几个女同学，兴致勃勃办起了一个小有影响的展览。展览为正处于青青期的男女同学创造了一个亲密接触的机会，在强悍的政治膨胀的气氛中，平添了一点儿柔软的东西。这在当时的我看来，颇有些三十年代左翼小说家常常描写过的革命加爱情的意思。

后来的事实证明，我的判断是对的。办展览的几对男女同学都自然而然地产生了那种朦朦胧胧的感情，其中也包括龙云。我猜想，应该算作他的初恋。其实，只是一段还没有开始就结束的无花果之恋。其中最具有戏剧性的桥段是，龙云鼓足了勇气，给那位女同学写了一封信，收到的回信，却是一封无字书，只有他写给人家的那信，另外夹着两根火柴和一片涂磷纸。那意思很明确，让他自己把自己的信烧掉，同时，也烧掉自己的初恋。

我不知道这件事对于龙云日后的影响如何。后来，我看到龙云写过的唯一一篇短篇小说《记忆中的小河》，小说记述了这个戏剧性的桥段。小说用了那位女同学真实的名字（在龙云最初的创作中，他作品中的人物爱用现实中的真人名姓），足见这件事对于他还是记忆犹深的。但是，在小说中，他处理得很宽厚，充满怀念与温情。不知别人对他的创作如何解读，我一直以为，这应该是他创作的起点。尽管，他真正的创作是在到北大荒后的第三年。但是，对于自己生活的记忆与处理，对于情感的细腻和沉淀，是他最初创作的基础和原动力。

二

1968年夏天，我和龙云坐同一辆火车北上，来到位于富锦县的大兴岛，叫作大兴农场二队，后叫57团二连。应该说，真正密切的接触，从这里开始。从列车驶动，到北大荒，我发现他显得情绪格外波动，常见他泪眼婆娑。到达北大荒的第一个夜晚，他睡不着，跑到外面，月涌大江流，星垂平野阔。那时，我也在外面，和他一样的情绪起伏。他对我坦诚地说自己是在"感情回潮"。

这个词，印象深刻，一直存活在我的脑海里四十七年。这是一个带有时代烙印的词，也是一个带有感情色彩的词。那时，时兴说"右倾回潮"，而他却别出心裁说是"感情回潮"。至于那天夜里他回潮的是什么感情，他没有说，我也无从得知。

那时候，我和龙云真的是非常的好笑，自以为是，急公好义，路见不平，拔刀相助。用当时东北老乡的话说，其实就是"傻小子睡凉炕，全凭火力壮"。

全因为看到队里的三个所谓的"反革命"，认为并不是真正的反革命，而绝对是好人。尤其是看着他们的脖子上用铁丝勒着挂三块拖拉机的链轨板挨批斗，更是于心不忍。要知道每一块链轨板十七斤半重，每一次批斗下来，铁丝在他们肉里勒下深深的血痕。于是，我和龙云，还有另外汇文的七位同学，号称"九大员"联袂出场了，要拯救那三个人于危难之中。

那一年冬天，踏雪迎风，我们一起走访老农家，身后甩下无边无际的荒原，心里充塞着小布尔乔亚的悲天悯人情怀。一连好几个夜晚，在知青的大食堂里摆下辩论会场，我们和那些坚决要把这三人打成"反革命"的人进行辩论。唇枪舌剑之间，龙云的口锋犀利又带有幽默，令人不容置辩，又常让人忍俊不禁。他让我第一次看到在重感情并易动感情的柔软甚至脆弱之外，那种正直与正义以及正气的一种刚毅。在以后我和他接触的四十余年的岁月里，我一直以为这是他性格的两个侧面。

在此之后，上级派来工作组，把我们"九大员"打散，分到其他各生产队，龙云去了十九队。也就是从那时前后，他开始了他的文学创作，主要是写诗。他写的《二连的战旗在富锦码头上呼啦啦的飘》，颇有当年张万舒《黄山松》的气魄，很是昂扬，我和队友曾经在大兴岛的舞台上朗诵，为龙云赢得了最初的好评。以后，他写的《二连啊二连，我是如此的想念你》，写道我真想冬天去二连看望你，我曾经贴在东风上（指东风牌康拜因即联合收割机）的机标，是不是被寒风冻伤。这是诗中的一句大意，写得真的是好，充满感情，和那时我们都在写的、也和他的那首《二连的战旗在富锦码头上呼啦啦的飘》过于慷慨昂扬的诗风大异。他后来写的一组《风雨楼的歌》，被当时《中国文学》翻译成英文，不是没有原因的。

临离开二队的时候，龙云找到队上的一位女知青，和他一样，也是个康拜因手，他们便是在开康拜因时熟悉而彼此好感的。龙云对她说希望以后她能给自己写信。这句话，和上一次他给那位女同学写信一样，也是鼓足了勇气才说出来的，而且，由于上次写信无果，他觉得自己有些冒失，这一次退了一步，让女方先给自己写信。如果这也算是恋爱的话，是龙云的第二次恋爱吧。让龙云没有想到的是，对方对他说："你给我写信，我就给你写信。"自尊心很强的龙云当时没有说什么，心里却非常不快。这一次还没有开始就结束的恋爱，就这样无疾而终。两次，都折在信上。

龙云对这一次感情挫折的态度是决绝的，一直没有原谅女方年轻时的幼稚。因为在以后两年，那时我们都还在北大荒，为了挽回这一次感情，我和一个朋友一起好说歹说把龙云请回二队旁新开荒的二十五队，因为那时女方调到二十五队，想让他们两人见个面，破释前嫌，撮合他们。二十五队的头头也是我们中学的同学，特意把队部办公室腾出来，让他们会面。我们都躲在外面的荒原上，等候结果。谁想到那一天晚上，突然下起暴雨，外面无处可躲，淋得我们落汤鸡一般浑身湿透，却依然没有挽回那段已经失去的感情。如今，五十年过去，龙云和女方双双离世，徒留下青春的一声叹息。

龙云从二队调到十九队的时候，我被调到师部宣传队搞创作。因为当年在二队的政治风波中得罪了头头，档案压在他们的手里死活不放，在师部一年多之后，始终无法正式调去，我又灰溜溜回到大兴岛。临别前，宣传队负责人老余问我还有什么人能写东西，我说了龙云。后来，龙云去了师部宣传队。我们两人像上下半场交换位置的运动员，轮番上场，为建三江这块荒原留下了自己的青春篇章。

三

龙云临离开大兴岛到师部宣传队报道前，我们聚了一次。那时，我从北京带去了两个箱子，一箱子是被褥衣服，一箱子是书，在同学中，应该是带书最多的。他从我那里找了几本书，其中印象深的是萧平的一本小说集《三月雪》。他和我都非常喜欢。这几本书，他带到师部，再也没有还我，我当时很想向他要书，但几次都不好意思开口。有一次，到师部宣传队看他，他先说起书的事，说都丢了。其实，我已经看见那本

《三月雪》正压在他的枕头下面。他确实喜欢那本书，那样子，真的像个孩子。

他真正大量读书，应该是从这时候开始的。在师部宣传队，他偶然发现了一个书库，藏有不少古今中外的名著，当时被当作"封资修"封存在那里。他便开始一个人偷偷地跑到那里拿出书，回来偷偷地读。那里，是他的图书馆，是他的学校。青春季节读书，其中的感受力和吸收力，和其他时候完全不一样。这个时期，是他知识储备的关键，是他创作积淀的关键。他不再仅仅凭借情感与感性，而是有了古今中外名著更为宽阔知识与理论的借鉴和眼光。

在师部宣传队的那几年，应该是他愉快的几年。他读了那么多的书，又写了那么多的节目，其中还要在全兵团上演颇有影响的多幕话剧。而且，他是在那里赢得了爱情，和宣传队演出样板戏《红灯记》里扮演李铁梅的北京知青结了婚。仔细想来，他在北大荒十年整，在大兴岛只有不到四年，在师部却有六年，且是他最春风满怀的六年。他北大荒的朋友由大兴岛和师部两部分组成。在他的晚年，这些朋友成为了青春的回忆和精神的寄托。他曾经把写过的一些草稿交给其中的朋友看，寻找知音，渴望回声。

他调到师部一年多后，我就离开北大荒回到北京。我们的联系很少了，他在北大荒写的那些剧目，我也无从看到。粉碎"四人帮"之后，我们只知道彼此考入了中央戏剧学院和黑龙江大学，他后来又考入南京大学，师从陈白尘读研。等我们再一次接上头，是1979年，他约请我去王府井的儿童剧院看他的话剧《有这样一个小院》。那天，他在忙着和这个戏的导演李丁联系。我们两人在儿童剧院门口见了一面，没说几句话，就匆匆分手了。

这是一部与当时《于无声处》类似的反"四人帮"的时代戏，当时，影响很大，我很为他高兴。我看得出他创作的进步，也看得出他钟情于时代，愿意紧密触摸现实的脉搏。从创作的风格而言，他走的基本是老舍《茶馆》的路子。可以说，这部戏是以后更有广泛影响也争执颇多的《小井胡同》的前奏，或是试验的草稿。如此与现实胶粘，并愿意为现实发声，对于当时还是处于尚未转型的政治社会，受到不是来自艺术而完全是政治的非难，便在劫难逃。

《小井胡同》在1983年正式公演时，我没有看到。但是，后来读到他的剧本集前刊载了那么多与陈白尘的通信，我看到龙云深陷其中，并且痛苦不堪，深觉得他耗费了太多的精力，有些无奈，又有些不大值得，很是惋惜。或许，这就是龙云的宿命。人常说，性格即命运。

四

在此后多年，各自奔忙，我们彼此疏于联系。现在想想，真的是非常的遗憾。因为，一晃，竟然是二十来年过去了，我们再一次联系密切，是2004年一起重返北大荒。

在重返北大荒之前，正好赶上他的话剧《正红旗下》从上海移师北京演出。他邀请我去看戏。这是自《有这样一个小院》之后，我看到他的第二部戏。戏在人艺演出，这是他的老窝。人艺是他的发祥地，也是他的伤心地。因种种不愉快，他已经离开人艺到国家话剧院。在此之前，除了《小井胡同》外，他写了好几部大戏，都无从上演。却在一年半之前的2002年上演了他专门为人艺写的《万家灯火》。这部戏，他邀请了很多北大荒的老友，但没有邀请我，大概他知道我并不大喜欢这部"命题作文"的戏。尽管这部戏上演百场，广受好评，后来又被拍成电影。我却相信音乐家肖斯塔科维奇说的"交响乐是不能够接受预订而写的"。可惜，我们没有进行过关于这部戏的交流。

我更喜欢他的《荒原与人》，可以看出他对奥尼尔，特别是阿瑟米勒《推销员之死》的学习和借鉴，有明显而可贵的探索试验。那种心理的跳跃时空和故事的线性时空交织，那种独白、旁白和对白的跳进跳出，纵横交错。特别是剧中的主人公"十五年前的马兆新"和"十五年后的马兆新"，同《推销员之死》里的主人公"威利"和"哥哥本"，其设计，同时镜像一般并置于舞台上，有着明显的相似之处，同样都是为了主人公的两种不同思想、感情，以及心理的两种声音的交替出现与碰撞，写得那样努力去触及心灵，又那样有意识地洋溢诗性。

2004年之夏的重返北大荒，让我们又回到青春时节。从北京站上了火车之后，龙云就急忙把啤酒和蒜肠、小肚和猪头肉拿出来，喝！喝！咱哥儿几个凑齐了，多不容易呀！到了大兴岛，到了二队，和老乡聚会的时候，龙云站起来说："我们二队有个队歌，是肖复兴写的，后来由我们在内蒙的一个同学谱的曲子。歌词是这样的。"接着，他背诵了一遍。他的记性真好，居然一字不差。然后，他一把拽起了我，对大家说："下面就由我和肖复兴一起为大家把这首歌唱一遍。"歌声忽然变得具有了奇妙的魔力一样，让往昔的日子纷至沓来，我们竟然为自己的歌声而感动。那一刻，歌声像是万能胶一样，弥合着现实和过去间隔的距离与撕裂的缝隙。

龙云这种激情外露的样子，是我很久没有见到的。听说，在北京的时候，他总爱提着一个大茶缸子，独自一人到天坛一转悠就是一天，有时候，他也爱到胡同里转悠，自己踩着自己的影子。偶尔碰见北大荒的荒友，他会非常高兴，站在马路牙子上，一聊聊到路灯亮了起来。我总觉得他的心里是孤独的、苦闷的，老来每恨无同学，梦里犹曾得异书。知音难觅，他只有在孤独的散步中想象着他自己和他梦中的剧本。除了舞台的想象之外，北大荒是他能够尽情释放的唯一天地。

五

2008年春天，龙云邀请我到国家大剧院看他的话剧《天朝1900》。那天，长安街上堵车严重，我到后戏的第一幕演了一半了。他在剧场外等我，看我急忙忙的，对我说别急，也没有什么看的。我不知道他是谦逊还是宽慰我。但是，戏看完后，非常失望，满台花里胡哨，华而不实。第二天，龙云电话和我交流，我不知道该怎么对他讲。他见我欲言又止，对我说："知道你肯定不满意，跟你说实在的，我意见大了去了！"说着，他说："你在家等我！"然后，他打车来到我家，送给我一本2007年第二期的剧本杂志，上面全文刊载了他的《天朝上邦》三部曲。

当天，认真看了一遍，明白了演出为什么失败，导演背离剧本太多、太远。原剧本是龙云积十余年心血积淀而成，可以说是他一生最为重要的创作。它是由"家事""国事""天下事"三部戏组成，由家事走出而进入国事乃至融为天下事的，有着对历史与国民灵魂的宏观而深沉的思考和把握。将三部戏演成一出戏，删掉的内容，不仅伤了皮肉，更是断了筋骨，关键是失去了一剧之魂。这从剧名的改动就可以看出导演删改的基本思路，先改为《我杀死了德国公使》，后改为了现在的《天朝1900》，原剧本中诸如看到洋人的火车径直从城墙垛口开进天坛愤慨说道"都快开到皇上家炕上去了"，然后撞火车殉身的汉人文瑞；以指血写就《金刚经》视为《广陵散》，用生前纷至沓来的订单作烧纸而慨然赴死的大书法家文子臣；被侵略者如同十字架绑在未来佛身上而活活烧死却决不屈服的报国寺方丈朗月大师……均悉数被删，将剧本演绎成一个特定历史事件的表述，删繁就简只牵出刺杀的一条情节线来，透露着迁就市场的媚俗信息，将一部壮观的大戏弄小了，弄俗了。

后来，我写了一则批评该剧的文章《谁糟蹋了〈天朝1900〉》，引起了一些争论。龙云很生气，又来我家找我，气愤填膺地说他一定要召开一个记者会，说说这出戏的来龙去脉，本能够排三部戏的钱，怎么都砸在一部戏上了。可是当晚，他给我打来电话，说还是算了吧，时任国家话剧院的院长赵有亮找了他。他有些不好意思了，当初，是赵院长力主将他调到国家话剧院的。

不过，我可以看出，对于这部话剧，他真的很上心，也很伤心。这里的无奈，属于艺术，也属于时代。他说他要找上海话剧院重拍这三部曲。不过，他和我都知道，一部剧和一部小说不一样，将剧本在舞台上呈现，不是一个人说了算的事情。但是，将这浸透他心血的三部曲完整地呈现在舞台上，该是他多么大的希望。他去世后，尽管在人艺的努力下，两次复排，将《小井胡同》重现舞台，我却知道，其实，他最希望的还是这三部曲。只是，这成为他一生的遗憾。

读2007年这一期的剧本杂志，在《天朝上邦》剧本后附有龙云的一篇文章《〈天朝上邦〉写作的前前后后》，文中写有这样一段话："我一直想找个机会酣畅淋漓地表现我对那个时代、那些人物命运的理解；我一直想借用那片土壤写一写中国血液里的一些东西；我一直想写一部史诗性的巨作。"

可以说，这个"史诗性"，是龙云的戏剧梦，也可以说是他的戏剧抱负。这个梦，这个抱负，支撑着他后半个人生，却也让他折寿。他不大理会我劝他的"开轩面场圃，把酒话桑麻"；他渴望的是"研朱点周易，饮酒读离骚"。却是"离骚未尽灵均恨，志士千秋泪满裳"。

龙云愿意成为志士——起码是在梦中，在笔下，在戏里。

2021年元旦前夕改毕于北京

忆陶然

陶然如今是我硕果仅存的好朋友之一。听到陶然在香港去世的消息，感到很突然。春节的时候，我和他还互通微信拜年，我问到他的身体，他说还可以。怎么说走就走了呢？

作为朋友，陶然重情重义。不管浮世、人事或人情如何跌宕，他始终如一，注重友情。平日里，他在香港，我在北京，联系不多。友情和爱情不同，好友不会天天死缠一起，情谊依然顽强地存在。友情如风，即使不看见，却始终在你的身边吹拂，而不是风向标，随时变幻着方向，寻找着出路和归路，或便捷的通天之路。

我和他相识于二十世纪八十年代中期。那时，他在香港办《中国旅游》杂志，后来又主编《香港文学》。但是，他没有架子，没有那么多酒肉关系的吃喝玩乐。于我，他的身份始终是一个——朋友。

每一次，他到北京，无论是开会，还是到他的母校北京师范大学，他总会约我见上一面，或清茶朗月，或白雪红炉，畅谈一番。那一年，我们相约在王府井见面，不过是在路南口的麦当劳随便吃了点东西，然后我们边走边聊，顺便送他回驻地。他住在通县靠近城东的一家宾馆，我们就沿着长安街向东，一直走到那里。那时，京通快速路还没有修通，路上没有那么多的车水马龙——或者有，我们只顾着聊天，没有听见市声的喧嚣。

那年冬天，他知道我在台湾参加龙应台组织的台北艺术村的活动，要我回北京路过香港时住几天。不巧，因为家中有事，我从台北到香港转机时，只匆匆给他打了个电话。他很是怅然，话筒里传来他温和的话语，让我感到友情的难得和温暖。

那年年底，他来北京参加作代会，看到花名册上有我的名字，给我打电话，想约上一见，可惜那时我正在呼和浩特姐姐的家中，未能与会。电话中，他语气中颇多遗憾，因他对他的姐姐同样一片深情。所以，他分外理解我，兄长一样的关心叮咛，让我感受到塞外冬天难得的温暖。没有想到，却错过和他见最后一面的机会。

去年，陶然从《香港文学》退休，他给我打来一个电话，说他在香港《文汇报》开设了一个"昨日纪"的专栏，写写过去的老朋友。其中一篇写到我，友情的缠绵如水，润物无声，让我感动。在电话中忆旧，不约而同，我们都说起那年春天在北京竹园宾馆的餐厅里吃宫保鸡丁的情景，那是我们吃到的最好吃的宫保鸡丁。那一天吃完宫保鸡丁，从鼓楼之北，一直到建国门之东，穿过半个北京城，到他的驻地，又聊了许久，一直到华灯初放。说起往事，陶然总充满感情，

那天电话里相约，下一次他来北京，我们再去竹园餐厅吃一回宫保鸡丁。那里的宫保鸡丁确实好吃，总能让我们彼此回忆，滋味绵长。可是，再没有了机会。

《旺角岁月》（香港文学出版社2017年4月版），是陶然出版的最后一部著作。这部厚厚的近五百页的书，是他近年散文创作的集合。重读这部大书，如同晤面。因融有感情，读起来格外亲切亲近，就像仍能听到他娓娓而谈。在这部著作中，他写人，写事，写景，一如过去的风格。有人的风格多变，有人的风格以不变应万变，陶然属于后者，为文，为人，互为镜像，高度统一。白居易有诗：万物秋霜能坏色。陶然难能可贵，是不随秋霜而变色，保持始终如一的眼观浮世，笔持太和的风格，静水流深，水滴石穿。

我最喜欢他写香港的篇章，自从他1973年从北京到香港投奔姐姐，已经有四十余年了，自然对那里更富有感情。他写他曾经住过四十余年的鲗鱼涌，写得最是富于怀旧的感情。文章开门见山，四十年前投奔姐姐，第一次到鲗鱼涌，而今旧地重游，他写道："有轨电车叮叮当当从街当中穿过，这响声一直响着，见证了岁月渐渐老去。"结尾又写到有轨电车："那叮叮当当了超过百年的有轨电车依然，车身尽管不断变幻，广告也五花八门，但电车依旧从东到西，再从西到东，不

紧不慢，贯穿香港岛，静静笑看风云。"他总是能找到寄托自己情感的东西。于是，他便将自己心中翻江倒海的情感，也化为涓涓细流，不紧不慢，静静流淌。这就是他一贯的风格。

陶然是一个重情重义的人，是个怀旧感很浓的人，无论对人、对事、对景，对再琐碎的事物，都是如此。这样性情的人，怀旧之情，便会如风吹落花，飘时犹自舞，扫后更闻香。陶然走了，他这样静水深流、风格独具的文字，会长久留在人世间。

我常常会想起他。想起和他一起在竹园餐厅吃的宫保鸡丁。想起和他一起走过的长长的东长安街。

2019年3月底写于北京

一九八三年的稿费单

　　书柜越来越膨胀，越来越杂乱，逼迫我每年到了年末都要清理一遍，却是越清理越乱，必须痛下决心，将陈年积下的一些书籍和杂物，毫不留情地处理掉，腾出一点儿清爽的空间，让心里和眼前都轩豁一点儿，干净一点儿。清理书柜的最下一层时，忽然发现角落里很委屈地挤着一个小本，红塑料皮，带拉链，由于年头久远，塑料皮已经硬化，拉链也坏了，拉不上了，小本张开了嘴巴，像是要说什么。

　　我不记得这个小本里记的都是些什么，打开一开，是当年记得满满的采访笔记。那时候，我热衷报告文学的采写，东奔西忙，随身带着的就是这个小本。一页页的翻着，密密麻麻的小字，眨动着记忆残缺不全的影子。没有想到，中间有两页异样，爬满的是阿拉伯数字，像躲藏在林子里的一些小蘑菇，只不过已经枯萎——蓝墨水的字迹已经变淡。细看，居然是1983年的稿费单记录。

这让我有些好奇，为什么单单是1983年的稿费单记录呢？以前和以后都没有，只剩下1983年身单影只地突兀在这里，像顽强还残留在舞台上不愿意退场的角色或道具，悠长岁月里打下来的一道追光，斜长地照射在1983年那一个个单调枯燥的阿拉伯数字上。那些数字伸头探脑的，像浮出时光之河的水面，露出一尾尾已经干涸的小鱼，为那时候的文人写作留下一枚发黄的标本。稿费，不过是文人笔下劳作如老牛耕田一样、秋天谷穗收获一样的回报，对照三十八年之后的今天，虽然细微如蛇迹尿痕，却可以看出时代变迁的影子，留下一点儿那时清浅的回声。

记得我得到的第一笔稿费，是在1976年底或1977年初，周恩来总理逝世之后，我写了一篇怀念的散文，两千字，发表在《北京日报》的副刊上，得稿费六元。那是粉碎"四人帮"之后刚刚恢复稿费制度之始，我在一所中学教书，稿费单是寄到学校里的，成为一大新闻，写稿居然还能够赚稿费。那时，我和妻子两地分居，又和有病的老母相依为命，生活有些拮据，学校好心，每年春节前都要给我三十元的生活补助。六元的稿费，在学校传开，这一年的年底，校长找到我，他是一位和蔼可亲的老人，毕业于西南联大，对我一直青眼有加。他望着我说："你有稿费了，老师们有议论，我们研究了一下，今年的补助就减少一半好吗？"我连说应该的。送我出校长室的时候，他又笑着对我说："六元钱，稿费不高，还不如我们当年在西南联大时候呢。"六元的稿费，之所以记得这样清楚，不仅由于是第一笔，更主要是老校长那让我感动的亲切的眼神和话语。

我从此写稿有了稿费，但具体都是多少，记不清了。如果不是看到笔记本上1983年的稿费记录，一切都如烟而逝，被彻底遗忘。所以说，记忆是不可靠的，时过境迁之后的回忆，总会变形，甚至会有意无意的删削或有人为的添加剂。而笔记本上那些稿费单的记录，是记忆真实无误的凭证。数字虽然有些冰冷枯燥，却也铁面无私，清爽如根根笔立的树木，让记忆一下有了枝叶摇曳的生命。

将这1983年的稿费单记录抄录如下——

一月：

《我们还年轻》394元

《绿色的戈壁滩》130元

《宋世雄，应该给他一枚金牌》110元

《二十一岁的时候》160元

《爱》77元

《灯光》60元

二月：

《老人与海》92元

《风雪邮路》72元

《李富荣和别尔切克》194元

三月：

《抹不掉的声音》198元

《命运交响曲》154元

《相逢在春夜里》80元

《爸爸妈妈今天毕业》80元

四月：

《小院记事》100元

《那不该倒塌的》125元

《你为别人送去了什么》70元

五月：

《木牌牌》120元

《欢欣与苦恼》120元

《洁白的天鹅》70元

六月：

《瓜棚记》90元

《一片小树林》146元

七月：

《魔方·飞碟·X》370元

《已经是秋天》70元

八月：

《她和他们》130元

《学院墙内外》370元

《柴达木传说》250元

《北大荒酒》166元

九月：

《西瓜的故事》85元

《爱就是火》95元

《默默的燃烧》75元

十月：

《鸟，又飞了回来》100元

十一月：

《爱矿灯的姑娘》45元

十二月：

《北大荒奇遇》315元

《美好而苦涩的心》150元

《一路平安》320元

《三月三》105元

　　记录上这些篇目，是1983年我写的短篇小说、中篇小说和报告文学，发表在当时的《人民文学》《上海文学》《青年文学》《文汇月刊》《青春》《雨花》《新港》等杂志上，是我写作比较勤奋和兴奋的一年。那一年，正是我三十六岁的本命年。这一份记录，于我算是雪泥鸿爪的纪念，那一年年轮中留下的深深浅浅的纹络。

　　其中好多文章，写得潦草，我记不清写的都是什么，只有重要的文章，印刻在我的记忆里，比如《柴达木传说》，是经罗达成之手发表在《文汇月刊》上的。当时，有一定的影响，第二年被几家报刊转载。两万四千多字，从稿费单可以看出，得稿费二百五十元，当时的稿费标准是千字十元，基本上是一万字的稿子，稿费是一百元，各杂志上下幅度不大，标准很统一。

笔记本上还记着一笔，《国际大师和他的妻子》的税后稿费二千七百四十五元。这是我出版的第一本书，小说和报告文学的合集，由北京十月文艺出版社出版，二十余万字，首版印了八万册，算下来，也是千字十元左右，书和报刊的稿费标准，差别不大。这本书是在1893年12月出版，收到样书和稿费已经是1984年的事情了。

如果不将这本书的稿费计算在内，1983年我一年的稿费收入是五千二百四十八元。按照当时的生活标准，这笔稿费，作为一个普通的业余作家，不算少（当然无法和畅销书作家相比）。当时，流行"万元户"，1983年我的这五千二百四十八元，等于半个"万元户"呢。

千字十元，相对刚刚恢复稿费制度时的标准千字三元，六年的工夫，稿费标准增长三倍之多，增长的幅度是明显的。如果和今天的稿费标准相比，今天的稿费增长幅度明显高出更多，如今一些报刊的稿费标准是千字百元至几百元不等，有些杂志则高达千字千元。这样算来，稿费增加了几十倍甚至一百倍。这还不算版税拿稿费，会更多。只按照平均的标准看，和1983年比，如今的稿费最低也已经增长了十倍上下。应该说，稿费确实在增长，有目共睹。

但是，这只是数字的增长，没有物价指数的上涨和货币的贬值因素在内。物价指数和货币贬值率，过于专业，说起来有些复杂，如果只拿当年的工资来和今日的工资对比，会看得稍微直接明了一些，便也会看出如今变化后稿费的些许尴尬。1983年，我每月的工资是四十七元五角，一年的总收入是五百七十元。1983年我的稿费收入是五千二百四十八元，也就是说，是我的工资年收入的近十倍。现在，我年进账的稿费则远远达不到工资收入十倍的标准了。从这一点看，我们如今的稿费，和1983年比，并没有增加，相反减少。数字的变化，说明不了实质的变化。

当然，我只是一个普通的作家，不能以偏概全，囊括其他作家，更不能和上了作家收入排行榜的作家相比。但是，作为一个普通作家，也许更具有普遍性，这个1983年的稿费单记录，还是多少可以给制定稿费标准的部门提供一点点参考，调整制定出更合情、合理、合乎时代发展的标准，从而更体现对作家劳动、对文化价值的尊重。对于一般人而言，和稿费并无关联，但是，这个1983年的稿费单记录，起码可以像看一张老照片，让你想起三十八年前我们曾经共有的生活情景。蓦然回首，已是白云苍狗，数简旧书忘世味，半瓯春茗过花时。

2021年春节前夕于北京

千行墨妙破冥蒙

2020年就要过去了。这一年，疫情在全世界蔓延，世事与人生都发生着意想不到的变化。这一年，我哪儿都没有去，闭门宅家，除了读书写作，打发寂寥时间的，便是画画。尽管画得不怎么样，却几乎天天在画，一本接一本，废纸千张，却乐此不疲。

想起十三年前，2007年的大年初一，在京沪高速公路，意外出了一次车祸。我在天坛医院住院，一直住到五一节过后才出院。医生嘱咐我还需要卧床休息，不可下地走动。窗外已是桃红柳绿，春光四溢，终日躺在床上，实在烦闷无聊，我想起了画画，让家人买了一个画夹、水彩和几支笔，开始躺在床上画画。

我喜欢画建筑，画街景，借了好多画册，照葫芦画瓢。

最喜欢奥地利画家埃贡·席勒（Egon Schiele）。那时，我对他一无所知，不知道他和赫赫有名的克里姆特齐名。我看到的是席勒的画册。那本画册，收集的都是席勒画的风景油画。在那些画作中，大多是站山顶俯视山下绿树红花中的房子，错落有致，彩色的房顶，简洁而爽朗的线条，以及花色繁茂的树木，异常艳丽，装饰性极强。我也不知道他画的都是他母亲的家乡捷克山城克鲁姆洛夫。同时，我更不知道，也没有看到他浓墨重彩的重头戏——人体画，更以出尘拔俗的风格为世人瞩目。

但席勒是我入门建筑和风景画的老师。2007年的春天和夏天，趴在床上，在画夹上画画，画的好多都是学习席勒的画。花花绿绿的油彩涂抹在床单上，成为那一年养伤时色彩斑斓的记忆。

我从小喜欢绘画，尽管从小学到中学美术课最好的成绩不过是良，但这没有妨碍我对于美术的热爱。那时候，家里的墙上挂着一幅陆润庠的字和一幅郎世宁画的狗。我对字不感兴趣，觉得画有意思，那是一幅工笔画，装裱成立轴，画面已经起皱，颜色也有些发暗。我不懂画的好坏，只觉得画上的狗和真狗比起来，又像，又有点儿不像。说不像吧，它确实和真狗的样子一样；说像吧，它要比我见过的真狗毛茸茸的要好看许多。这是我对画最初的认知。

读小学四年级的一个暑假，我去内蒙看望在那里工作的姐姐，看到她家里有一本美术日记（那是她被评为劳动模范的奖品），里面有很多幅插页，印的都是新中国成立以来一批有名的美术家新画的作品，有油画，有国画，还有版画……我第一次认识了那么多有名的画家，见到了那么多漂亮的美术作品。尽管都是印刷品，却让我感到美不胜收，仿佛乘坐上一艘新的航船，来到了一片风光旖旎崭新的水域。回北京之前，姐姐看我喜欢这本美术日记，把它送给了我。

其中吴凡的木刻《蒲公英》让我印象至深：一个孩子跪在地上，一只小手举着一朵蒲公英，噘着小嘴，对着蒲公英在吹，那么可爱，充满对即将吹飞的蒲公英好奇又喜悦的心情，让我感动。六十多年过去了，去年年底我在美术馆看展览，第一次看到这幅《蒲公英》的原作，站在它面前，隐隐有些激动，仿佛看到自己的童年。

尽管画得从不入流，但就像喜欢音乐却从不入门一样，并不影响我入迷。如今，无论有机会到世界哪个地方，到那里的美术馆参观，是首选，是我的必修课。我觉得画画是那么的好玩，会画画的人是那么的幸福快乐，那么的让人羡慕！比起抽象的文字，绘画更直观更真切，展现出的世界，更活色生香，更手到擒来。即使不懂文字的人，也能一下子看懂绘画。这一点，和音乐一样，都是人类无须翻译就能听懂看懂的语言。

画画，成为了我的一种日记。特别是今年疫情发生以来封城宅家的日子里，画画更成为一种必须。何以解忧，唯有画画。"一室茶香开澹黯，千行墨妙破冥蒙。"这是柳如是的一联诗，真的，确实是千行墨妙破冥蒙，茶香可以没有，墨妙帮我度过这一年。

2月18日，我用水溶性彩铅临摹了席勒的油画《家》。这是席勒生前画的最后一幅画。一百年前的1918年那场西班牙大流感中，席勒一家三口不幸染病，先后死亡。席勒在临终前几天，完成了这幅《家》。没有比家的平安更让人牵心揪肺的了。4月8日，武汉解封的那一天，我又用钢笔和水彩临摹席勒画的一幅人体油画：一个孩子扑进妈妈的怀抱。现在，我自己都很奇怪，今年这场世界性的灾难中，为什么席勒总会出现在我的画本上面？我忍不住想起了十三年前，躺在病床上，第一次看席勒的画册，第一次临摹席勒作品的情景。冥蒙之中，绘画有着一些神秘莫测的东西。

我国疫情稳定之后，有时候，我愿意外出到公园或街头画画速写。画速写，最富有快感，特别面对的是转瞬即逝的人，最练眼神和笔头的速度。常常是我没有画完，人变换了动作，或者索性走了，让我措手不及，画便常成为半成品。也常会有人凑过来看我画画，开始脸皮薄，怕人看，现在我已经练就得脸皮很厚，旁若无人，任由褒贬，绝不那么拘谨，而是随心所欲，信马由缰，画得不好，一撕一扔，都可以肆无忌惮。乐趣便也由此而生，所谓游野泳，或荒原驰马，天高风清，别有一番畅快的心致。

前些日子，偶然看到日本导演北野武的一篇文章，他写了这样一段话："我从小就喜欢画画，但真正认真起来画画，是1994年那场车祸之后。那时，我都快五十岁了，因为车祸，在床上躺了一个多月，半边脸瘫掉，实在太无聊啦，就开始画画，只是为了好玩……但说实在的，我的水平还不如小学生，全凭感觉随便画画，完全谈不上技术……其实，人怎么活得不无聊，这个问题的关键还是在于自己，不要为了别人的眼光而活。如果自己觉得人生过得有意思，那即便是身无分文，只要有地方住，有饭吃，能做自己喜欢的事情活下去，这样也就足够了。"

　　我惊讶于北野武的经历和想法，竟然和我一样。同样的车祸，同样的由此喜欢上了画画，同样画画水平不如小学生却觉得好玩和有意思。虽说是大千世界，茫茫人海，更芸芸众生，其实，很多的活法、想法和做法，是大同小异的。

2020年岁末写于北京

孙犁读记

文人之间

在唐代诗人中，孙犁先生对柳宗元情有独钟。1978年底，孙犁先生写过一篇《谈柳宗元》的文章。这篇文章收录在孙犁先生粉碎"四人帮"后出版的第一本书《晚华集》中。这本书很薄，但很重要，内容丰富，其中主要涵盖这样三方面内容：对故土乡亲和对自己创作的回忆；对逝去故旧及对劫后余生老朋友的缅怀和感念；对古今典籍的重读新解。前两方面并非"今夕复何夕，共此灯烛光"单纯的怀旧，而是以逝去的过去观照现实；最后一方面则道出孙犁先生重新握笔为文的旨向，也可以视之为文的小小宣言。

《谈柳宗元》是这本书中的最后一篇文章。在我的阅读经验中，一直觉得是这本书中最值得重视的一篇文章。它着重谈的是对于柳宗元为文品质与文人性格长短强弱的评价。有意思的是，文章的开头谈的却是文人的友情，孙犁先生开门见山说："朋友是五伦之一。这方面的道义，古人看得很重。""讲朋友故事的文学作品，在中国有相当大的数量。"然后，他谈到了刘禹锡和柳宗元之间的友情。但是，他未及深说，只写了一句："柳宗元死后，他的朋友刘禹锡一祭再祭，都有文章。"便戛然而止。这让我格外好奇，甚至有些不解。因为从文章的一头一尾看，都是主要写朋友之间的友情，开头以古人始，结尾以现实止，前后的呼应和镜像关系是明显的。为什么在中间的部分只是这样一笔带过，而没有将柳宗元和刘禹锡之间的友情写下去呢？

　　柳宗元和刘禹锡的友情，在唐代诗人中是格外突出的。他们二人不仅同为永贞革新的八司马中的"二马"，政治趋向一致；他们的诗文同样趣味相投，追求一致；更重要的是他们的品性相同，在落难之时越发见得惺惺相惜的真情所在。后一点，对于友情而言，似乎更加可靠。如此，在二次被贬时，柳宗元是贬至广西柳州，刘禹锡是贬至更为边远贫穷的贵州播州（今遵义），而且，刘禹锡还要带着年逾八十的老母，一路崎岖长途颠簸，需要三四个月才能从长安到达播州，风烛残年的老人怎么受得了！于是，柳宗元上书皇上求情，请求自己和刘禹锡对换，让刘禹锡带着老母到近一些的柳州，自己远去播州。这样的高情厚谊，即使是今日的文人，恐怕也难以做到。

　　这是柳宗元对刘禹锡的友情，反过来，刘禹锡对柳宗元，一样如此真情以待。柳宗元四十七岁英年之时客死他乡，是刘禹锡收留下柳宗元的几个孩子，发誓"遗孤之才与不才，敢同己子之相许"，将这几个孩子抚养成人，并将其中一个孩子培养成为了进士。同时，他完成了柳宗元的遗愿，耗时五年之久，终于将柳宗元的诗文收集编辑出版。正如孙犁先生所说，柳宗元死后，刘禹锡不仅写文章"一祭再祭"，还为柳宗元的文集出版尽心尽力，并亲自作序推介。

文人之间的友情，做到柳宗元和刘禹锡如此，实在是令人叹为观止。并非没有，却极为罕见，我想到的是放翁和四川老友张季长的旷世友情，放翁曾有这样一句诗赠张："野人蓬户冷如霜，问讯今惟一季长。"所谓"惟一"，确如少见。

这样想来，便也就多少明白孙犁先生在《谈柳宗元》中，未及深说柳宗元和刘禹锡之间友情的内心潜在原因。孙犁先生在这篇文章中留白给我们读者。我这样说，不是没有来由的，因为在这篇文章中孙犁先生未及深说，在其他文章却有明显的涉及。这些文章，都是在和《谈柳宗元》同一时期所写，都收集在《晚华集》和《尺泽集》中。

在《谈赵树理》一文中，孙犁先生谈到文人与政治环境的关系，他说："政治斗争的形势，也有变化。上层建筑领域，进入了多事之秋，不少人跌落下来。作家是脆弱的，也是敏感的。"作家所面临的，是"毁誉交于前，荣辱战于心的新的环境里"。孙犁先生很清楚，在这样的政治动荡的新环境里，虽然不少文人和柳宗元与刘禹锡遭受过一样的颠簸命运，但如今文人的脆弱与敏感，是难以达到柳刘二人的友情境界的。如果仔细读《谈柳宗元》一文，孙犁先生提到读韩愈的《柳宗元墓志铭》："在这篇文章里，我初次见到了'落井下石'一词和挤之落井的'挤'字。"这一笔恐怕不是挂角一将。真的是不去落井下石和挤之落井，就已经不错了，哪里谈得到如柳宗元上书皇上要求和刘禹锡置换流放地一样的舍己为人？

在《读柳荫诗作记》一文中，孙犁先生有过这样一段关于简化字"敌"的议论，非常有意思："自从这个'敌'被简化，故人随便加上一撇，便可以变成'敌人'。因此，故人也已经变得很复杂了。"这样含义深长而别致的精彩话，可以作为文人之间脆薄友情变化的另一种形象补充。

在《韩映山〈紫苇集〉小引》一文中，孙犁先生写出在这样情势下文人的变化："这些年，在我交往的人们中间，有的是生死异途，有的是变化百端的。在林彪'四人帮'等政治骗子影响下，即使文艺界，也不断出现以文艺为趋附的手段，有势则附而为友，无势则去而为敌的现象。实际上，这已经远劣于市道之交。"这样的话，说出来是沉痛的，却是孙犁先生自身亲历后的喟叹。文坛"已经远劣于市道之交"，更遑论柳刘之间文人的友情？

在《忆侯金镜》一文中，孙犁谈到朋友之间的文章如何评论的问题，他写道："对于朋友的作品，是不好写的也不好谈的。过誉则有违公论，责备则又恐伤私情。"文人之间的友情，不可能回避作品，作品是友情重要的载体和通道。但对于保持操守、恪守颜面的文人谈论彼此的作品，确实又是很难的，于是，今天文人之间难以做到如刘禹锡一样对柳宗元诗文作品发自深心盛赞的情景，因为那既含有私情，又饱有公论，而不是区区为了评奖或晋级或为卖书而站台式的捧场。

从这些文章中的互文互补里，可以品出一些在《谈柳宗元》中未及深说文人之间友情的那些留白意味。因此，在读《晚华集》后记中这一段："我才深深领会，鲁迅在三十年代所感慨的：古人悼念朋友的文章，为什么都是那样的短，而结尾又是那么的紧迫！同时也才明白，为什么名家所作的碑文墓志都是那么的空浮漂虚。"这一段话，说得言简意深，发人深省。我多少领会一些孙犁先生内心所隐和所苦，所思和所叹。即使是朋友之间，能够完全说出真实的话来，也是困难的，尤其对于脆弱又敏感的文人，格外看重名节又格外能出卖名节的文人，更是困难。不知道柳宗元和刘禹锡如果活到今天，会不会一样拥有这样的困惑？还是一如既往地保持着当年的风范，经受得住考验，能够向世人证明一下，文人之间的友情，并不是"远劣于市道之交"？

2021年2月16日正月初五于北京

《三马》和《二马》

粉碎"四人帮"之后，重拾笔墨，孙犁先生的心态与文风已经大变。基本上，他不再写小说，转战随笔散文与短论，文笔从白洋淀风转而深沉老辣如秋霜凛冽，所谓"庾信文章老更成"。

在短暂的时间里，孙犁先生写过一组《芸斋小说》，但这一组制式短小的小说，和以前的《荷花淀》短篇小说风格完全不同。说是小说，其实更接近《阅微草堂笔记》，也多少有些《聊斋》的影子。笔底裹挟的不再是艰辛战争风云中美好的人物与恬淡的人情，更多是"世味年来薄似纱"之后的跌宕世事与沉浮人生，删繁就简，剔除了一切铺排与渲染，有意将杂文之风揉搓进小说叙事的肌理之中，将别来沧海事，融入语罢暮天钟回荡的袅袅余音里。这是孙犁先生晚年创作风格重要之变。

写于1982年1月的《三马》，是这一组《芸斋小说》中的一篇。不知别人读《三马》时会有如何的感受，我是首先想到了老舍先生的《二马》。这当然只是一种小说题目比附所带来由此及彼的联想，其实两者是风马牛不相及的，因为小说的内容和写法完全不同。《二马》是小二十万字的长篇，《三马》是两千来字的短篇。《二马》写的是上个世纪之初的故事，《三马》写的是文化大革命的事情。《二马》反映的中西之间的文化冲突，上下两代人之间的性格与命运的异趣，幽默的笔触，喜剧的构制。《三马》则写了在特殊时代里一个人的命运，以个体映照时代，朴素的叙述，悲剧的意味。

如果说两篇小说有相同之处的话，便都是写一个同为马姓人家的故事。《二马》写了马家的父亲老马和儿子小马，《三马》主要写了马家的三个儿子：大马、二马和三马。《二马》写了在时代变化的大背景下老马和小马的矛盾，但并没有引发致命的冲突；《三马》则不同，虽然三个儿子之间没有正面的冲突，但也是由于时代动荡，三马最后死的悲剧发生，是远比《二马》老马和二马父子同时爱上女房东母女俩这样带有喜剧元素并极具戏剧化的结尾要惨烈得多。从而也可以看出，小说的深度与广度，并不仅仅在于长度，江河湖海可以浩瀚万里，桃花潭水也可以深千尺。

《三马》中的大马和二马，到了岁数，找不着对象，进了精神病医院，原因是父亲以前曾经在日本人办的报馆里做过事，被诬为日本特务。文化大革命一来，旧事重提，马家的父亲被关进牛棚，家中只剩下十六七岁的三马一人。小说中的"我"，即孙犁先生本人，也从原来住的三间屋子被勒令搬进一小间黑屋，正好与三马为邻。进而，"我"又被关进牛棚，和马家父亲同为牛鬼蛇神。正如《二马》中多了一个尹牧师的人物，串联起老马二马父子和房东母女之间的故事；《三马》中的"我"，串联起三马与大马、二马三兄弟以及和父亲老马之间的故事。牛棚生涯结束，"我"被"解放"，从这间小屋搬回原来住的三间老屋的同时，三马的两个哥哥也从医院回来了，三马不愿意同两个疯人同住，"自己偷偷住进了我留下的那一小间空房。被管房的知道了，带一群人硬逼他出来，他恳求了半天，还是不行，又挨了打，就从口袋里掏出一瓶敌敌畏，当场喝下去死掉了"。

小说到此，戛然而止，让人掩卷叹息。想起老舍先生的《二马》，更会为三马而叹息。起码，二马和父亲老马还一起飘洋过海，不仅看到异国风景，还和洋人谈过一场虽未果却也心旌摇荡的恋爱。尽管最终只是人家洋妞喝醉了之后的行为，毕竟二马还得到过一个香吻。三马，和他的两个哥哥，却连恋爱的滋味都没有尝过呀。而且，三马死去的时候，仅仅才十六七岁呀。时过境迁之后，在如今一个小品相声流行，搞笑的喜剧胜于沉重悲剧的年代里，重读《三马》这样的文字，会让我们记住一些不该忘记的人生与世事。在文学的书写越来越边缘化，越来越内转化，越来越趋向于世俗权势与资本，重读《三马》这样的文字，会让我们觉得正视现实与历史，还是文学应尽的本分，是文学生命应该流淌的血脉。

《三马》中，还有这样两处笔墨，尤其值得注意。这两处，如同《二马》中多出另一个人物李子荣一样，牵出小说的另一个人物，即"我"的老伴。

一处是"我"搬进小屋，与三马为邻，三马主动和老伴招呼说："大娘，你刚搬过来，缺什么短什么，就和我说吧！"老伴感激得落泪，因为"在很长一段时期，他是唯一对我家没有敌意并怀有同情之心的人了"。显然，这一处描写，写的是三马这个人，让三马的善良，和三马死的悲凉，做了对比。

另一处，写"我"在牛棚期间，快接近"解放"时候了，老伴却在附近的医院里病逝了。是两位朋友帮忙草草办了丧事。两个不挨不靠的人的死，连接在一起，成为彼此凄婉的回声。

再看，想起老伴跟着"我"整整四十年，一同经历了千辛万苦，但是，孙犁先生写道：自己"没掉一滴眼泪"。但是，在听到三马死的消息时，孙犁先生写道："我的干枯已久的眼眶，突然充满了泪水。"没有任何煽情和渲染，两厢的对比，写出了三马之死的悲剧之悲，方才让"我"泪水盈眶。有时候，小说的潜流，更会水花四溢，打湿读者的心。小说中看起来并不紧挨紧靠的人物，哪怕只是细微的细节，都会起到与小说人物主线相互辉映的作用，像树根一样交错盘缠，才会让树的枝叶繁茂。

此外，《三马》最后的一段"芸斋主人曰"很重要。"芸斋主人曰"，是这一组《芸斋小说》都有的结尾表现形式，显然是从《聊斋》中的"异史氏曰"衍化而来。在粉碎"四人帮"重新握笔的初始之时，孙犁先生就对《聊斋》这部书情有独钟，重读并予以评说。1978年7月写的《关于〈聊斋志异〉》一文中，特别指出："我也喜爱'异史氏曰'这种文字，我以为是直接承继了司马迁的真传。"足见孙犁先生对于"异史氏曰"这一写法的重视，方才在自己的《芸斋小说》中有意为之。

需要看到的是，在一组《芸斋小说》中，《三马》的这一段"芸斋主人曰"尤其重要："鲁迅先生有言，真正的勇士，能面对惨淡的人生，正视淋漓的鲜血。余可谓过来人矣，然绝非勇士，乃懦夫之苟且偷生耳。然终于得见国家拨乱反正，'四人帮'之受审于万民。痛定思痛，乃悼亡者。终以彼等死于暗无天日，未得共享政治清明之福为恨事，此所以于昏眊之年，仍有芸斋小说之作也。"这一段"芸斋主人曰"的重要，在于孙犁先生直白无误地明确道出了他为什么要写这一组芸斋小说的原因，正在于如三马一样的这些人，让孙犁先生不能忘记而骨鲠在喉不吐不快。这便是一位作家的良知，是他的写作宣言，是他为文的内在推动力。

1979年12月，孙犁先生写成《谈柳宗元》，借柳宗元故去后刘禹锡的纪念文章、韩愈写的墓志铭而引发感想："自从一九七六年，我开始能表达一点真实情感的时候，我却非常怀念这些年死去的伙伴，想写一点什么纪念我们过去那一段难得再有的战斗生活。这种感情，强烈而迫切，慨叹而戚怆。"因此，这一类怀人之作，是经历了时代剧烈震荡和个人命运跌宕之后的回忆，不是简单感时伤怀的怀旧。风雨过后，僧亡塔在，树老花存，却塔不再是以前的塔，花也不再是以前的花，积淀之后重新审视之后的沧桑戚怆回忆，也便不再是以前白洋淀的旧日风景。这一批回忆之作，占据了孙犁先生晚年创作的相当一部分，极其重要。

这样的回忆之作，大致分为三类，一类是对普通人物在大时代中命运的回忆，大多以《芸斋小说》的形式表现，如这篇《三马》；一类是回忆自己家庭和家族以及乡间往事，是以散文的形式表现，如《亡人逸事》《乡里旧闻》等；一类是回忆风雨故人，在粉碎"四人帮"后出版的第一本散文集《晚华集》中，在为不少朋友新出的文集所作的序中，或共此灯烛光，或西窗剪烛下，真挚而强烈，简朴委婉道出。

这三种文章的分别，细致而明确，想来在孙犁先生心里是有定数的。《三马》只是这一类文章的其中一篇，是这样喷涌而交汇的浪花千叠的一簇。放在这样的创作背景下重读这篇小说，会更可以看出它与其他文章相互的关系，以及创作所形成的肌理与情势。这样的文章分别，不仅涉及文体与写作的规划，也是对以往逝去的人与事，情和景，史及实的一种回顾中的盘点、省思和批判。这种盘点、省思和批判，不仅面对客观世界，也直面自己的内心世界。特别是后一点面对客观与内心双重世界的省思与批判，在最初写这一类文章时，孙犁先生就有清醒的认知与预判，他说："我们习惯于听评书掉泪，替古人担忧，在揭示现实生活方面，其能力和胆量确是远逊于古人的。"（《谈柳宗元》）这便是一个作家清醒之处，可贵之处。在这样一系列互文互质的文字中，可以看出孙犁先生和过去所谓"白洋淀"风格判若两人的区别，显得更为深沉而丰厚，简洁而清癯，复杂而多义。这是留给我们的一笔宝贵的遗产。

谨以此文纪念孙犁先生逝世十九周年。

2021年2月18日雨水于北京

贺麟偶感

　　北大哲学教授贺麟，命运极具戏剧性。因解放前上书蒋介石万言书受到蒋的八次接见，有如此前科，注定在新中国成立之后那场思想改造运动中的命运，在劫难逃。一开始，贺麟即被管制，却固守老派文人之风，依然不合时宜地坚称蒋介石为蒋先生。三反和土改运动后，交出万言书底稿，说"现在我要骂蒋介石为匪了"。

　　如果说此时贺麟的表态尚迫于压力多少并不从心。到了1954年，在批判胡适和俞平伯运动中，他的命运起了翻天覆地的变化。变化之因，缘于一篇批判稿，阴差阳错刊登在《人民日报》上。一篇普通的批判稿，能够在《人民日报》上发表，不仅等于他主观世界自己的政治表态，也等于客观对他政治的肯定，两厢政治的合掌，让他的命运跌宕起伏如坐过山车。在此之前，他还被批判为思想糊涂，忽然一下子清醒起来。如此意外受到肯定和表扬，让他惊喜万分，内心的天平发生了倾斜，一下子觉得自己有政治地位了，由此对胡适和俞平伯批判的态度更为积极。

如果再看贺麟在运动中的另一种表现，更能够看出他的性格在客观政治斗争中的变化轨迹。贺麟很长一段时间里坚持黑格尔学说，在论战中顽固坚持己见，是众所周知的。但是，从后来他对风雨欲来的担心，到照本宣科苏联专家的课程的违心，到党支部在他家开会帮助他，他以啤酒点心招待后的舒心，从此开始了对黑格尔的批判。从担心到违心到舒心，贺麟的这种转变，从性格到学术到政治的三级跳，我们会看到知识分子心路历程的复杂性。

应该说，贺麟这种命运是带有悲剧性的。这种悲剧性，不仅属于个人，更属于这个群体的一代人甚至几代人。想起刚刚读完许纪霖的《中国知识分子十论》，他在引徐复观"道尊于势"的论述后说过的话："中国知识分子依赖的'道统'，就与西方的传统不一样，它不是通过认知的系统和信仰系统，而是通过道德人格的建立以担当民族存在的责任。"我国知识分子这种先天不足的人文传统，其内在德性的"自力"，外在宗教与法律的"他力"，在突变的政治漩涡中就会显得格外脆弱，常常会如风浪颠簸中的一叶扁舟不知所从。所以鲁迅先生早在论柔石的小说《二月》里的萧涧秋时，就说过知识分子在河边衣襟上沾一点水花就容易落荒而逃。知识分子自身性格的软弱，便不是一两个人的事情了，也不是一时的事情了。特别是看到贺麟的命运，想如果换成自己，也处于那个时代与他同样的位置上和处境中，其性格与心路历程恐怕会和他一样，而命运也就更会无可奈何的相同。这恰恰是让我不寒而栗的地方，是值得所有愿意称自己为知识分子的人警醒的地方。

这是我读完陈徒手的一本新书《故国人民有所思》和许纪霖的一本旧书《中国知识分子十论》后最大的感想。我赞同许纪霖的说法："知识分子的性格就是其所生存其间的民族文化性格。"在以往描写知识分子命运的书籍中，无论是社科类还是文学类，大多写的是政治斗争的残酷性，更多笔墨同情知识分子挨整的悲惨命运，很少去揭示知识分子自身性格的软弱性，便也缺乏对我们民族文化性格的进一步的触及，而使得这一类图书仅仅成为了政治表面的记述和回顾，材料大同小异地罗列与重复。

放翁有诗：志士凄凉闲处老，名花零落雨中看。贺麟的命运，虽然是已经翻过一页的历史，希望能够成为作为知识分子自省的一面镜子，而不只是作为今天闲处老来的一点感喟，雨中落花的一点兔死狐悲。

2015年岁末于布鲁明顿

读方守彝

在印第安纳大学图书馆里，看到方守彝的《纲旧闻斋调刁集》，眼睛一亮，立刻借回来读。之所以选择了方守彝，是因为曾经读过这样一则短文，讲方守彝和他的父亲的一段小故事。

方守彝的父亲方宗诚，是桐城派的重要人物，曾经在枣强县做过几年的县令。过去的俗语：一年清知府，十万雪花银，正所谓即使是于官不贪，也是于官不贫。但是，方宗诚坚守清廉之道。清光绪六年，方宗诚辞官返乡时，枣强县的朋友不忍心看着他就这样两手空空归去，便纷纷解囊，慷慨赠银。盛情难却，方宗诚只好收下，将其打成薄薄的银片，分别夹在自己的几十卷文稿中，准备回乡后作为印书的费用。谁想回家后被为父亲整理书稿的儿子方守彝看到，以为是父亲当县令时收受贿赂的赃款。父亲告他实情，他还是不客气地对父亲说："用礼金印书，文章会因之黯然失色，为儿今后还能读父亲的大作吗？"他又对父亲说："父亲平时有心兴学，不如将礼金送回枣强以做办学之用。"这一年，方守彝三十三岁。

这则短文印象很深，是因为让我想起如今不少官员私人出书，擅用公款，毫无愧色；就更不要说那些肆无忌惮受贿敛财豪取鲸吞的贪官污吏了。方守彝却能够帮助父亲守住读书人的本分，坚持清廉之道，实在令人钦佩。

我记住了方守彝这个名字。

作为晚清桐城派尾声的诗人方守彝，如今已经少为人知。他的同时代人称他的诗"体源山谷，瘦硬淡远"。这话说得不像如今文坛一些拿了红包的评论托儿的阿谀之词。读方守彝"小园花树关心事""秋来天大千山秃"；再看黄庭坚"篱边黄菊关心事""落木千山天远大"，便证明"体源山谷"信是不假。再读方守彝"五夜青灯呼剑起，一天黄叶携风来。""白练远横天吸浪，黄云无际麦翻风。""园竹不肥存节概，海棠未放已风流。"，那风和剑、天和浪、麦和风的呼应，黄叶与青灯、黄云与白练的色泽清冽的对比，竹子气概与海棠风流的存在背景意在言外的抒发，自可以看出"瘦硬淡远"，并非虚夸。

我读方守彝，除"瘦硬淡远"外，还有清新雅致一面。"结彩空门佛欲笑，堕眉新月夜来弯。""四山真似儿孙绕，万马能为黑虎横。""梅影纵寒无软骨，酒杯虽浅有余香。"写新月为夜来而弯，写群山如儿孙而绕，写梅写酒，语清词浅，都有清心爽目不俗的新颖之处。再看他写雪："店远难沽村断径，风寒如叟发全斑。""高天定有清言在，但看缤纷玉屑飞。"前者把雪比喻成白发斑斑，后者将雪比喻成清言纷纷，总能在司空见惯里翻出一点新意，实属不易。

在这本《纲旧闻斋调刁集》里，我最看重的是那些书写乱世之中苦守心志的诗篇。"报国难凭书里字，忧时欲拨雾中天。""忧来世事无从说，话到家常有许悲。""诗来苦作离骚读，恨起微闻古井澜。"；并非躲进他的纲旧闻斋成一统，隐遁在沧桑动荡的红尘之外，而是心从报国，忧来世事，应该说更属不易。如同他自己的诗中所说："语来万斛清泉里，意在三峰华岳中"，方守彝的诗，才有了他自己与万千世界相连的开阔的意象和寄托，才有了今天不俗的阅读价值与意义。

方守彝生活在清末民初从太平天国到辛亥革命的动荡时期，他的同代人称其为"命重当时，离乱倄然，身居都会，不夷不惠，可谓明哲君子矣"。这个评价，特别说他是"明哲君子"，是名符其实的。他不是如秋瑾一样的革命志士，也不是如龚自珍一样的呼吁革新的风云人物。但在乱世之中能够明哲保身，守住读书人的一份良知底线，并不是所有知识分子都能做得到的。不少人如海葵长满面擦的触角，但有风吹草动，就会乱了方寸，浑身乱颤，却自诩为闻鸡起舞。

方守彝的诗中有这样的诗句："八面风来山镇定，一轮月明水清深"，便最让我难忘。同样的意思，他还一再写道："清月乍生凉雨后，高山自表乱云中。"可以说，诗里的山与水与月，是方守彝做人与作诗的明喻，以自己的镇定与清深，对应并对峙的是外界的乱云飞渡和风吹草动。这里的清白与定力，是明哲君子的品性，也是做明哲君子的基础。

对于人生处世，方守彝有一个"浑沌"之说。这个"浑沌"，不是郑板桥"难得糊涂"的"糊涂"。方守彝说："人能浑沌，则不受约束，无所沾滞，有自在之乐。"他进一步解释："忘老衰之忧，顺时任运，不惧不足，不求有余，尤为浑沌之态。"这个"浑沌"说，是方守彝的人生哲学，可以说是他的自我安慰，甚至有些宿命，却也可以说是他律己的要求。他说的"不惧不足，不求有余"，对立的是贪心不足，欲壑难平。方守彝的这话，让我想起他三十三岁那年发现书稿中夹有银片时对父亲说的那番话，前后的延续是一致的。那是一种安贫乐道，坚廉不苟的君子之风。所谓明哲保身，保住的正是这最重要的一点。而这一点，恰恰会让今天我们的知识分子汗颜。我们如今不是"浑沌"，而是过于清醒，明确得如巴甫洛夫学说中的一条徒挂虚名的名犬，知道两点一线的距离最近，知道我们自己想要什么，并通过什么样的路径，可以迅速叼到。

方守彝诗云："止可坚安君子分，羊肠满地慎孤征。"一百年过去了，如此一个"慎"字，依然可以作为我们今天的箴言。

2016年4月7日美国归来

读《十力语要》小札

　　《十力语要》卷四中，有这样一段话，记录了从来不读小说的熊十力读《儒林外史》的一则逸闻。

　　他说："吾平生不读小说，六年赴沪，舟中无聊，友人以《儒林外史》进。吾读之汗下，觉彼书之穷神尽态，如将一切人，及吾身之千丑百怪，一一绘出，令吾藏身无地矣。"

　　熊十力头一次读小说，竟然将自己设身处地在小说之中，《儒林外史》中种种读书人的千丑百怪，成为了他自己的一面镜子，照得他汗颜而藏身无地。这是只有熊十力这样的哲人，与一般学者和和评论家读小说的区别，很少有学者和评论家舍身试水，将小说作为洗濯藏污纳垢自身的一池清水。

　　这是有原因的。熊十力一直坚持自己的"本心说"和"习心说"。这是熊十力的重要学说，也就是后来有人批判的唯心主义学说。他认为，"本心"是道德价值的源头，所以要坚持本心，寻找本心，发现本心。而"习心"则是从本心分化剥离出来的，是受到外界的诱惑污染的异化之心。所以，他说拘泥于'习心'，掩蔽了'本心'，从而偏离了道德的源头，便产生了善与染的分化。

在这里，又出现了"善"与"染"两种概念，这是熊十力特别讲究的两个专有名词。他说："染即是恶。""徇形骸之私，便成乎恶。"他说："净即是善。"就是面对恶的种种诱惑"而动以不迷者"。

于是，他强调坚持"本心"，就要"净习"，用现在的话说，就是要和染出的种种恶，做自觉的抵制乃至斗争。所谓"净习"，就是操守、涵养、思诚，而这些已经被很多聪明的现代人和"精致的知识分子"称之为无用的别名，早不屑一顾。熊十力却说："学者功夫，只在克己己私，使本体得以发现。"只是，如今的学者和熊十力一辈学者，已不可同日而语。所谓学者功夫，早已经无师自通的"功夫在诗外"了。

作为我国新儒家的国学大师，熊十力的学说博大精深，很多我是不懂的。但是，这个"本心说"和"习心说"，还是可以多少明白一些的，因为不仅他说得十分清晰明了，而且具有现实意义。这不仅是他的哲学观，也是他的道德观，也应该成为我们的哲学观和道德观。

明白了这一点，我们也就明白了，1946年，他的学生徐复观将他的《读经示要》一书送给蒋介石，蒋介石立刻送给他法币两百万元。熊十力很生气，责怪徐复观私自送书给蒋介石，拒收这笔款项，表现出一位学人的操守，亦即他所坚持的"本心"所要求的"净习"。后来，架不住徐复观反复地劝说，熊十力勉强收下了，但马上将此赠款转给了支那内学院，如此之钱毫不沾手，可谓称之为"净"。

我们也就明白了，1956年，熊十力的《原儒》一书出版，得稿费六千元人民币。这在当时不是一笔小数目，他拿一级教授最高的工资，每月也只有三百四十五元。六千元，相当于他一年半的工资总额，在北京可以买一套相当不错的四合院了；但他觉得当时国家经济困难，他不要这笔稿费。后来，也是人们反复劝说，他坚决表示只拿一半三千元，不能再退让一步。

对于大多世人追逐的名与利，熊十力有自己的见解和操守。他曾经说过这样一段有意思的话："所谓功名富贵者，世人以之为乐也。世人之乐，志学者不以为乐。不以为乐，则其不得之也，固不以之为苦也。且世人之所谓乐，则心有所逐而生者也。既有所逐，则苦必随之。乐利者逐于利，则疲精敝神于营谋之中，而患得患失之心生，虽得利而无片刻之安矣。乐名者逐于名，则徘徊周旋于人心风会迎合之中，而毁誉之情俱。虽得名，亦无自得之意矣。又且逐之物，必不能久，不能久，则失之而苦盖甚。"

这段话，熊十力好像是针对今天而特意说的一样。他说得多么的明白无误，名与利的追逐者，因为有了追逐（如今是明目繁多、花样百出的追逐），苦便随之而来，因为那些都是熊十力所批判过的"习心"所致。志学者因为本来就没有想起追逐它们，不以为乐，便也不以为苦，而求得神清思澈，心地干净。

万顷烟波鸥境界，九秋风露鹤精神，落得个手干净，心清爽，精神宁静致远。熊十力方才能够无论世事如何跌宕变化而心有定海神针，坚持他的著述立说，一直坚持到七十七岁时完成了他最后一部著作《乾坤衍》。在这本书中，他夫子自道："余患神经衰弱，盖历五十余年。平生常在疾苦中，而未尝一日废学停思。……本书写于危病之中，而心地坦然，神思弗乱。"

只是如今就像崔健的歌里唱的那样：不是我不明白，是这世界变化快。熊十力所能做到的"神思弗乱"，已经让位于他所说的"逐"而纷乱如麻。这个"逐"，不仅属于他所说的世人，也属于不少志学者情不自禁的自选动作。不仅不止于名与利，还要再加上权与色，如巴甫洛夫的一条高智商的犬，早知道以那条直线抄捷径去追逐他们所需要的东西。可怜的熊十力的"本心说"，在他的"习心说"面前，已经落败得丢盔卸甲。

想起熊十力这些陈年言说，便想起放翁曾经写过的诗句：气节陵夷谁独立，文章衰坏正横流。便觉得很多事情呈轮回循环状，无所谓新旧。八百年前的放翁，和几十年前的熊十力，他们的言说和心思才那样的相似。在这里，放翁说的文章并不只是说的文字而已，而是世风，说知识分子的心思，也就是熊十力所说的"习心"。有了这样"习心"的侵蚀，气节和操守方才显得那样的艰难和可贵。可以说，熊十力是这样在气节陵夷时候特立独行而远逝的一位哲人。这无疑对于我们今天的学人，是一面值得警醒的镜子。

2017年11月3日写于北京

熊十力和梁漱溟

　　熊十力是当代大儒，当年，他曾在梁启超主编的《庸言》杂志上发表文章，批判佛教思想。当时，梁漱溟两次自杀，屡表素食，舍身求法，一心佛门，笃信非常，岂容熊十力如此对佛教的亵渎？便发表长文《究元决疑论》，指名道姓痛斥熊十力愚昧无知，词语尖利，如火击石。战火挑起来了，学界一时大哗，熊梁二位，都是大家，各自拥有的学问和文字，都是各自的利器，不知会出现什么情况。

　　谁知，没有出现一些人们料想的战火。熊十力认真读完梁漱溟的文章之后，并没有动肝火，相反觉得梁漱溟骂的并非没有道理，开始认真钻研佛教，但道理究竟在何处，他一时尚未闹清。于是，他修书一封给梁漱溟，希望有机会得一晤面细谈请教。梁漱溟很快回信，欣然同意。两人这一年便在梁漱溟借居的广济寺会面，相谈甚欢，相见恨晚，一语相通，惺惺相惜。

从此，两人建立了长达半世纪之久的友谊，传为令人钦佩而羡慕的佳话。解放之后，梁漱溟遭受批判，熊十力多次站出来为梁漱溟说话，显示出一介书生的肝胆相照的勇气。而梁漱溟在熊十力最为落寞、学术界毫无地位可言的晚年，不仅写出《读熊著各书书后》，并且摘录《熊著选粹》，极力张扬熊说，以示后学，显示出高山流水难能的知音相和之情和患难与共的友情。

马一浮是当代另一位大儒，熊十力和他的交往，也很有意思。马一浮是有名的清高之士，孤守西子湖畔，唯有梅妻鹤子、朗月清风相伴，凡人不见。熊十力托熟人引见，依然不果。但是，学问的吸引，惺惺相惜，渴望相见之情愈发强烈，想不出更好的法子，熊十力便径自将自己的《新唯识论》寄给马一浮，希望以彼此相重的学问开路，从而叩开马一浮的西子之门。谁知，数十日过去，泥牛过海，依然是潮打空门寂寞回。

熊十力正值失望的时候，忽然自家屋门被叩响，告他有人来访，他推门一看，竟是马一浮。马一浮正是读完他的《新唯识论》后，对他刮目相看，同梁漱溟一样，和他相见恨晚，相谈甚欢。彼此对于学问的共同追求，是搭建在相互心之间最后的桥梁，再遥远的距离，也就缩短了。从此，两人结下莫逆之交，后来，《新唯识论》一书便是马一浮题签作序出版的。

但是，再好的朋友也是两人相处，决非一人是另一人的影子，更何况都是各持一方学问的大家，性情中人，自尊和自傲之间，矛盾和摩擦总在所难免。

抗战时期，马一浮在四川乐山乌龙寺办复性书院，请熊十力主讲宋明理学，熊十力作了开讲词并备好讲义，没想到和马一浮在一些问题上发生了分歧。学问家各自的学问，都是视之为生命的，楚河汉界，各不相让。争论之下，各执一词，坚持己见，谁也说服不了谁，居然闹得不可开交，一时竟无法共事，不欢而散。这是谁也没有料想到的结局，谁也不想看到的结局，同时，又是无法避免的结局。

可贵的是事后，两人没有意气用事，而是都冷静下来，和好如初。不同的见解，乃至激烈的争论，对于上一代的学问家，不会影响彼此的友情，相反常是友情能够保鲜和恒久的另一种营养剂。

1953年，熊十力七十岁生日时，马一浮特写下一首七律，回顾了他们几十年的友谊："孤山萧寺忆清玄，云卧林栖各暮年。悬解终期千岁后，生朝长占一春先。天机自发高文在，权教还依世谛传。刹海花光应似旧，可能重泛圣湖船。"在这首诗中，马一浮还在说当年争论的事情呢，而且，不止是一次的争论，一直都没有和解，一直都在各自心里坚持，和解是要"悬解终期千岁后"。但是，这样的争论没有影响他们之间的友情，这首诗中传达出马一浮对熊十力的友情，让熊十力非常感动。熊十力很珍视马一浮的这首诗，一直到晚年背诵得依然很熟。

　　名人之所以称之为名人，在于他们各有各自的学问，也在于他们各有各自的性格。按研究这些大儒的学者的分析，就性格而言，熊十力和马一浮相比，一个"简狂"，一个"儒雅"；熊十力和梁漱溟相比，一个有似于《论语》中所说的"狂"，一个则如《论语》中所说的"狷"。学问的不同，没有门户之见；文人相轻，不仅重的只是自己的学问，相反却可以寻求"求己之学"，相互渗透的志趣。性格的不同，不是有你没我，而是可以获得"和而不同"、互补相容、相互裨益的效果。那学问里方如大海横竖相同，那性格里包容的胸怀，方才令人景仰。

　　如今，我们学界和文坛，没有这样"悬解终期千岁后"的争论，只有甜蜜蜜的评论，我们便当然也就没有熊十力和梁漱溟、马一浮这样的大师。

2017年3月12日于北京

后浪德彪西

　　遥想当年，法国音乐家德彪西也属于"后浪"。十九世纪末，欧洲乐坛的天下，属于气势汹汹的瓦格纳和他的追随者布鲁克纳、马勒，以及他们的对立派同样不可一世的勃拉姆斯等人所共同创造的音乐不可一世的辉煌。敢于对此不屑一顾的，在那个时代，大概只有德彪西。那时候，德彪西口无遮拦，曾经冒出过如此狂言："贝多芬之后的交响曲，未免都是多此一举。"他同时发出这样粪土当年万户侯的激昂号召："要把古老的音乐之堡烧毁。"

　　这才真正像个"后浪"。"后浪"，从来冲岸拍天，不会作春水吹皱的一池涟漪，温柔地吮吻着长岸。

　　我们知道，随着十九世纪后半叶瓦格纳和勃拉姆斯这样日耳曼式音乐的崛起，原来依仗着歌剧地位而形成音乐中心的法国巴黎，已经风光不在，而将中心的位置拱手交给了维也纳。德彪西开始创作音乐的时候，一下子如同《伊索寓言》里的《狼和小羊》，自己只是一只小羊，处于河的下游下风头的位置，心里知道如果就这样下去，他永远只能是喝人家喝过的剩水。要想改变这种局面，要不就赶走这些已经庞大的狼，自己去站在上游；要不就彻底把水搅浑，大家喝一样的水；要不就自己去开创一条新河，主宰两岸的风光。

同时，我们也要看到，在当时法国的音乐界，两种力量尖锐对立，却并不势均力敌。以官方音乐学院、歌剧院所形成的保守派，以僵化的传统和思维定势，势力强大地压迫着企图革新艺术的年轻音乐家。

德彪西打着"印象派"大旗，从已经被冷落并且极端保守的法国，向古老的音乐之堡杀来了。在这样行进的路上，德彪西对挡在路上的反对者极端而直截了当地宣告："对我来说，传统是不存在的，或者，它只是一个时代的代表，它并不像人们说的那么完美和有价值。过去的尘土不那么受人尊重的！"

我们现在都把德彪西当作印象派音乐的开山鼻祖。印象一词最早来自法国画家莫奈的《日出印象》，当初说这个词时明显带有嘲讽的意思，如今这个词已经成为艺术特有一派的名称，成为高雅的代名词，标签一样随意插在任何地方。最初德彪西的音乐，确实得益于印象派绘画，虽然德彪西一生并未和莫奈见过面，艺术的气质与心境的相似，使得他们的艺术风格不谋而合，距离再远心是近的。画家塞尚曾经将他们两人做过这样非常地道的对比，他说："莫奈的艺术已经成为一种对光感的准确说明，这就是说，他除了视觉别无其它。"同样，"对德彪西来说，他也有同样高度的敏感，因此，他除了听觉别无其它。"

德彪西最初音乐的成功，还得益于法国象征派的诗歌，那时，德彪西和马拉美、魏尔伦、兰坡等诗人密切接触（他的钢琴老师福洛维尔夫人的女儿就嫁给了魏尔伦），他所交往的这些方面的朋友远比作曲家的朋友多，他受到他们深刻的影响并直接将诗歌的韵律与意境融合在他的音乐里面，更是人所共知的事实。

德彪西是一个胸怀远大志向的人，却和那时的印象派画家和象征派的诗人一样，并不那么走运。从巴黎音乐学院毕业之后，他和许多年轻的艺术家一样，开始了没头苍蝇似的乱闯乱撞，落魄如无家可归流浪狗一样在巴黎四处流窜。猜想那几年，德彪西一定就像我们现在住在北京郊区艺术村里的那些流浪艺术家一样，在生存与艺术之间挣扎，只不过，那时居无定所的德彪西他们常常聚会在普塞饭店、黑猫咖啡馆和马拉美的"星期二"沙龙里罢了。

但这并不妨碍他们指点江山，激扬文字，粪土当年万户侯。生活的艰难、地位的卑贱，只能让他们更加激进，和那些高高在上者和尘埋网封者决裂得为所欲为。想象着德彪西那个时候居无定所，没有工作，以教授钢琴和撰写音乐评论为生，过着有上顿没下顿的日子，却可以不用看任何人的脸色，想骂谁就骂谁，想爱谁就爱谁，想写什么曲子就写什么曲子，他所树的敌，大概和他所创作的音乐一般的多。

我们可以说德彪西狂妄，他颇为自负地不止一次地表示对那些赫赫有名的大师的批评，而不再如学生一样对他们毕恭毕敬。他说贝多芬的音乐只是黑加白的配方；说莫扎特只是可以偶尔一听的古董；他说勃拉姆斯太陈旧，毫无新意；说柴可夫斯基的伤感太幼稚浅薄；而在他前面曾经辉煌一世的瓦格纳，他认为不过是多色油灰的均匀涂抹，嘲讽他的音乐"犹如披着沉重的铁甲迈着一摇一摆的鹅步"；而在他之后的理查·施特劳斯，他则认为是逼真自然主义的庸俗模仿；比他年长几岁的格里格，他更是不屑一顾地讥讽格里格的音乐纤弱，不过是"塞进雪花粉红色的甜品"……他口出狂言，雨打芭蕉般几乎横扫一大片，质疑并颠覆着前辈以往所拥有的一切，雄心勃勃地企图创造出音乐新的形式，让世界为之一惊。

如今，我们知道了德彪西，听过他著名的管弦乐前奏曲《牧神午后》等好多好听的乐曲。但在当时，德彪西只是一个被"前浪"鄙视、训导、引领的"后浪"。

如今，法国当代著名作曲家皮埃尔·布列兹这样评价这个"后浪"："正像现代诗歌无疑扎根于波特莱尔的一些诗歌，现代音乐是被德彪西的《牧神午后》唤醒的。"

2020年5月7日于北京

想起傅聪，想起肖邦

听到傅聪去世的消息，心里很是伤感。八十六岁的高龄，按理说是喜丧，却是在全球疫情泛滥的多灾多难的今年，而且，是在英国——异国他乡。

我心里猜想，傅聪一定是渴望落叶归根的。这是他的命运决定的，他从年轻时去国，一直漂泊在异国他乡，即便后来再功成名就，内心的那一片浮沉无根的落寞，只有自己才可以咀嚼。像傅聪一生所挚爱的钢琴家肖邦至死都将从祖国带来的那一杯泥土带在身边一样，傅聪将对祖国的那一份感情，也是一生系于心中，无论在再艰难再走投无路的时分。"可怜多才庾开府，一生惆怅忆江南。"这样一份深厚的感情，始终荡漾在傅聪匆匆奔波在世界各地的演奏途中，在他的心中，在他的钢琴声中。

　　想起傅聪，想起二十二年前1998年的秋天，在北京二十一世纪剧场参加"肖邦之夜"音乐会的情景。那是我第一次现场听傅聪的演奏，也是第一次见到他本人。那一年，他六十四岁。记得十七年前的1981年，他阔别多年之后第一次回到祖国，那一次，也是心情过于兴奋，他曾一再说他的身体好极了。这一次，看他走上台来，台步不那么爽朗，一件黑色的燕尾服，一头乌发如墨，大概是染的，微微有些谢顶。

　　我坐在楼上第一排，看得非常清楚，他的手指还是那样的美，虽然缠着绷带，依然柔若无骨，清风临水一般掠过琴键，琴键立刻变得柔软如一匹黑白相间的丝绸随风飘起。

　　看傅聪坐在钢琴前弹奏，总让我止不住想起柏辽兹当年看肖邦在钢琴前演奏时曾经说过的话："他变成了一位诗人，歌颂着自己幻想中的主人公们奥西安式的爱情和骑士风的功勋，歌唱出他的遥远的祖国。"在我眼中，傅聪和肖邦在钢琴旁叠印着，融为一体。想想他和肖邦共同的身世，萍飘絮泊，浪迹天涯，便越会体味出柏辽兹话中最后一句的滋味。这时候，祖国再不遥远，而就在身边脚下。

　　在我聆听傅聪钢琴的浅薄印象中，总觉得傅聪和肖邦是那样的相似，甚至是合二为一的。他们的漂泊经历、音乐的风格、内心的情感、外在的气质和钢琴诗人的形象，叠印在我的眼前。钢琴前的傅聪，的确变成了一位诗人。他将肖邦的音乐演绎成为一首首透明的诗，鸟儿一样扑扇着翅膀从黑白键中飞出来，让二十二年前那个秋夜的天空多了几分并不仅仅是星星和月亮的明媚和美好。

　　记得那一夜傅聪演奏了肖邦的降B小调、降E大调、B大调夜曲（作品9—1、2、3），明朗宁静，凝神沉思，琴里关山，梦中明月。还有F大调第二叙事曲（作品37），如歌如诉，如怨如慕，寒树依微，夕阳明灭。还有他年轻时弹奏过并拿到肖邦钢琴比赛大奖而走向世界的、他最拿手的挥洒自如的玛祖卡……之所以记忆这样深刻，是傅聪演奏得实在太好了。特别是一切都太散文化的世纪之末，一颗赤子之心尚存，一粒诗的种子尚存，不仅保护得那样好，还能凝聚一掬晶莹剔透的珍珠，实属不易之事，足以看得到傅聪善感的心。尤其是和一些张牙舞爪夸张演奏的钢琴家相比，让我感受到真正的艺术实在是只来自内心涌动的感情，是如铁锚一样沉稳而不是随风飘摇的蒲公英。

　　在我一厢情愿偏执的意念中，听傅聪，最好听他演奏的肖邦。他借肖邦浇自己胸中的块垒，他用肖邦的乐曲在钢琴上诉说自己的心里话，或者说，他是在和肖邦诉说着彼此的心里话。只不过钢琴上的肖邦是年轻时的肖邦，肖邦去世时还不到四十；而钢琴旁的傅聪已进入老年，一直坚持到今天八十余岁。听傅聪，便多了几分沧桑和达观，既有"别来沧海事，语罢暮天钟"的心境，也有"秋水共长天一色，落霞与孤鹜齐飞"的意境。但更多的还是能够听到傅聪和肖邦一样对于故国的感情。1981年，第一次回国的傅聪曾经说："我觉得，肖邦呢，就好像是我的命运。我的天生的气质，就好像肖邦就是我。"他一生把肖邦都演奏成他自己，而不是把肖邦演奏成一个"钢琴王子"式的、口香糖式、网红式、咖啡厅里伴奏带式的肖邦。

一晃，二十二年过去了。肖邦早已不在，而今，傅聪也
不在了。好的音乐家，越来越少了。

记忆纷乱，心思不静，草就一首小诗，以此怀念傅聪——

记得那年月满窗，清秋时节奏肖邦。
别家苦旅丹心折，归国惊风雪鬓双。
书上春秋悲旧史，键间黑白动新腔。
断弦犹唱还魂曲，月落乌啼涌大江。

2020年12月29日于北京

契诃夫的预言

　　如今城市的书店，两极分化：一类空间被挤得越来越逼仄，像被城市挤压在高楼大厦中间的茯苓夹饼，比如北京大栅栏的新华书店，我小时候就在那里买书，现在虽然依然健在，却是在夹缝里求生存，一半书架上的书籍，被杂七杂八的东西所蚕食；一类走高大上的路线，成为网红打卡地，如临近它不远西河沿新开张不两年的pageone，装修时尚而辉煌，书也成了装潢的一部分。这样的书店不少，一般兼卖咖啡之类。灰姑娘和白雪公主，如此呈不对称地辉映，映射出如今书店的尴尬。

　　一座城市不可能没有书店。书店，既不是城市的宠物，也不是城市的乞儿。它本来无所谓大小豪华或简朴，而应该是宠辱不惊，哪怕白天无人光顾，夜晚一灯如豆，即使谈不上纪晓岚说的"灯如红豆最相思"，总还是能给人一点儿温暖。记得有一年我到江南海盐小城，夜晚，在僻静深巷一个不大的书店里翻书，一直到书店里的人都走光了，只剩下店员（也可能是老板）一人，最后，我买了一本黄裳的老版旧书《旧戏新谈》，早已经到了打烊的时间，我前脚离开，人家就关上店门，上好窗板。小店里闪烁的橘黄色的灯光，让我感到亲切，至今难忘。

如今，越是城市角落里鸡毛小店一样的书店，越是难以为继。不少这样的书店，不是已经无奈的关门改作他用，就是如大栅栏的新华书店一半改卖杂货，所谓"堤内损失堤外补"。北京前门外大街，沿前门楼子一路往南到珠市口，一里多长的街道两旁，一直到上个世纪九十年代，还有三家书店存在。如今，一家不剩。重游故地，有时会想，还不如大栅栏里的新华书店，尽管一半卖杂货，毕竟还残存一半在卖书，聊胜于无。

前两天，读契诃夫的小说，在《契诃夫小说全集》第八卷，偶然读到《一家商号的历史》。小说不长，讲的是一个叫安德烈的人得到母亲一笔遗产，准备开一家书店，便租下一座房子，从莫斯科进了一批新旧各类书籍，陈列在架，开门揖客。谁想，开张三个星期，没有一个人进门买书。好不容易来了一个姑娘，要买两分钱的醋。安德烈生气地说：小姐，你走错门了！以后，进门来的客人，都不是来买书，而是要买各种各样的生活用品。无奈的安德烈，为了生存，只好屈从从莫斯科进这些生活用品。这些东西卖得不错，安德烈得陇望蜀，把隔壁的杂货铺也盘了下来，在中间的墙上凿开一个门，两家店合成一家，扩大地盘，索性都卖杂货。而且，安德烈又盘进一家酒馆。杂货，酒馆，比书更能让小店存活。

最有意思的是这样两处。一处是安德烈新进杂货上架的时候，不小心碰得架子摇晃起来，最上面一层架子上摆放的一位文学名家的十卷本文集滚落下来，砸在他的脑袋上，砸碎了两盏灯罩。最后，他把架上的那些书，包括他曾经珍爱的几位文学名家的书，打捆论斤都卖掉了。

另一处是小说的结尾。当所有的书都让位于杂货，书店变身为杂货店之后，有旧日的朋友忽然跟他谈起文学和书籍报刊的时候，他眯起眼睛，摆弄胸前的表链说："这种东西跟我不相干。我是干比较实际工作的！"

读完契诃夫的这篇小说，我想起我们的书店，竟然有着如此相似之处。这是契诃夫1892年的作品，早在一百二十九年前，契诃夫就已经预言了我们不少书店的命运。不是渐次引入各种生活用品（我们现在再多一点文创产品）、小酒馆（我们是咖啡馆），便是改弦更张，让书店变成杂货铺，乃至彻底消失。对于书店的认知转换，安德烈从最初说人家是走错门，到最后自诩为卖杂货才是实际工作——其实也是我们对于书店的认知转换，在实际实用和实惠的价值系统中，书自然沦为杂货不如的货物。书砸在我们的头上，再正常不过。

当然，也不能归罪于书店的老板。安德烈最初办书店的美好愿望，在现实生活中碰壁，应该是很多个体书店小老板的命运写照。即使是大书店的大老板又能怎么样呢？在网络的冲击下，纸面阅读遭受空前未有的滑坡；而网上销售，对实体书店更是一个致命的打击。这是全世界的问题。以美国为例，实体书店是由大的连锁店和小的独立书店构成。连锁店一般实力雄厚些，独立书店则由于是个体经营，本小利微，面临的挑战更为严峻，很多家书店都已经纷纷倒闭，其中连锁店主要是巴诺（Barnes and noble）和鲍德斯（Borders）两家，前几年，鲍德斯已经倒闭，如今硕果仅存的只剩下巴诺。疫情冲击之下，其命运更是可想而知。

契诃夫真的是厉害，未卜先知，在当时就已经预言一百多年后书店的命运。能够坚守到现在，不愿意将书店变身杂货铺，而仍然坚持卖书同样是干实际工作理念的书店，是了不起的。这个实际的工作，不仅关乎我们的日常生活，更关乎我们的精神和心灵。

2021年1月25日北京细雪中

阿赫马托娃和她的诗的翻译

阿赫马托娃一生经历的苦难，比一般诗人多，但是，她却将那些我们无法想象的苦难化为了深沉而明亮的诗。读新近由四川人民出版社出版的阿赫马托娃诗集《我们不会告别》，再一次印证了我的这个看法。诗本来难写，译诗更难。不同语言系统的转换中，如花的芬芳很容易在风的传递时稀释，甚至流失殆尽。阿赫马托娃的诗译本很多，这本新译有什么与众不同之处，是我很好奇的。

这种好奇由来已久。不仅是对阿赫马托娃诗的好奇，也是对所有现代诗的好奇。好诗是可以吟唱的，这是我国也是世界所有国家诗歌的传统，我国的《诗经》和古希腊的《荷马史诗》，都是吟唱的结晶。那么，什么样的现代诗，才能够在我们的心底回响？

在我有限的读诗经历和对诗浅薄的认知中，我觉得起码应该具备这样两点，一是要有诗意，二是要有音乐性。如今诗的门槛很低，早没有布罗茨基所说的"艺术就其天性，就其本质而言，是有等级划分的。在这个等级之中，诗歌是高于散文的"。如今的诗，恰恰散文化甚至口水化严重，译诗受其影响，这样的现象更为明显。也就是说，不错的诗中，能看到诗意的闪烁，但是，音乐性能感受得到就比较难了，这不能不说是现代诗的一种遗憾。作家沃尔科夫在和布罗茨基谈及阿赫马托娃诗的时候说："《安魂曲》是一个出色的文本，但只有一种含义。音乐能够加深这种含义，能够骤然照亮诗中的一种新的层次。"

读这本《我们不会告别》，难得让我感受到对阿赫马托娃诗中的诗意和音乐性双重重视的层次。对于阿赫马托娃诗作在艰难兼混乱时世中的深刻意义，一般人都很重视，愿意从诗句中感受、捕捉和开掘。但是，如果只有意义而失去诗意和音乐性，我想很难成就一个完整的阿赫马托娃。在诗意和音乐性这两点中，诗意是人们普遍重视的。不过，如果缺少了音乐性的介入，这种诗意的表达会打折扣。这就像歌词不错，没有好的旋律相佐，也难以剑鞘相合，如"葡萄美酒夜光杯"那样让人美不胜收。

　　我再不需要我的双足，
　　就让它们变成一条鱼尾！
　　我在清凉怡人的水中游荡，
　　远方的栈桥泛着微茫的白光。

我再不需要驯服的灵魂，

就让它化作一缕烟，轻烟，

缭绕在黑色的堤岸上，

升腾起淡蓝色的雾岚。

　　　　——《我再也不需要我的双足》

　　双足/鱼尾，灵魂/轻烟，栈桥/堤岸，这样诗意的句子，相信都是原诗有的元素，关键是翻译成中文，让我能够感受到可以吟唱的韵律。那些比兴、想象和衬托，便不再单摆浮搁，而更有了诗的韵味。

　　在《今天没有我的信》中，用的也是这样一唱三叹的手法：

今天没有我的信，

许是他忘写了，或是走了；

春天银铃般的笑声在啼啭，

船只在港湾里飘荡，摇晃，

今天没有我的信……

不久前他还和我在一起，

如此多情的，温柔的我的他，

可那是白色的冬季，

如今已是春，春天的忧伤有毒，

不久前他还和我在一起……

　　诗中荡漾着音乐，音乐托浮起了诗，让春冬两季的眩目对比，让分别的思念，唱得那样动人心扉，才会让"春天的忧伤有毒"一句触目惊心。

　　再看《总有地方存在简单的生活》中的前两节：

> 傍晚，那里的小伙隔着篱笆，
> 同邻家姑娘倾谈，只有蜜蜂
> 能捕捉那轻柔的话语。
>
> 而我们生活的庄重而艰难，
> 在苦涩的相逢里恪守礼仪，
> 一阵轻率的风突然掠过，
> 会吹断刚开始的交谈。

　　多像一首叙事诗的开头，将艰难的生活化为委婉的倾谈。不知为什么，读这首诗的时候，我想起最近唱得很响的《可可托海的牧羊人》那首叙事性很强很深情的歌。

　　在《我学会了简单、明智地生活》后两节中，有着类似的抒情叙事的调性：

> 我回到家，毛茸茸的小猫舔舐
> 我的手掌，更惹人怜爱的啼叫。
> 湖畔木材厂的塔楼上，
> 燃起明亮夺目的灯光。

> 只是偶尔有鹳雀飞落房顶，
> 叫声划破周身的寂静。
> 而倘若你来敲叩我的门扉，
> 我感觉，我甚至不会听见。

　　那种深沉感情诗意的表达，那样生活化，却不琐碎。周身那样寂静，却听不见渴望相逢中的敲门声，是怎样的一种心情和情境！读这首诗，真的像是听一首动人的民谣。我们也有民谣，我们也唱相逢，但我们只会这样直白的表达"他不再和谁谈论相逢的孤岛，因为心里早已荒无人烟"。我们便不会有"倘若你来敲叩我的门扉，我感觉，我甚至不会听见"那样让人心痛的感觉。诗意是诗的第一道门槛，音乐性是诗的第二道门槛。我们愿意在门外蹒跚。

　　年轻的译者董树丛，在她翻译的这本《我们不会告别》中，认真而倾心注重阿赫马托娃这样诗意与音乐性的表达，我以为是难得的，也是与有些译作相区别的重要一点。可以看这样的例子，比如《海滨公园的小路渐渐变暗》中一句有名的诗，有的翻译为"清淡的月光像雪花的星星，就在我的头顶上飞跑"。董译为"轻盈的月亮在我们头上渐次飞旋，宛如缀满雪花的星辰"。孰优孰劣，一目了然。仅看"轻盈"与"清淡"，"飞旋"和"飞跑"，就可以看出翻译的水平与功力，字面的横移，只要会外语，不难做到，但是，好的翻译，需要拥有文学修养以及诗意的敏感的感受和干净而蕴藉的表达。

再举一例，《我们不会告别》，这也是这本新书的书名。只看前后各一节，有的翻译是——

我们俩不会道别，
——肩并肩走个没完。
已经到了黄昏时分，
你沉思我默默无语。

我们俩来到坟地，
坐在雪地上轻轻叹息，
你用木棍画着宫殿，
将来我们俩永远住在那里。

董译是——

我们不会告别，
不停的肩并肩徘徊。
天色已近黄昏，
你在沉思，而我无言。

或许我们坐在揉皱的雪地
在墓旁，发出轻轻叹息。
你用木棍描画着宫殿，
我们将永远栖居那里。

仔细比较，"告别"和"道别"，"坟地"和"墓旁"，意思一样，意味却不尽相同。显然，"坟地"说得太随意，缺少了感情，相信不会是阿赫马托娃的本意。"画着宫殿"和"描画着宫殿"，虽然只是多了一个"描"字，其中的心境和心情差别很大。"我们"，去掉了"我们俩"的"俩"字，则多了分别之前的庄重感。而雪地前多了"揉皱"拟人化的定语，不仅让雪地有了形象，也道出分别之际时间长久中的不舍和难言。

可见得董译是经过认真推敲过的。中国古诗，讲究炼字；布罗茨基讲过诗中"一个词在上下文中特殊的重力"关系。这样字与字、词和词之间的推敲斟酌，是应该得到赞许的。

我们如今的译作繁盛，不仅在时间和世界同步，而且数量惊人，远超过其他国家。这样的速度与数量（且重复甚多），很容易泥沙俱下，萝卜快了不稀泥，不仅新译者容易如此，就是老译者也时而见之。遥想当年傅雷译《约翰·克利斯朵夫》，在克利斯朵夫刚降生时那一句"江声浩荡，自屋后升起"，陡然而起画外的空镜头一般，言简意深，可谓经典，已是阔别久远。因此，乱花迷眼之中，在选择译本时，一定要小心。在这样译林丛生、繁荣与泛滥并存的背景之下，董树丛为这本《我们不会告别》付出的努力，值得肯定和信任。因为只道当时是寻常，如今真正做到，是不那么容易的。

2020年11月25日写毕于北京

韩文作法析

己亥春节前夕，得友人赠送一套六卷《韩羽集》。一卷为画，五卷为文。正好春节期间揽读，从初一读到初八，犹如看一出连台本大戏，目之成色，心之为舞。其中五卷文集，尤喜欢卷一《陈酒新茶》和卷四《画里乾坤》。韩羽先生向来以画闻名，其文章严重被画所遮蔽，尽管其杂文集曾获鲁迅文学奖，却远未引起足够的重视。

韩羽先生的画从陈老莲一脉，文字有明显明清笔记风。但是对比这一脉大家早如周作人晚如黄裳，韩羽先生则更多他们所缺少的民间味、现实感和现代性。我说韩羽先生的文章有民间味，是因为他的文章所引用的不仅有传统典籍，更多来自民间的戏曲，这是他从小就熟悉的，不仅融于记忆更融于生命，便在笔下信手拈来，如水流一般，与笔记和史籍所引材料，与现实种种情境，横竖相通，时时溅起清冽的浪花，湿人一身，或会心，或狼狈，或欲羞难掩，或欲逃难逃，其现代性正跃动这样别致的叙述之中，拔出萝卜带出泥，活生生地将现实勾连起来。熔古熔今的写法常见，但二月春风似剪刀处处剪裁戏曲熔入文字之中的写法，是别人所少有的。韩羽先生曾引用一句宋诗："闲上山来看野水，忽于水底见青山"，正是我读他文字的想法，对比当今流行的文章，其别具一格的作法，有点儿野路子，却能让人们有一种"忽于水底见青天"的意外惊奇和惊喜，颇值得玩味和学习。

将我这些天学习的收获整理如下。试对韩羽先生这种近乎野路子的文章作法，做一个简要的解析。

一，黏附法。《〈连升店〉有感》，《连升店》是一出戏，曾经被店家嘲弄过的穷书生中举后，店家立刻转换面孔称书生为爹。韩羽先生立马想到《儒林外史》里的牛浦郎，想到谎称得齐白石真传的画像馆主，落笔到如今借名家为托儿的"师生画展"，最后道："庶几近乎'连升店'之真传。"在这篇文章中，韩羽先生称"连升店"的店家做法为"黏附法"；如此将连升店主迅速链接到《儒林外史》到画像馆到师生展，正也是这种文章之作的"黏附法"。

《鲁一变，至于道》，用的也这样的黏附法。从五十岁齐白石画的《菖蒲蟾蜍》被绳子缚腿的蟾蜍，到九十一岁齐白石画的另一幅青蛙被水草缠腿，同样缠腿，前是人为，后是自然，韩羽先生道此乃神来之笔，认为前者童趣，后者天趣，继而深一步探求齐白石衰年变法的变与法究竟在哪里。两幅画的黏附，引出画界值得思考的大话题，正所谓小品不小。

二，对台戏法。《小丑之丑》一文，韩羽先生让《法门寺》对唱《捉放曹》。《法门寺》里，刘公道把人头扔进井里时，正巧被宋兴旺看见，他便一镢头把宋兴旺也打进井里。《捉放曹》里，曹操误杀吕姓一家，接着又杀掉吕伯奢。两出对台戏，韩羽先生最后唱给世人的是："猫拉了屎，用爪子拨土盖上，俗称'猫盖屎'；人，却往往是屎盖屎。"让人忍俊不禁，又点头称是。

《杨宗保》一文，让《辕门斩子》对唱《破洪州》。两出戏，要斩头的都是倒霉的杨宗保。前者是其父要斩他，媳妇穆桂英救了他；后者是他媳妇要斩他，父亲救了他。盖因要斩他的人时在任上，解救他的人时在任下，其中的法令与人情悖论，道出人性的复杂。最后，韩羽先生唱给我们听："戏剧家假如将这两出戏编成一出戏，一定很逗乐子。"又岂止是逗乐子？

《"挥泪执法"戏解》一文，让《失空斩》对唱《华容道》。这是两出都有诸葛亮出场的三国戏，前者诸葛亮挥泪斩马谡，后者诸葛亮没有斩比马谡失街亭更为严重的放走曹操的关羽，只因为，马谡是一介将弁，而关羽是皇叔他二弟。韩羽先生最后唱给我们的是："诸葛亮在唱《失空斩》时，大概也想起《华容道》来，在'挥泪'中是否也有某种程度惭愧成分？"

在对台戏演出过后，韩羽先生最后唱给我们的画外音，有几分《史记》里的"太史公曰"的遗韵。

三，老戏新唱法。《为李鬼谋》，是借老戏《李逵下山》说事，认为李鬼见李逵来而逃跑是下策，为其出中策是找李逵题字，进而可以拉大旗作虎皮；上策是找李逵的上级宋江套关系，跑官买官，没准能当上李逵的领导呢。如此老戏新唱，想别人所未想，蓦地蹦出现实种种，翻出新意，可是比陈酒新茶有味道得多了。

《戏写〈三岔口〉》，让内斗的双方激烈一场均未伤及的老戏码，改为砍掉了其中一人的头颅。这个反转有点儿大。"果真如此，这牺牲不是太无谓了吗？"同样翻出的新意，和现实相关，和民族性格相关。三岔口，便不再是戏台上的三岔口了。

同样，《郑妥娘传奇》，让《桃花扇》中丑郑妥娘，同新编的美郑妥娘同台；《同是天涯沦落人》，让《女起解》里的苏三，和《复活》里的玛斯洛娃同台；都是这样的老戏新唱。听唱新翻杨柳枝，老戏便有了介入现实的渗透力和蔓延力，在老戏和现实奇异的双峰夹峙中，文章逶迤如一道清澈别致的细流，为有源头活水来，有了耐人咀嚼的新味道。

四，糖葫芦串法。这是韩羽先生最为惯常用的一种方法。《题扇》，从《桃花扇》到王延扇枕，到《红楼梦》王呆子与扇生死与共和晴雯撕扇。《说偷》，从《孔乙己》到《镜花缘》里黑齿国国民，到《水浒传》里时迁，到匡衡凿壁偷光，再到程颢诗和《随园诗话》，最后到《长生殿》。《相对蒲团睡味长》，从题目中放翁这句诗起，到诸葛亮昼寝，刘关张三顾茅庐，到张浚睡瘾，到香山睡佛，到杜牧和王安石的诗与文，到"就枕方欣骨节和""手倦抛书午梦长"之书生之睡，到"此中与世暂相忘""不觅仙方觅睡方"之闲适之睡，到黄粱梦、南柯梦，"我今落魄邯郸道，要替先生借枕头"……道尽了睡之世相百态与心态千般。几篇文章，都如一道快板流水，唱得畅快，唱得一气呵成，唱得人心里五味杂陈。

写得最让我叹为观止的是《"背"上着笔》。从诗"揽镜偏看背后山"和"美人背依玉阑干"的背写起，一下子蹦到戏《活捉三郎》里已经被宋江杀而成鬼的阎婆惜，上场来时朝着观众的背；再一蹦，蹦到了朱自清的文章《背影》；又蹦到珂勒惠支的版画，正在哺乳的母亲的后背；最后蹦到齐白石的画作，牛的后背（牛屁股），尾巴梢儿在轻轻愉快的拂动，"画中的田园诗意，其起于牛尾巴之梢乎？"在这篇文章中，韩羽先生写道："区区一后背，使人笑，使人哀，使人痴，使人惧，使人血脉偾张，不能自已。"这是对诗、对画、对戏，更是对人生的另一种视角和态度，俏皮而多汁多味。

五，贯口法。上一种糖葫芦串法的变体。看《"三"之浮想》，从老戏《三岔口》《三堂会审》等到老书《三字经》到老曲《阳关三叠》到古文《三都赋》到电影《三个和尚》到俗话"三个臭皮匠顶个诸葛亮"，到新词儿"三突出"，一直到含有三字的成语，几乎将带三字的一网打尽。这还不解气，又说到洋人的三K党，最后连九牛一毛都扯上了，因为九牛的九字是三的倍数。一口气说下来，像不像相声里的贯口？

再看《题〈张敞画眉图〉》，从汉代张敞画眉说起，到唐代骆宾王檄文讨伐武则天之蛾眉，到清代莹姐每天不重样的画眉，到虢国夫人的淡眉，到西施的宜笑宜颦之眉，到杨贵妃的"芙蓉如面柳如眉"，一直到辛弃疾词中所写的妒眉，到男儿被称之的须眉丈夫。最后，连鸟中的画眉也没有放过。古今眉之大全，水银泻地，一气呵成，不是贯口又是什么？想德云社如果挪用至相声之中，肯定会爆得掌声。因为这完全是崭新的贯口，又含有浓度极高的文化含量。

这只是我个人偏爱的韩文作法几种，韩文作法更为丰富。但从这几点浅显的析文中，也足可以看出韩羽先生的学识尤其是关于戏曲和绘画方面的学养。韩羽先生心里明镜般清楚，他说过戏和画"较之实景更宽广"。"在同属'写意'的中国画、中国戏的艺术形象中往往掺合着相同的生活经验的痕迹。这种'痕迹'正是为'触类旁通'打开了方便之门。"他还说："中国画，中国戏，虽不同名，却是同姓，似是姐妹。"（《画徒品戏》）也可以说，韩羽先生写画、说戏、为文，三者都是血缘相通的姐妹，打通这样三脉，如此连理一枝，交融互文的，我没有见过第二人。

比学识学养更为重要的是，韩羽先生具有得天独厚的情趣。情与趣是花开两朵，多年前，我曾读过韩羽先生《杨贵妃撒娇》一文，依旧是拿戏说事，这一次说的是《长生殿》最后杨贵妃下场一段，杨的一娇嗔的"嗳"一顺从的"是"，让他感慨道："使人不能不思量，'春从春游夜专夜'的卿卿我我间权力的砝码到底有多重。"如此人生况味与世事喟叹，来自对杨轻微的两声之状，这便是对人情与世情敏锐而细如发丝的感知和把握。

趣，韩羽在论齐白石画时就说过童趣和天趣，对于艺术创作的重要性。他还有一篇文章，题目就叫作《趣眼童心》，同样讲趣。天下文章，写得妙的有的是，但写得有趣的并不多见。所以，韩羽先生画梅，取名为"画林太太"；为文，则可以为《水浒传》里的李鬼别出心裁的出招，与如今浑沌的现实过招。如此，他才能让黑白转色，让鱼龙混珠，让关公战秦琼一乐，让秋水共长天一色。应该指出，这里说的天趣，指的是天然之趣，是做人的秉性，为文的底色，是与生共来的，不是学得来的。

2019年2月13日写于北京

第 三 章
风吹梅信

风吹梅信又成寒

五十九年前，1962年，我读初二。学校有个《百花》板报，是语文组的老师办的，将全校老师和学生写的稿子，抄写在三百字一页的稿纸上，上下好几排，贴在乒乓球案子上，挂在教学楼的大厅里，每两周更新一期，每一期都有老师画的水粉或水彩画作为报头，一时间很是轰动。我们班上的几个同学照葫芦画瓢，把我们自己写的稿子抄写在稿纸上，贴在黑板上，搬到大厅里，和《百花》唱起了对台戏。我们的板报取名叫《小百花》。我当主编。每期的报头好办，我们班上有画画好的同学。每篇文章的题目，人家《百花》都是老师写的，那老师叫闵仲，是教我们大字课的书法老师，在北京的书法界颇有些名气。

我找到了我们大院里的老宋。老宋是崇文门外花市一家饭馆的跑堂的，不是正式职工，只是临时工，却写得一手好毛笔字。他主要写隶书，有点儿魏碑的味儿。

老宋搬进我们大院头一年过年的时候，他在他家门前贴了一幅自己写的春联：春到新门载新福，志存远马扬远蹄。词儿好，字写得更好，我对他连连夸赞。他连连摆手说："图个乔迁之喜的吉利，好久没拿笔，手生了，生了！"

就是我读初二的那个春节前，老宋搬进我们大院。那时，我们大院已经没有房子可租了，房东找到我家，说我家住的三间东房还比较宽敞，让我家腾出一间，老宋一家实在有些困难，帮忙救救急！等以后大院有了空房，再让老宋一家搬出来。我爸我妈都好说话，腾出一间，还可以少交房费，就把南头的一间腾出来。房东找人在中间垒砌了一道墙，新开一扇门，老宋一家搬了进来。

我拿着稿子和毛笔、墨汁，找到老宋，请他帮我们写文章的题目。他从不推脱，总是一个劲儿的谢我，说我给了他一个写毛笔字练手的机会，还说他已经好多年没写毛笔字了，还是以前读私塾时候练的童子功呢。

老宋的字，确实写得不错。我们的《小百花》亮相之后，老宋的字颇得赞赏。闵仲老师曾经专门找到我，问这字是谁写的。我告诉闵老师，是老宋写的。闵老师问我老宋是谁？我说老宋是花市饭馆里一个跑堂的。闵老师连说："海水不可斗量，民间里，藏龙卧虎！"那时候，我只觉得闵老师的话是赞扬，却没有问一下自己：宋叔一个跑堂的，为什么能写这样一手好的毛笔字呢？

老宋一家四口，住进我家的南房，和我成了隔壁的邻居。

我管他叫宋叔，管他老婆叫宋婶，他的两个孩子，老大比我大两岁，老小比我小两岁，我管老大叫宋姐，管老小叫小妹。

1966年，宋叔的两个女儿已经长大，宋姐二十一岁，小妹十七岁，豆蔻年华，正属于妙龄时期。除了长得随母亲黑了点儿，两姊妹长得都挺耐看的。尤其是宋姐，爱唱爱跳，活泼好动，又发育得成熟，当时在街道一家服装厂工作，人称"黑玛丽"，那是当时流行的一种热带鱼的名字。宋姐是服装厂公认的厂花，是我们一条街上好多男孩子追求的对象。

小妹读高一，和姐姐的性格正相反，好静，放了学，就闷头待在屋子看书学习。哪怕天再热，也不出来和别人玩。在我们大院里，她唯一找的人就是我。那时，受我的影响，她爱好读书，喜欢文学，经常找我来借书，也经常写一点儿类似冰心的《繁星》《春水》的小诗，或汪静之的《蕙的风》那种的爱情诗，拿给我看，让我提提意见。那时，我特别好为人师，有这样一个漂亮的小姑娘找到我头上求教，自然更是有几分飘飘然，没少自以为是地提出这样那样的意见。她从来都是认真地听着，然后改过之后，过两天，再拿来让我看。

如果不是那个特殊的年月，这一对姐妹花，一定会各有各的生活。宋姐会找一个自己相中的男人结婚，过她的小日子。小妹考上一个大学，学习她喜欢的文学，成为一个类似以前冰心一样或以后舒婷一样的诗人，做不成诗人，做一名中学或小学的老师，也是好的。

有一天，我忘记具体的时间了，只能说是有一天。各家大人都去街道参加政治学习了，家里就剩下我一个人。那时，学校里已经不上课，我常躲在家里，成了逍遥派。

谁想到，那天下午，小妹突然闯进了我的家里，我看见她上身穿着件圆领的背心，下身只穿着件短裤，是那种睡觉时才会穿的花布裤衩，露出一双腿，鹭鸶一样细长，让我格外吃惊。虽然是大夏天，天热，但大白天的，也不至于穿成这样子呀。慌乱中，没来得及问她有什么事，她一下子已经扑在我的怀里。我才发现，她浑身在瑟瑟发抖，忙问她怎么啦？她却一下子哭出了声。

还是生平头一次有一个女孩扑进我的怀里。而且，由于穿得这样的单薄，她整个身子那样的柔软而有弧度和温度，都紧紧地贴在我的身上，让我不由得一惊，不知如何是好，一下子很僵硬地立在那里，像根突然被雷劈的树干。

我再一次问她怎么啦？

她还只是哭。

过了好一会儿，她才缓过劲儿来，对我说："你帮我看看我家现在还有人吗？"

我走到她家，家门打开着，像扑扇着大耳朵似的，被风吹得还在动，一间屋子半间炕，一眼望穿，没有一个人。我回来告诉她没有人。她抹干眼泪，说了句谢谢，转身回家了。

小妹这突如其来的举动，让我分外吃惊难解。我猜想，就在她跑进我家之前，在她的家里，一定发生了什么事情，让她受到了惊吓。而且，这事情肯定不是一般的事情。我想，应该把这事告诉给宋叔。这兵荒马乱的年头，她一个小姑娘家的，别再出什么事情。

晚上，宋叔下班回来。那时，宋叔从饭馆里抽调到二商局，因为都知道了他写得一手好毛笔字，到那里负责抄录文件和写大标语。回到家里，常是一手的墨汁，却显得很有些兴奋。这天晚上，他还没来得及洗手洗脸，我就把他叫出了屋子。宋叔听完我的话之后，一脸铁青，谢了谢我，没再说话。

没过两天，宋叔再回到家里，突然像霜打的草，蔫蔫的。后来，我听说宋叔从二商局又回到饭馆接着当他的跑堂。原因是宋叔解放以前曾经在国民党河北省政府当过机要秘书，专门负责抄写文件，军衔是国民党上校。宋叔的历史问题，被揭发了出来。那时候，我常常望着宋叔的背影，生出奇怪的疑问和想象，曾经是国民党上校的宋叔，和饭馆里跑堂的宋叔，怎么也难以合二为一。

当时，我还是幼稚，没有立刻想到那天小妹跑到我家，和紧接着宋叔命运变化的必然联系。我只是想象着宋叔以往我未曾认知的一面，思忖着这样一个国民党机要秘书的上校头衔会是一个多大的罪过，宋叔能否逃得过这样的一劫等等，这样迫在眉睫的问题。

宋叔居然不仅逃过了这一劫难，而且，又从饭馆调回到了二商局。

这一年新年，宋姐结婚。这消息很突然，宋家没有告诉我们大院里的任何人。我是过完新年之后，才听说宋姐是和街道服装厂的厂长结的婚。结婚之后，宋姐就搬到了栾庆胡同住去了，很少回家。

在当时，我也没有立刻想到宋姐结婚，与宋叔命运的变化有什么必然的联系，更没有想到这两件事，和前面发生的小妹的事有什么必然的联系。

这一年秋天，宋姐生小孩，宋婶去栾庆胡同照顾宋姐坐月子，宋家只剩下了宋叔和小妹两个人。宋叔有时候会叫上我到他家吃饭，他会亲自炒上两个小菜，让我陪他喝点儿小酒。宋叔这人聪明，从他的字就能看得出来，他在饭馆里干了这么多年，虽然只是个跑堂的，但端盘子看得菜品多了，出入后厨瞄上那么几眼，耳濡目染，炒菜也有了几分馆子味儿。

他家地方小，小炕桌放在床上，我们都脱了鞋上床，盘着腿喝酒。那天晚上，他的二锅头喝得有点儿多，话也多了起来，根本不管小妹就坐在床边。突然，他问我："你知道谁上二商局揭发我的吗？"没等我回答，他自己说："大屁股黄！"

"大屁股黄，就是宋姐的丈夫，那个街道服装厂的厂长，还兼着街道办事处革委会的副主任。要不他怎么知道我的档案？"

"为什么明明知道大屁股黄是这样一个人，还让自己的女儿嫁他？这不明知道是火坑，还往火坑里跳吗？"我借着酒劲儿问他。

"要不怎么说我窝囊呢！大闺女完全是为了救我呀，你知道吗？心里明镜似地知道那就是一个狼，还把闺女往狼嘴里喂，你说我窝囊不窝囊呀！"

说道最后。宋叔哭了。虽然只是隐隐的饮泣，却像锥子一样扎我的心。我真的没有想到，宋姐是因为这样匆匆出嫁的。

更让我没有想到的是，坐在床边的小妹也啜泣起来。我以为她是为了她爸爸刚才说的这一切。谁想到，宋叔指着小妹对我说："你知道吗，你宋姐嫁给大屁股黄，也是为了她呀！"

小妹哭得更厉害了。

一直到这时候，我才明白了宋家一连出现的事情之间相互的关联。宋叔的历史，成为了发生这一切的一粒种子。大屁股黄就是用这粒种子，先后在宋家姐妹两人身上播撒。宋姐为了父亲，也为了妹妹，牺牲了自己。

第二年的夏天，我去了北大荒，小妹和她学校的同学要去甘肃的山丹军马场。我是上午十点三十八分的火车。临走的前一天晚上，宋叔把我叫到他家里，说："明儿我得上班，没法子送你了，让小妹代我送你。"然后，他递给我用海尚蓝布袋包的一小袋黄土，又对我说："带到北大荒，刚到新地方，都会水土不服，泡点儿咱这里的黄土冲水喝。"现在，只要想起宋叔，我就会想起宋叔写的一笔好字，和这一包黄土。

那天，在北京火车站，我没有看见小妹来送我。但是，一个多月以后，我正在北大荒收麦子的时候，有人从田边跑过来喊我，让我快回队里去，说是有人找我！我在队部的办公室里，看见是小妹，她的身边还有两个女同学。

我才知道，她们一共三个同学，是扒火车从北京来的。小妹不想去山丹军马场，她是来投奔我的。她想得太简单了，以为人来到了这里，而且是扒火车来的，表示自己的心诚，就可以留在这里。她已经在我们的农场场部哭诉过了，希望留下来扎根边疆，我也找过了场里的头头陈情诉说。可是，说下大天来，都没有用，她和她的两个同学，在我们队上的女知青宿舍里住了几天，最后还是被送回了北京。离开北大荒的时候，我送她送到福利屯火车站。隔着车窗玻璃，她说会给我写信的，可是，我没有接到她的一封信。

往事如烟，日子如水。我们大院拆迁之后，我和宋叔都早已搬了好几次家，离得越来越远，联系也越来越少。去年底入冬的时候，我忽然收到宋姐寄来的一封信，是封厚厚的挂号信，寄到报社，几经辗转，过了好多天，才到我的手里的。信上宋姐告诉我，宋叔前几年就去世了，这消息并没有让我吃惊，毕竟宋叔年纪大了，让我吃惊的是，小妹前些日子在甘肃居庸关市去世了。她早从山丹军马场调到了居庸关市的文化部门做宣传干事，她的文笔帮助了她的调动。只是，常年在军马场，营养失调，让她患上了肝病，最后越来越严重，不可收拾。宋姐在信中说，小妹临走之前，嘱咐我想办法找到你，把她的这本日记本送给你。

我打开这本封面磨损、纸页发黄的日记本，里面全是用钢笔字抄写的诗，是以前读高中时我曾经见过的小诗，是我不止一次好为人师又自以为是帮她修改的小诗，是那些模仿冰心的《繁星》《春水》和汪静之的《蕙的风》的小诗。青葱青春的岁月，隔壁邻居的时光，波诡云谲的日子，一下子如风扑在眼前。

那一天，收到宋叔的这封挂号信时，我正读《剑南诗稿》。晚上，怎么也睡不着，想起在《剑南诗稿》里刚看到的一联诗：日漏云端才欲暖，风吹梅信又成寒。因为枕边放着小妹日记本里的那些手抄诗，忽然觉得放翁的诗是那样贴切我的心情。

2021年2月10日改于北京

采桑子

　　儿时住的大院后院的一排北屋后面，有一条窄长的夹道。在老北京的四合院里，有这样夹道的，并不多见，都是有讲究的。这是因为四合院一般都是坐南朝北，有了这条夹道，可以阻挡冬天北风的袭来。我们院这条夹道里，种着两棵桑树，这就不仅没什么讲究，而且有些二八月乱穿衣了，因为一般认为桑树和松树都是坟地里的树，在四合院里种这样的树不吉利。不知道我们大院最初的主人为什么选择了桑树。

　　我小时候，这两棵桑树长得很粗壮了，高出后墙一截子。如果从外面看，枝叶葱茏，绿阴蒙蒙，完全看不见大院里面的样子。每年到谷雨前后，桑树结果，这两棵桑树，一棵结白桑葚，一棵结紫桑葚，猜想是当年房主特意的选择。每年这时候，大院里的孩子常爬到桑树上采桑葚吃。其实，这玩意儿说甜不甜，说酸不酸，不怎么好吃，而且，桑葚很软，皮又薄，特别是紫桑葚的汁紫乎乎的，常常会粘得一手一脸全是，甚至会沾染衣裳上，回家挨骂。

但是，我还是爱去后院夹道去采桑葚。吃是次要的，主要的是采桑葚过程的乐趣很大，很有吸引力。到夹道去，必须翻过后院北房，却是无法翻越的，总不能蹬着人家的窗户直接上房吧？必得从房屋旁边的山墙上去，山墙紧连着大院的厕所，厕所比北房矮，为我们提供了上房的方便。我们一帮小孩子便从厕所的木门上爬过去，先爬上厕所的房顶，再顺着山墙爬上北房的房顶，然后翻进夹道。这需要点儿功夫，虽然不必有燕子李三那样飞墙走壁的能耐，爬门的时候，得用点儿巧劲，才能一下子蹿上去，对于我们小孩子，厕所的门并不矮呢。从高高的房顶上跳到桑树上，更得需要点儿功夫，而且需要点儿胆量。因为要够着桑树靠近房顶的枝桠，紧紧抱着它，借着它回弹的悠劲儿，像荡秋千似的，一下子悠到树上，有点儿惊险刺激的劲头儿。

那时候，北房的主人姓蒋，一个和蔼的老爷子，满树的桑葚，他是一颗也不吃的，任凭我们孩子到他屋后夹道的两棵桑树上折腾，从不呵斥我们，倒是常惹我们家长的骂。采桑葚的日子里，会弄得我们身上脸上手上都是紫，也会弄得院子里一地的斑斑点点，紫乎乎的，家长骂我们说像是拉了一地鸡屎似的。

采桑葚的时候，常会碰见月玲，她和我一般大，小学同年级，但个子长得比我高，胆子比男孩子大，是大院有名的疯丫头。她经常在桑树上一边吃桑葚，一边嘲笑我不敢往树的高处爬，不断地朝我叫号："敢不敢往树尖上爬？"说着，她像只小狸猫似的，蹭蹭地爬上去，摇晃着树尖的枝子，接着朝我叫号。从树上下来的时候，我会不服气地往她的身上冷不防地抹一把紫桑葚，弄紫她的衣服，然后呼呼地跑走。

少年不知愁滋味，吃凉不管酸，在上房、爬树、采桑葚的过程中，多有几分欢乐。童年短暂一瞬，像一阵风远去，小学、中学，一晃而过。我们的父母先后去世，大院的孩子渐渐变老，也都陆续搬出大院，风流云散。2004年，我写《蓝调城南》时，重访老院，老院正在面临拆迁，一片狼藉，破旧不堪。空荡荡的大院里，所剩无几的老街坊中，竟然月玲一家还在，结婚之后，她一直住在她父母的老屋。我走进那两间熟悉的老屋，月玲不在家，她老公在。我没有见过她老公，头一次见，他对我显得非常热情、亲切，连说早听说过你，月玲常说起你。我问月玲呢？他告诉我月玲在工厂早就退休，一直在一家公司给人家当出纳。亏了她学过财会，家里的进项多点儿。他又告诉我，他们老两口一直坚持在大院没走，是在和开发商谈条件，希望能多要一间住房，给儿子住，他们的儿子结婚都有了孩子，也到了快结婚的年龄，还挤在一起住，房子成了他们孙子的老大难。

最后，他对我说："你没听说有句顺口溜吗？现在年轻人结婚，得是有车有房，父母双亡。我们没车没房，还好死不如赖活着，不成了他们的累赘吗？"

看他说得分外伤感，我不知该怎么安慰他，跟着他一起叹气，希望拆迁能够给他们带来好运，这是月玲两口子一辈子最后的一次福利盼头。我要告辞的时候，月玲下班回来了，几十年没有见，进门一眼认出我，高声叫着我的名字，上前拉着我的手，说什么不让我走，非要留我吃晚饭。我说等你们分了新房，搬到新家，咱们再吃饭，一起好好庆祝庆祝！

月玲不施粉黛，变得苍老了，只是个头还是那么的高，如果从背后看，还显得亭亭玉立，年轻时候的影子，没有完全被岁月涂抹掉。她送我走出老屋时，我让她陪我去后院看看，她问我：“看什么？还有什么可看的？”我说看看那两棵老桑树，她一摆手：“早就被砍掉了，还老桑树呢！”但是，我们还是一起走到后院，蒋家的北房还在，人去屋空，门前凋零；厕所早就没了，盖起了小房，连后面的夹道也都变成了拥挤的房子。小时候，我们一起上房爬树采桑葚的情景，恍然如梦。

大前年的夏天，旧地重游，我又回去一趟老院。月玲家还没有搬，还在顽强等待着拆迁，盼望着能多分一间住房。但她家的房门紧锁，我问了另一户坚持没走的老街坊，月玲两口子到哪儿去了，大约什么时候回来？街坊只说月玲的老公搬走和儿子一起住了。我问月玲呢？街坊反问我：“你不知道吗？月玲都走了好几年了！”我惊讶的忙问：“什么病呀？我上次来看她身体还好好的呢！”

今年谷雨前两天，家人买了一盒新上市的紫桑葚。我已经好几十年没吃过桑葚了，现在吃起来，忽然觉得很好吃，还有些甜滋滋的味道，和童年吃的味道竟然完全不同。第二天，我用没有吃完的几颗桑葚作画，先在纸上涂抹上一层清水，然后用桑葚做笔，紫紫的颜色，涂抹在纸上，在水的作用下变得深浅不一，渐渐的变成了紫色的藤萝架。那一刻，我想起了老院的那两棵老桑树，想起了月玲。

2020年5月7日写于北京

岁月的身影

　　1972年的冬天，我从北大荒回北京探亲，不知为什么，忽然想看看连家大姐。

　　连家是我们大院的房东，以前，各家的房租都是交给她家的；后来，连家把整座大院交给了公家，房租就由房管局收了。她家住前院正房三大间，房前有宽敞的廊檐和高高的石台阶。在我的印象中，连家没有男人，只有连家姆妈和连家大姐，连家大姐是连家唯一的孩子。

　　连家姆妈是广东人，身体不好，深居简出，我很少能见到。连家大姐大我好多，我刚上小学，她已经高中毕业了。连家姆妈长什么模样，我一点儿印象都没有了，奇怪的是连家大姐的样子，一直清晰地记得。她长得个子很高，面容白白净净的，梳着两条长辫子，说话柔声细气，地道的北京话，不像连家姆妈一口广东话听不懂。

我和连家大姐并不很熟。给我印象最深的是，一直功课很好的连家大姐高考失利，失利的原因，听说是临考前连家姆妈特意把家里珍藏的一支派克金笔给她，本来是希望这支金笔带给她好运，考出好成绩的。谁想，答卷的时候，派克笔不出水，怎么也写不出字来，急得她使劲儿地甩笔，墨水终于甩出来了，却甩在试卷上和她的衣服上。意外的忙乱中，连家大姐慌了神，没有考好。高考失利，倒也罢了，最让我也是让全院人都没有想到的是，连家大姐从此患上了精神分裂症。那时，谁也不懂这个病，等连家姆妈意识到带她到医院，为时已晚。从医院里出来，她整天宅在家里。我上中学后偶然再见到她，人已经有些脱形，那么漂亮的连家大姐，一下子苍老了许多。

我高中毕业那年春天的一个晚上，正趴在桌子上复习功课，连家大姐忽然来到我家，这让我非常奇怪，她从来没有到过后院我家里。她没有理会我爸爸妈妈和她打招呼，径直走到桌前，对我说："你高考的时候，千万别用钢笔，一定用圆珠笔，用铅笔！"这话说得神神叨叨的，让我一愣。她说完转身就走了，走到门口，又回头对我说："现在咱们全院就你学习最好，你可一定要考上个好大学，别重蹈覆辙走我的路！"这话说得可一点儿都不神神叨叨，让我感动，我赶忙站起身，追上几步要送送她。她已经一阵风走远了。

在此之前，我和连家大姐没有什么来往，但她留给我的这个印象很是难忘。大概就是由于难忘吧，我想起应该去看看连家大姐。

这时候连家姆妈还在，和连家大姐两人相依为命。连家大姐的病已经好了，但是，算一算，她已经是三十五六了，一直没有个对象，成为了继患病和没工作之后，第三个让连家姆妈头疼的老大难。我去连家，连家姆妈告诉我前些日子街道办事处给她找了份工作，在鲜鱼口的一个自行车存车处看车。说罢，连家姆妈叹了口气，说："总算有个工作了，要不我一走，她可怎么办呀！"

我来到鲜鱼口。存车处在大众剧场的斜对面。大众剧场是原来天乐园老戏园子，北京城和平解放后，成为了专门演出评剧的剧场，从小白玉霜、新凤霞到李忆兰、马泰，先后脚在这里演出，很红火。那时候，大众剧场在演出样板戏了，正对面是一家饭馆，门前依旧是车水马龙，白天晚上，存车处都停满自行车。很容易就找到了连家大姐，她也一下子认出我。我见她精神好了许多，只是岁月在她的脸上身上留下的痕迹太深。她穿着一身灰蓝色的工作服，更是遮掩住了青春的容颜。按理说，三十五六，还是好年龄，可显得那样苍老了。想起以前她那漂亮的样子，心里有些伤感。

她让我等一会儿，说马上就到点儿该换班了。我等着她下班，看着对面大众剧场广告牌上的大幅剧照，一百来年，这里上演过多少大戏小戏，悲欢离合，聚散荣枯，真的是戏如人生，人生如戏。

下班后，连家大姐和我一起回老院，边走边说着话。我好几年没有见到她了，觉得她的话比以前多了起来，整个人放松了许多，仿佛一切有了好兆头。我很替她高兴。她说："没有想到你跑来看我！"说完，她笑了，接着对我说，"看车的时候，特别怕碰见熟人，你来了，我不怕，反倒挺高兴！"然后，她又说："听你爸爸说你在北大荒都发表文章了，我真的特别为你高兴！可惜，和我一样，就是没有能上成个大学！"听到她这样说，不由想起当年她高考失利的样子。她的一生，便是从那时打了个弯。如果考上了大学，是另一种样子了，怎么会跑到这里看自行车？

是个雪后的黄昏，积雪很厚，挂在枝条上，覆盖在房顶，在夕阳映射中，闪着冬天独有的凛然白光。路上结着冰，有些滑，我搀扶着她慢慢地走，背后打过来落日的余晖，在我们的前面投射下两道影子，又细又长，长出我们身子的一倍多。那影子，在我们的前面晃动着，我们永远无法踩在上面，更无法迈过去走到它们的前面。

不知道为什么，这个在鲜鱼口街道上我和连家大姐被夕阳照射的身影，总会出现在我的脑海里，成为记忆中的一个定格。

从那以后，我再也没有见过连家大姐。一直到十多年前，电视台的一位年轻的导演找到我，她要拍我们那条老街和那座老院，希望我能帮助她。我做了一回向导，重回老院，老院正面临拆迁，剩下不多的几户，其中有连家大姐。自然，我首先敲开了连家大姐的房门，开门的是一位男人，年龄大约七十上下，猜想一定是连家大姐的丈夫了。一问，果然是，我自报家门，他立刻高兴地把我们迎进屋，说："知道你，你大姐老提起你！你发表在晚报上的文章，她都剪下来贴在本子上了呢！"

可惜，大姐没在家。我问大姐呢？他告诉我在儿子家，给儿子看孩子呢！原来是有小孙子了！日子过得可真快，仿佛一眨眼的工夫，世界就变了，我们就老了，小孙子就那么恰如其时地来了，让日子有了希望。

连家大姐住的房子没变，只是原来的三间变成了仅靠东头的一间。原来宽敞的廊檐和高高的台阶都没有了，房子往前推出了一截，占领了廊檐，扩大了居住的面积。院子垫高了，台阶就看不出来了。看出我的疑惑，他这样告诉我。

墙上挂着一个挺大的镜框，里面摆满了大大小小的照片，有黑白的，有彩色的。我趴在墙上从老照片里找到连家大姐，整身，虚光布纹，下角印着"联友照相馆"的字样。联友，在鲜鱼口，一家老照相馆，我们小时候的照片，都是在那里照的。看照片，连家大姐是上高中时的样子，亭亭玉立，那么的漂亮。不知道现在会变成什么样子了。心里悄悄想，没见到也好！连家大姐便总是照片上的样子，是我小时候见到她的样子。最起码也是1972年冬天见到她的样子。

我一边看照片，一边向年轻的导演介绍连家大姐，她很感兴趣地听着，指挥着摄像拍照片，拍屋子，拍连家大姐的丈夫……可是，片子在电视台播放出来的时候，一个镜头都没有。我才意识到，你关心的人和事，别人不见得也关心。时间拉开了距离，中间隔着宽阔的流逝的水，你站在岸的这边。电视片关心的是岸的那一边。

前两年，我再一次来到老院，老院已经彻底拆迁，翻盖起新的四合院，红柱绿窗，青砖铺地，瓦还是灰瓦，却不是以前的老鱼鳞瓦，瓦上更没有了摇曳的狗尾草。我只在东跨院见到一位老街坊，向她打听连家大姐，她吃惊地告诉我："你不知道吗？前几年，连家大姐就走了呀！"

想想，也不奇怪，悲欢离合，生老病死，不就是普通人的日常生活吗？一直病体连身的连家大姐活到八十，也算是长寿了。虽然结婚晚，但找的这个当工人的丈夫，待她很好，又有了儿子孙子，也算是苦尽甘来。不过，每一次想到连家大姐，心里总是有那么一点儿说不出的感觉，忍不住想起那一年她高考的情景。如果不是那支派克金笔不出水，她一定就考上大学了呀。考上了大学，她一定就不会得那个病，她一定就不会去看自行车，她的生活轨迹一定就不是现在这样子。

每一次想到这里，我都会为连家大姐感到委屈。每一次想到这里，我都会想起1972年的冬天，我和连家大姐一起走在鲜鱼口的街上，夕阳从身后打下的那两道细长的身影。

2021年1月2日于北京

桥湾儿归去来辞

　　桥湾儿是北京的一个老地名。如今七号地铁线，在这里专门设立一站，站名就叫桥湾儿。

　　既然叫桥，说明这里以前必得有水，便是有名的三里河。《京师坊巷志稿》里说："正统间修城壕，恐雨水多水溢，乃穿正阳桥东南洼下地开濠口以泄之。"说得很清楚，明朝正统年间，为了泄洪，在前面楼子东侧的护城河斜着往南挖出一条泄洪沟，穿过西打磨厂街的洼地，沿北孝顺胡同以东、长巷头条以西冲出了一条人工河，流经豆腐巷、芦草园、桥湾儿，进入左安门的护城河，一直流向大通河再到大运河。这条泄洪河，大约三里长，就叫成了三里河。现在这一带小桥、水道子、薛家湾、鲜鱼口的地名，都可以看出当年水的影子。桥湾儿就是这样沿河流淌出来的一个地名，也是这条河的一个重要节点，因为河水在这里打了一个弯儿，往东南方向流去，所以，叫作桥湾儿。

桥湾儿，于我非常熟悉，童年到金鱼池或天坛玩，必要经过这里。读中学以后，也常常从汇文中学后门出来坐23路公交车，在这一站下车，穿过芦草园和草厂胡同回家。那时，水是早就没有了，只剩下三里河和桥湾儿的地名，和这一片铺铺展展纵横交错的胡同。这一片胡同，大多是在干涸的旧河道上渐次建起来的，起码都是明朝就有的老胡同了。地理的肌理，就是这样在历史的皱褶中形成。

那时候，不懂历史，只关心桥湾儿这儿有家正明斋老点心铺。长大以后，知道它的历史很久，最早于清同治三年（1864年）在大栅栏西的煤市街开业，生意做的不错，于同治九年（1870年）在桥湾儿开了这家分店。下23路公交车，往北一拐弯儿，就是桥湾儿的南口，把口路东是一家挺大的副食店，对面路西便是正明斋。只要路过这里，就有浓浓的点心香味飘过来。后来，它的门市搬到前门大街鲜鱼口西口东边，这里成为了它的糕点制作车间，香味似乎更浓。真的很逗我的馋虫，那时确实很馋，也是肚子里油水太少，买点心得要点心票，每人每月半斤，点心有些高高在上，可望而不可及。

有一个住同一个大院的街坊，也是小学的同学，考入中学，她在女十五中，学校在我们学校后门的斜对面，她也是坐23路公交车回家，有时会在车上或下车时碰上，便结伴一路回家。路过正明斋时，我常会嗅着从里面飘出来的香味，连说真香啊！她便笑我没出息，这么大了，还这么馋。我反唇相讥，说你不馋，你专爱啃窝头！她笑笑，不再搭理我。

有一天放学回家，她在窗外叫我出来，递给我一块羊羹。我知道她舅舅开了一个羊羹厂，有时会给她家送一点儿尝鲜。我没吃过这种舶来品，她让我尝尝。一小长条，包着透明的玻璃纸，我尝了一些小口，是用很细的红小豆泥做的日本小点心。她问我："比正明斋的点心味道怎么样？"我心里觉得还是正明斋的好吃，没敢说出来，怕拂了她的好意。那时候，点心是稀罕物，何况是少见的羊羹，而且，还是她偷偷从家里拿出来的。以后，再路过桥湾儿的正明斋，不知怎么，总会想起羊羹。

再一次常去桥湾儿，是1974年春从北大荒调回北京之后。偶然一次晚上坐23路在那里下车回家，四周暗着，忽然看见正明斋西侧有一家挺大的理发店，灯火辉煌。店名"尽开颜"用霓虹灯管镶嵌，一闪一闪，眨着眼睛。觉得这名字取得挺有趣的，理完发，刮完脸，可不是"尽开颜"了嘛。正巧头发长了想理发，就拐进理发店。店里人不多，为我理发的是个年轻的姑娘，年龄应该比我小几岁，鹅蛋形的脸庞，俏皮的鼻头，爱说爱笑，一笑露出两颗小虎牙，特别是一条李铁梅式长长的辫子，怎么看怎么像在北大荒一位曾经的女友。忽然忆起，已经是劳燕分飞很久。似曾相似的理发员，让青春的无花果之恋，变得一下子惆怅而令人怀念。

以后，每次理发，我都会到那里，专门找这个姑娘给我理发。渐渐熟起来，一边理发，一边聊天，我知道她是顶替她母亲到这里来理发的。她家就住在桥湾儿，对这里很熟悉，就是她告诉我这里真有一座桥，汉白玉的，叫三里河桥。1953年，修路的时候，就在理发店的大门前挖出来的。那时候，她妈妈就在这里工作，亲眼看见桥挖了出来，又被原地埋下。她对我说，现在要是挖，还能把桥挖出来呢！

她还对我说，理发店西边一点，把着靠山胡同南口，那儿有个公共厕所，厕所旁边，有一家卖粮食的粮食店，是原来的铁山寺，问我知道不？我还真不知道，摇摇头。她告诉我，现在大殿和东西配殿都还在，还有两棵老槐树，她小时候，还见过庙里的和尚呢。那时候，我不关心这些，也不懂得这些的珍贵，只是听她说得神情挺骄傲的。现在想起来，一个地方，从小在这里长大，和路过这里的过客，感受毕竟是不一样的。

1975年夏天，我搬家之后，再没有去"尽开颜"理发店理发了。一直到三十年过后的2005年开春，我写《蓝调城南》一书的时候，才再一次来到桥湾儿。我已经从书中查到，在理发店大门前，确实挖出过一座汉白玉的三里河桥，十三米长、八米宽，可以想象，那时候的河有多么的宽。在这样宽敞而风光旖旎河两岸，各有一座庙宇相互呼应，南岸是明因寺，北岸就是铁山寺。

桥湾儿的路口还在，没有任何变化，只是路东的副食店没有了，但对面路西的正明斋糕点制作车间的老房子还在，大门和窗户都紧紧关闭，不知里面做什么用了。奇怪的是，我依稀闻得出从里面飘散出的点心的香味。我知道，那只是我一时的幻觉，那扑鼻而来的味道，也只是少年记忆的味道而已。

　　"尽开颜"理发店不在了，但是，它西边不远的铁山寺还在。铁山寺旁边的那个的公共厕所居然也还在，实在让我有些惊讶。时间，在那一瞬间仿佛定格，甚至回溯到三十多年之前再之前。

　　由于铁山寺的院子和大门都不在了，正殿露出在小马路牙子前。原来的那两棵老槐树没有了，一株石榴树，没有发芽的枯枝干摇曳在风中，虽然也有岁数了，肯定是后来栽下的。不过，正殿屋檐房脊的雕刻，斗拱飞檐，特别是正面窗户上面房梁的彩绘，依然非常清晰，虽然扑满尘土，颜色还是很鲜艳，难得透露着一些历史的隐语，多少还闪动着一点沧桑的旧日容颜。

　　从院子里走出一位要去上公共厕所的老街坊，我拦住了他请教，他告诉我那两株古槐，1999年扩路的时候才没的，东西配殿也是前两年才拆掉的。可惜了，他摇摇头说："已经有人考证出来，是明朝正德年间修的呢，快五百年历史了。"他说的没错，是1515年一个叫作宗洪的和尚募化修建的，和尚的法号叫铁山，以后人们就把庙叫作铁山寺。

　　2006年初，我再次来到桥湾儿，铁山寺前一片废墟。寺的东边停着一辆十轮大卡车，车上满满装载着木料，五六个工人在往上面装着。都是从铁山寺拆下的木料，真想不到一座铁山寺竟然有这么多木料，而且，后殿粗粗的梁柁还没有拆下来。木料都有百年以上的历史了，但拆开的新口，显得那么新，略微发黄发红的切口，像是小树，似乎还湿润，含有水分。工人告诉我这些木料挺结实，还可以用，没有问题。

　　前不久，我再次来到桥湾儿，已经是又一个十五年过去了。故地重游，恍然如梦。桥湾儿路西的正明斋老屋居然顽强还在，它的身后新建起来一座高楼，所占的地方，是当年"尽开颜"理发店旧地。西边的铁山寺已经翻修一新，只是大门紧闭，无法进去参观。再往西走一点儿，是新拓宽的草厂三条，过了马路，就可以看见前几年新挖成的三里河了。河水蜿蜒，蒹葭苍苍，只是由于草厂三条这条新马路相隔，这条簇新的新河盲肠一样到此为止，无法如旧三里河一样，可以流淌到桥湾儿了。

2021年1月19日雪后北京

虞美人

　　我是从北大荒插队回到北京后认识她的，那是上个世纪七十年代的中期。那时候，我二十七八岁，她已经六十开外了。

　　她家离我家不远，在一个大院住在最里院东院墙边上的三间东屋，房间敞亮，光线很好，门前的院子也不小，可以在那里摆张小桌两把椅子喝茶。

　　小时候，我就认识她了，只是那时候小，和她说话不多。我长大了，她也变老了。非常奇怪，小时候见到她的样子记不清楚了，一直到现在，记住的都是她老的时候的样子。再次见到她，是夏天，她常在她家前那个空地的小矮桌前喝茶，坐着一个竹椅上，那竹椅很旧，但油光锃亮，别看个儿不大，还有两个扶手，挺特别的。扶手很宽，最前边有个圆圆的凹槽，是放茶杯用的。更特别的是她摇的不是大院里常见的大芭蕉扇，是一柄纱的团扇，和她小巧玲珑的身子，还有这个小竹椅，倒是相得益彰，很引我的注目。

那一阵子，我待业在家，无所事事，常和她坐在这里聊天。后来，我在一所中学里教书，那时候读书无用论还在盛行，学生们不爱读书，我也不爱和他们较劲，就在那里混日子。那时候，因为家窗户根儿的自来水龙头整天吵得我睡不好觉，血压升高，医院里给我开了半天休息的假条，我上午上完课，下午就跑回家，闲来没事，就找她聊天。

因为我越来越发现她这个老太太不简单，是个有故事的人。她这人爱说，也愿意我来找她，愿意东一榔头西一杠子地和我说那些陈芝麻烂谷子的事。越聊，我们俩越投缘，特别是没两年"四人帮"被粉碎后，她说话更是没边没沿，更引起我的兴趣。那时候，我正在做着当作家的梦，一心想根据她的事写东西，她知道我的心思后，笑着对我说，"我不怕你写，就看你写得真不真、像不像了！"

说这番话的时候，她坐在竹椅上，晃动着身子，眨动着眼睛，眼光里有些俏皮和狡黠，不像这么大年纪，有点儿像年轻人。这更激发了我对她的好奇心。

每次找她去聊天，她总是爱坐在她那把宝贝竹椅上。有一次，我听见那破竹椅在她的身下嘎吱嘎吱地响，有点摇摇欲坠的样子，对她说："您这把竹椅够年头儿了，快老掉牙了，别把您再摔着！"

她摇摇头说："它可结实了，我们那年结婚的时候，我在前门大街上洪盛兴买的呢，你看都坐了多少年了？"然后，她问我："洪盛兴你知道吗？前门大街路西那个杂货店，往里面一拐就是粮食店街，再往里走，就是小李家胡同，小李纱帽胡同，你知道吗？就是原来的八大胡同。"说这话，她的眼睛眨了一眨，让她屁股下面的这把破竹椅和八大胡同，都变得有些含混不清。

后来，她告诉我，她原来住的家，就在那附近，离八大胡同也不远。这是我第一次从她的嘴里听到八大胡同，她说得那么随意轻巧，甚至有些亲切，像是说她的一个什么邻居。

她还告诉我，自打北京城解放以后，她就一直住在这里，有好多老街坊先后都搬了家，她还住在这里。后来，随便闲聊中，她又对我说她有一个什么亲戚，说是她的一个姨夫，住在杨梅竹斜街，住的时间可长了，解放以前就住在那里。

说这样的话的时候，她的眼神里总有些闪烁，有些暧昧。很久以后，我知道了这话里的潜台词。杨梅竹斜街在前门大街路西，离八大胡同更近，而八大胡同是昔日北平有名的"红灯区"，这个老太太和八大胡同沾边儿。常听街坊们东一嘴西一嘴，闪烁其词地说起她的身世，更让我觉得在恍惚之中。

那时候看她，老是老了点儿，但很瘦溜儿，一点不臃肿，个头不高，脸白白净净的，总像是扑上了一层粉似的，很光亮。她很爱干净，什么时候见到她，她总是穿戴得整整齐齐的，头发花白了，却也总是梳理得一丝不乱。她的手里，总爱攥着一条绢或丝的白手绢，总是洗得干干净净的。她爱聊天，爱抽纸烟，如果你递给她一支烟卷，她就很容易在烟雾吞吐之中，情不自禁地和你聊了起来，话茬子像流水似的，止都止不住，举手投足，有那么一点儿前世的风情遗韵。

她和我聊起来的时候，就是这样吐着烟圈儿，她的烟圈儿吐得格外漂亮，我见过有人抽烟吐烟圈儿的，但从来没有见过她吐得这样漂亮的，一个连着一个飘忽忽的圆圈，就像一条条小鱼的嘴衔着尾巴列队迤逦游出来一样，在她的头顶上盘桓。

她先告诉我以前她特别爱吸水烟袋。然后，她问我："知道什么叫水烟袋吗？"我说我知道，小时候我们大院老蒋家是南方人，他家的老爷子爱吸那玩意儿，一种铜做的像壶一样的家伙，有一个长长弯弯的细嘴，壶里装着水，吸起来的时候，里面咕噜噜直响，就像闹肚子似的。

她笑了，然后又对我说："我还抽过大烟吸过白面呢，这玩艺儿你横是没见过吧？"说完，她得意而顽皮地又笑了，有点儿像小孩子。

她姓姜，一个很爽快的老太太。大概我和她交往多，彼此熟络起来，她突然告诉我她以前当过妓女。当然，她说的不是这么直白，但意思一听我就明白了，当时，虽然思想里早有准备，还是吓了一跳。紧接着，她告诉我她就在八大胡同里面。说完之后，她眨着眼睛问我："是不是听街坊们这么说过我？"没等我答话，她笑了起来，"她们说得没错！"

我当时是问她以前做什么工作的，我知道她的丈夫是个建筑工人，一直不知道她究竟是干什么的，街坊的传言，总让我半信半疑，想问出个究竟。她粗通文墨，还会写毛笔小楷，她说以前有时街道上写个什么告示或通知，街道积极分子（我们称之为"小脚侦缉队"）一般都会找她来写。她也不客气，拿起来就写，还是悬腕，半行半草，一挥而就，字写得满像那么一回事。

还有好几次，我看见她丈夫从外面回来，买来了稻香村的细皮点心，或是从新侨饭店里买来的那种牛角面包，都非常讲究，都是她让她丈夫专门为她买来当早点或夜宵吃的。姜老爷子个头不高，已经谢顶，但不胖不瘦，身材四衬，说话非常客气，一口地道的北京话，只是话不多，提着点心或面包，向她问了句："现在吃？还是沉会儿？"便拐进里屋，不再说话，也不再出来。没一会儿，里屋的戏匣子响了起来，老爷子爱听京戏。我问过姜老太太："您会唱吗？"她笑笑说："我只会两口昆曲。"我说京昆不分家。她说还是不一样。然后，她指指里屋，他爱听京戏，以前梅兰芳活着的时候，常领我去中和戏园子和广和楼看京戏。不过，跟你说实话，我不爱听那玩意儿，纯粹是为陪他！

除了京戏，我看见姜老爷子爱养花，她家窗台上通常摆着一溜儿花盆，原来小钟养鸽子的鸽子棚也都拆掉了，空地上摆着大盆的花。每盆里面种的花还不带重样的，有的花我认识，有的花我还真没见过，不知道老爷子是从哪儿淘唤来的。不过，后来我发现并不是老爷子爱养花，而是老太太爱花，但老太太是动嘴不动手，都是老爷子为老太太伺候那些花。这和老爷子到稻香村买点心，到新侨饭店里买面包的意思是一个样的，她管吃，他管伺候。

当时，这些事情，都让我很好奇，这样的做派和爱好，觉得她不像是个家庭妇女，才问起这个问题："解放以前您是做什么工作的？"她反问我："你看看我像是干什么的？"没等我猜，她自己先告诉了我答案。我很吃惊，没有想到她这样的快人快语。

当时我紧接着问她的第二个问题是："那您文化大革命怎么过来的，没有挨斗吗？"她笑着说："我就知道你准得问我这个，好多人都问我这个问题。我告诉你，我挨了一点儿的斗，没怎么受大罪，这得归功我们家的当家的，他是根正苗红的工人阶级。工人阶级，你懂吧，那时候，就属工人阶级好使，最厉害！"

那时候，"四人帮"刚刚被粉碎，人心大快。她才敢这样直抒胸臆吧？

那时候，她大概六十多岁的样子。我曾经问过她有多大年纪了，她摇摇头说自己也记不清了，我说户口本上不是写着您的出生年月吗？她还是摇头，对我说："那也不准，和老姜结婚那时候登记户口本，派出所的警察问我哪一年出生的，我随口说了句是属兔的，他就那么算算填上了。"那时候，我也替她算了算，她大概是1910年前出生的。她告诉我见过清朝的大龙旗嘛，但这也是说不准的事情，看着她细皮嫩肉的模样，也不大像。

别看她对自己的出生年月记不大清楚，但当年许多往事，她可是记忆犹新。她对我说得最多的是八大胡同里的头牌赛金花，好像她和赛金花认识一样，很熟络。但我算算，她比赛金花的年龄要小得多。她的年龄应该和小凤仙差不多，但她很少说起过小凤仙，总是提起赛金花。就是她告诉我：当年有风水先生告诉赛金花，陕西巷有一处房子，形状像是乌龟，最适合开设妓院，撺掇赛金花买下，说买下了，将来准赚钱。然后，她问我："你知道那房子在哪儿吗？"还是没容我猜，她就急不可待地告诉我就是陕西巷旅馆，原来叫作赛琼林，是家大菜馆。当时，赛金花听了人家风水先生的话，买下来开了班子，果然大赚其钱，一天就能够净赚一个大元宝呢。这件事，她对我说过好几次，每次说完，她都看着我笑着说："那时候，我要是有钱就好了，我买下这个乌龟房子多好！我就不用住在这个破院子了。"紧接着，她又自嘲说，"兴许我也就活不到现在了。"她笑得更厉害了，好像在说一个挺逗的笑话。

后来，我知道，她也在那里干过。不过，她到那里的时候，赛金花早已住进居仁里去了。没过多久，就孤零零地死在了居仁里。

她的身世很复杂，她告诉我她是广东人，很小的时候就被卖到了上海，从上海又被卖到天津。但她讲话和姜老爷子一样，是一口地道的北京口音，听不出一点儿南方口音来。她曾经对我说，从上海坐船到天津时，是被塞进货舱里的，差点儿没把她憋死。那印象让她怎么也忘不了。到了天津，她住在江岔胡同，那里靠着海河，好多妓院集中在那里，她问我：

"你知道不知道，赛金花当时也在那里开过张？"我说我不知道，但江岔胡同，我到天津的时候好像去过。然后，她说她在江岔胡同的时候，那里和小白楼和滨江道一样热闹，比北京好的是，那里吃鱼方便，中秋节前后，吃螃蟹也便宜，而且个个是顶盖儿肥！

我问过她这样一个问题："您为什么被人家一卖再卖？"

这个问题，我问过好几遍，她都没有回答过，她只是瞪了瞪我，好像这样的问题还需要再问吗？但我实在不知道她是因为什么样的原因被一卖再卖的，我很好奇，只能够自己一再去猜想。那时候，正是徐迟写陈景润的报告文学《哥德巴赫猜想》的时候，那是我的"哥德巴赫猜想"。我为她构想着许多我能够想得出来的原因，比如，她的家境贫寒，她的父亲抽大烟或赌博破落，她的父母双亡，或者她是被拍花子的人拍走而最后被拐卖，或者是她被人家当童养媳当了丫头当了填房，或者是她头一次被卖之后的不驯服，甚至有过逃跑的行动……但是，我始终没有弄清楚。

有一次，她好像随口问我这样的一个问题。大概那时我刚刚在《人民文学》上发表了我第一篇小说，那是1978年夏天的事情了。她知道我喜欢文学，就问了我这样一个文学的问题，当时我很吃惊，心里暗想这个老太太居然也懂得文学？她到底是一个什么样的出身和背景呀？

她问我："你看过老早年间有本叫作《一缕麻》的小说吗？"

我说我没读过。

她说她也没读过，但她在上海的时候，她看过根据这个小说改编的文明戏。

我替她算算，她在上海的时候也就是十几岁的样子，看戏应该是民国之初的事情了。我让她给我讲讲这个《一缕麻》是个什么故事。

她摇摇头，说自己也记不大清楚了。大概是讲一个有点儿文化的年轻女子，被父亲包办，不得已嫁给了一个弱智儿，那女子心里十分不满，迫于压力，又不敢反抗父亲。但是，新婚之夜，她坚决不让丈夫近身。后来，她得了重病，是一种传染病，丈夫天天煎汤熬药没日没宿地侍候着她，她的病好了，丈夫却一病不起，最后死掉了。

讲完这个故事，她看了看我，我看了看她，似乎彼此都在观察对方的表情，我发现她的脸上没有什么特殊的表情，但我敢肯定这个故事和她的身世有着某种联系。虽然，我不能够完全猜透，但一些蛛丝马迹还是从这个故事中泄漏出来，就像暗屋里掀开了一角窗帘的缝儿，光线和尘埃一起闪了进来，飞虫一样四下蠕动了起来。也许，她跟故事里那个女子一样，才跳出一个火坑，又掉进了另一个火坑？

我很想顺藤摸瓜，那时我非常好奇，特别想根据她的身世和故事写东西。在这个姜老太太的身上，藏着太多的秘密，和那个过去的时代一起纠缠着，不安分的小鸟一样，时不时地从昨天到今天的生活中跳进跳出。尤其，后来她的年龄越发的老了，我明显地预感到她就要不久于人世了，如果再不问明白，她有可能就把这些秘密都带进另一个世界了。但是，她对我几乎讲述了她人生的全部故事，却始终没有对我讲述过她的青春时代最关键的这一节故事。

那天，面对我的提问，她很快就转移了话题，她问我你知道这个《一缕麻》是谁写的吗？我还没有回答，她先告诉我了："是个叫包天笑的人，你一定知道他吧？你喜欢文学，肯定知道他的。"我说这个我知道，包天笑是清末民初的一个挺有名的言情小说家，好像是鸳鸯蝴蝶派吧？

她又问我："那你知道他在北京住在哪儿吗？"我说这个我还真不知道。她马上很开心，好像小孩子玩捉迷藏，一下子就抓到我一样开心。她对我说："我告诉你吧，那时候他就住在铁门胡同。铁门胡同，你肯定知道在哪儿的，就在菜市口的东边一点儿，路北就是。有一次，我还去过他家呢。"

记得那天我对她开玩笑地说："哪天我也写本小说，就写您，题目叫作《两缕麻》。"

她一摆手笑着说："拉倒吧！还《两缕麻》呢，一团乱麻！"

她家的姜老爷子是一个很和气的老头儿，从不打搅我们的谈话，看我来找老太太，不是出门买东西，要不就只是闷头干活，忙这忙那的，手不拾闲儿。再没事可做了，就拎着一把他自制的喷壶给窗台上那些宝贝花浇水。老爷子是个扎嘴儿的闷葫芦，不大爱说话，家里的话似乎都让她说了。

姜老爷子身子骨一直显得比老太太好，而且，后来我知道年龄也比老太太小好几岁。北京刚解放的时候，八大胡同的妓院都关闭了，妓女从良，一部分妓女嫁给了贫苦的工人，那时候，老爷子是建筑工，进了韩家潭一个叫星辉阁的大院里，当时准备从良的妓女，一部分集中在这里，等待着有人来挑，他一眼看中了她。谁也没有想到，这么硬朗的一个老爷子，有一天提着水壶往窗台上浇花的时候，一个趔趄，水壶砸在花盆上，他和水壶连花盆一起摔在地上，再没有起来。这大概是八十年代末发生的事情了。

我听到消息，赶过去看老太太，老太太很稳，阵脚一点没乱。街坊四邻帮忙，把老爷子送进了医院，进了医院就送进了太平间。一连好几天过去了，医院和街坊都劝她先把老爷子的尸体火化了吧，在太平间多待一天，多一天的挑费。她摇头，说得等儿子回来。那天我去了，她让我陪着她去六部口的电报大楼，给儿子打长途电话。她已经托邻居给儿子发了电报了，儿子一直没有回来，她心里有些急。

那时候，打长途挺不方便的，得去邮电局。从前门坐车，过天安门和石碑胡同两站就到。但她毕竟上了年纪，又得挤公共汽车，我对她说，"您有什么事交给我，我去给您儿子打电话说，我骑自行车，快。"她坚持要去，没办法，我陪着她去了六部口的电报大楼。等公共电话的时候，她一把拉住我的手说，"我那个当家的，是个好人，文化大革命批斗我的那会儿，他从外面跑了回来，冲那帮红卫兵喊：'你们凭什么要斗她？'红卫兵冲他也喊：'她是妓女！'他接着喊：'是妓女没错，杜十娘也是妓女，李香君也是妓女，妓女也是受苦人，还是好人呢！什么人堆儿里都有下三滥也有好人！你们不能茄子葫芦一起数……'我这一辈子没听他说过这么多的话。"

那一天，她一直对我说老爷子，却没有说一句关于她儿子的话。那一天，好容易等到电话通了，却没有能够找到她的儿子。

她和姜老爷子只有这么一个儿子，是刚解放不久出生的，比我小两岁，在云南插队，和当地的农民的女儿结婚生子后，留在当地，一直没有回来。他们老两口谁也不怎么提儿子的事情，但我知道，其实他们都想儿子，想让儿子调回北京来，一家子好团聚。这是他们最小心翼翼的一个话题。

就是姜老爷子病逝后，他们的儿子带着老婆孩子，从云南回来过一次，但料理完丧事，没过几天，就又回云南了。

在老太太家，我见过她儿子一次，也是唯一的一次。我看他长得不像她，像老爷子，个儿不高，连性格都像，也不怎么爱说话。老太太抽烟的时候，他显得特别的烦，又不说话，只是撇嘴，嗑牙花子，然后就埋头收拾东西，一副恨不得立马儿拔身就走人的样子。倒是她的孙子，那时也就三四岁吧，绕着老太太的身边跑着玩，一边跑一边伸出小手捉老太太喷吐出的烟圈儿。老太太能耐大，竟然喷吐出的烟圈儿，一个紧接一个，像连环套，在屋子里飘起了一道弯弯的弧。我看得出，她那个儿子，和他们老俩口的感情不大深，或者有着什么意见或隔阂。想想，也可以理解，一个妓女的儿子，如果是我，心里也会长满蒺藜一样，时刻扎得自己难受，别说是在那些以往特别讲究出身的政治时代里，就是现在也不是挂在自己身上的光彩的纪念章呀。

姜老爷子一去世，儿子一走，我发现姜老太太的精气神儿大不如以前了。她儿子刚走的时候，我怕老太太心里不得劲儿，到她家看过她一次。明显的风烛残年的感觉，显现在她的脸上。那一次，老太太的话明显少了很多，临走的时候，她依在床头，指着窗台上那一溜儿花盆对我说："劳你的驾，帮我把这些花盆都扔了吧。"我才看见那一溜儿花盆里的花，死的死，蔫的蔫，没有了老爷子的照顾，都要寿终正寝了。

我替她往大街上的垃圾桶里扔花盆的时候，看见一盆花虽然也打蔫儿了，但还没有完全死，浇浇水，兴许还能活，便问老太太："这盆也扔吗？"老太太一挥手说："扔！"那花猩红色的朵儿，单瓣四片绽开，虽然要败了，但样子挺好看的，特别是薄薄的花瓣，像沾着一层粉似的，格外惹人怜爱。我没见过这种花，搬走它扔进垃圾筒回来，挺可惜的问老太太："那盆叫什么花？"老太太告诉我叫丽春花，又叫虞美人。"它就是虞美人？以前，在书里看见过说这花的，我们古代的词牌里有一个词牌的名字就叫《虞美人》。这么漂亮的花，扔了太可惜了！"我对老太太说。老太太瞅了我一眼，没说话，那眼神的意思似乎在说，可惜的东西多了。我也理解老太太的心情，老爷子突然这么撒手一走，儿子也那么快撒下她说走就走了，她的心气儿，她的气力，都像是庙里的快要燃尽的香烛。

当时，我隐隐地担心，她大概也活不长了。有时，我会带点儿好烟，那种带过滤嘴儿的，去看望她，和她聊天，只有聊天，她还能够恢复一些元气似的，又回到了从前。但是，那时我又搬了家，从洋桥搬到了和平里，离她那儿很远了，去一趟不容易，去的次数明显少了。

有一天，我去她那里的时候，她有气无力地对我说，让我去杨梅竹斜街一趟，帮她捎个信，找个人。那时候，家里都还没有电话，这样让我去传信是最快也最保险的一种方式了，而且，说明老太太信任我，我很高兴，拿着信立刻拔脚就走。我知道她家有一个姨夫住在杨梅竹斜街，以为是让我帮她找她姨夫。到了那儿一找，推门出来的，不是她的什么姨夫，看见的是一个女人，比我大好几岁的样子。她看看我带去的信，谢了谢我，说了句听我妈说起过你，还说我在报上也看过你写的东西。然后，她不动生色地告诉我说回去让我对老太太讲，她今晚就过去。

我回去把话告诉了老太太，这才知道，这女人是她的女儿，但不是她跟姜老爷子生的。是和谁生的，她又不说了。我后来仔细回想，看不出那女人哪一点像她，和她的那个儿子一样，都不像她，她的遗传基因，似乎很少传到她的下代。从那个女人年龄来看，肯定是她在八大胡同的时候生的，也就是说，生女儿的时候，她还在风尘之中，并未赎身，她的解救，是解放初期的事情了，共产党封闭了八大胡同的妓院，她从了良，才嫁给了姜老爷子。那么，她身处八大胡同的时候，怎么有女儿，又怎么把女儿生下来的呢？女儿的父亲又是一个什么样的人？又到哪里去了呢？隐身人一样，就隐身在女儿的身上吗？解放以后，她和女儿又是一种什么样的关系？这一切都成为了秘密，藏在老太太的心里了。

人都有自己的一点儿秘密，是到死也不会说出来的了，就让它埋在老太太的心里吧。

我不知道老太太找女儿为了什么事情，一定是有重要的事情的，要不她不会找平常日子里一直都不怎么惊动的女儿的。我也不知道她的女儿那天晚上过去找到老太太，老太太都和她说了些什么。我只是隐隐有种不祥的预感，怕是老太太活不了太久了，是不是临终托付给女儿点儿什么。

但是，我的预感是错的，老太太又活了好几年，一直顽强地活到了九十年代，算是长寿了。在这几年的时间里，我去看望过几次老太太，去的次数很少了，到现在我很后悔，也常常责备自己，为什么没有抽出时间来多看看她。我发现，老太太的晚年很凄凉。她倒是不愁吃不愁穿，一个儿子，一个女儿，都分别给她一点儿钱，虽然不大富大贵，却足够她的花销了。最后的时刻，女儿还帮助她请了一个保姆，应该说到死她都没有受什么大罪。只是，她非常的孤独。我发现她最大的快乐和安慰，就是身边有个和她说话的人，听她叨唠着那些陈年往事，那是她最喜欢唱的独角戏，常常是她一个人自吟自唱，不容我插嘴。她这一辈子最大乐呵的事情，除了抽烟，就是聊天了。

在老太太最后的日子里，她对我说的话常常颠三倒四，含混不清。我知道，这是人老的标志，我没见过年轻时她在上海、在天津、在北京八大胡同里什么样子，我只能想象，从我最初认识她六十多岁的模样看，年轻的时候，她一定是个美人胚子，我觉得比照片上看到过的赛金花和小凤仙都要好看些。她的一生最好的年华是在妓院那样一个晦暗的地方度过的,她的一生那么快就要走到了尽头。我替她有些伤感。

我曾经把自己这样的想法说给她听,她使劲儿地望望我,像是在安慰自己,也像是安慰我,说了句:"人无千日好,花无百日红,都是这样子的。"

在她人生的最后时刻,我已经和她很熟了,她也很信任我,愿意和我聊天,讲她那些陈芝麻烂谷子,讲她埋藏在心底的一些隐秘的事情。我猜想,这样的事情,恐怕她不会对自己的儿子和女儿讲的。有时候,有些心底深处的一些话,是无法亲口面对自己的孩子讲出来的,但可以对外人讲,没有那么多的负担,那可是一种心灵上的解脱。

记得最深刻的是,她对我说起这样两件事情,我还真的是头一次听,听得我有些毛骨悚然。这两件都是和"鱼口"有关的事情。

一件事情是,她在天津的时候,一个她接过的客人,长得倒挺面善的,干起的事情,却比谁都狠。他非要让她帮他往北京走私烟土,而且要她把烟土塞进"鱼口"里。她问我:"你知道什么叫'鱼口'吗?"我说不知道,她指指自己的下身,那时,她已经躺在床上起不来了。我明白了,她指的是阴道,愣是把烟土塞进阴道里,能够容易躲过检查,比较保险。这个客人真的是够狠的了。她没有办法,因为这是客人和老鸨合伙干的生意。他们一起让一个十几岁的小姑娘,干这样的事情,伤天害理不说,还让她感到屈辱。她告诉我,就是在那一次次从天津坐火车到北京来走私烟土的时候,她下定了决心，再也不能干这种威胁生命的勾当了。她才从天津来到了八大胡同，都是妓院，干一样的活，哪里又不一样呢？她想的就是这样的简单。

另一件事情是，到了北京八大胡同落脚后不久，常常来的一个客人，大概和她聊得来，渐渐地情投意合，便越发的黏糊，一待就待上好长的时间，好像有说不完的话，长长的流水不断线地说。有时候来了别的客人，她不愿意接，专门等这个人。我猜想，老太太聊天的习惯和爱好，就是从这时从这里而来的。在妓院里，称这样的做法，叫作"热客"，是不允许的。因为这样做，会耽误时间，便也耽误了生意。老鸨找到她，警告了她，她不仅没听，相反和那人商量好了要逃跑。跑得了吗？她被抓了回来，绝食，坚决不接客。老鸨急了，竟然用剪子剪开了她的"鱼口"，肿胀得发烧一般，疼痛难熬。

这两件事情，一直像刀子一样刻在我的心上。八大胡同，从清末民初走到了解放的前夕，不走到头才怪呢？它是脚上的泡，自己踩出来的，它自己把自己送上了断头台。

老太太死的消息，是她的女儿打电话告诉我，我立刻去了她家，看见老太太倒在床上闭上了眼睛。她死的时候很安详，没有太大的痛苦，唯一遗憾的是，闭眼之前，两个孩子都没在身旁。她的儿子没有回来，说是路途太远，自己的小孩正中考。她也不该有过高的奢望，或要去责备孩子，她的一生是屈辱的，她的两个孩子活得就不屈辱吗？更何况，多少妓女因过度的接客导致终生不育，她毕竟还有两个孩子，有了一份留给这个世界上她自己的一点微弱的影子，和一点单薄的回声。

我常常会想起这个老太太。也想起晚年时候她常常对我提起的赛金花。还有她从未提起过的小凤仙。我会忍不住地拿她和她们两人作比较，尽管这样的比较是不对等的，没有可比性。可还是忍不住地比较。

有时候，我觉得她比赛金花和小凤仙多少要幸福一些，毕竟她活到了新中国，过上一段正常人的日子。

有时候，我又觉得她还赶不上赛金花、小凤仙，不管怎么说，人家曾经有过一段感时忧国的传奇，和历史共存，和时间同在。而且，赛金花和小凤仙，虽然都是妓女，起码没有受到过如那样两次"鱼口"事件的屈辱，却还都有个一份情感在的关爱和疼爱。她的在哪儿呢？姜老爷子？还是那个和她生下一个女儿的隐身人？

有时候，我会想到，真的是寿长则辱，老太太晚年的心境，或者更多如老太太一样普通而艰辛生存到了解放以后的妓女，谁能够真正地理解她们呢？她那两个孩子能吗？我能吗？我们的后代能吗？

有时候，我会想到，虽然姜老太太和赛金花、小凤仙，分处于不同的时代，从清末到民国到新中国成立以后，她们一路迤逦走过来，有着不同的经历，却都还有着相似的地方，像是胎记一样，醒目地印在那里，那就是她们和时代的关系。作为个体的存在，她们只是一个个的个案，如同一枚枚标本，但这些曾经鲜活的生命，是和她们所处的那个时代的关系那样的分明。因此，她们身后共同的生存背景——八大胡同，便和她们的命运休戚与共，也和她们所处的时代密不可分。当八大胡同从赛金花时代走到了小凤仙时代，一直走到了姜老太太的时代，它的这一本再页码厚厚的、再情节跌宕的、再纷乱杂陈的书，也实在是到了该合上的时候了。

记得那天看完终于合上眼睛的姜老太太，走出院子的时候，走出那条熟悉的老街，回到我现在住的小区，看见小区院子里有一株银杏树，从来没有注意到有这样一株银杏树。正是晚秋，银杏的叶子都黄了，落了一地，在阳光的映射下，金子一样，分外明亮。我当时心里感慨，那么漂亮的叶子，却已经是死的叶子，很快就会被扫走，烧掉。

过了很久，好几年前的冬天，我曾经有一次到前门路过这附近，忽然想起了去我们老院看看。走进老院，来到后院原来东院墙那一排东屋前，我想起了姜老太太，禁不住心里想，日子过得真快，一晃，老太太离开人世已经十多年了。明知道即便进去也不会再看到姜老太太了，想兴许她的孩子会在这儿住，忍不住还是叩响了房门。但是，叩了半天，没有任何反应，才发现房门上着锁。

老太太曾经住过的房子，没有一点变化，只是门换成新的了，房檐前原来摆着一溜儿花盆的窗台没有了，被拆掉，往外推了一点儿，盖起了一个小厨房。小厨房的门旁边，摞着一堆废报纸旧杂志，忍不住看了一眼，托着这些东西的下面，居然是那把破竹椅，早已经落满厚厚的一层尘土了。

2007年春初稿于北京

2016年底二稿于布卢明顿

味美思

如今，洋桥在十号线地铁有一站，已经属于三环内的市区。以前，这里是一片农田。为什么地名叫洋桥？因为此地有一个村子叫马家堡村，清末西风东渐，建起北京的铁路，最早的火车站就在这里，附近的凉水河上自然也得建起能通火车的水泥桥梁，便把这块地方取名叫了洋桥。这个有点儿维新味儿的地名，透露这样一些信息，便是如果火车站真的在这里长久待下去，便会带动周围一片明显的变化，所谓火车一响，黄金万两。现代化标志的火车，肯定会让这一片乡村逐渐向现代化迈进。可惜的是，好景不长，据说是庚子年八国联军入侵，慈禧太后逃离北京，从皇宫跑到这里坐火车；而后返回北京坐火车，还得从这里下车，再坐轿子回金銮殿，一路颠簸太远，才将火车站很快从这里移至前门。这里原来是乡村还是乡村，徒留下一个洋桥这样维新的地名，还有老站台的一块水泥高台。

上个世纪六十年代，铁道兵在北京修建地铁后，集体转业留在北京，在这片农田建立的他们的住所，取名叫地铁宿舍，这里开始了从乡村到城市化的进程。如果看这一个多世纪北京城市的变化，洋桥是一个活标本，慈禧太后上下火车的一截老站台遗迹还在。1975年下半年到1983年初，我从前门搬家在这里住了近八年的时间，图的是这里的房间宽敞一些，而且，每户有了一个独立的小院。我母亲在世的时候，在小院里种了西红柿、扁豆、丝瓜、苦瓜好些蔬菜，自成一道别致的风景。

做饭也在小院里。朋友到家里聚会，是我大显厨艺的机会，小院里，便会烟火缭绕，菜香扑鼻。那时，兜里"兵力"不足，不会到餐馆去，只能在家里乐呵。艰苦的条件和环境，常能练就非凡的手艺。那时，在北京吃西餐，只有到动物园边上的莫斯科餐厅，谁有那么多钱去那里。我拿手做的西餐，便常被朋友们津津乐道。说来大言不惭，说是西餐，只会两样，一是沙拉，二是烤苹果。

沙拉，主要靠沙拉酱，它是主角。其他要拌的东西可以丰简随意，只要有土豆、葫芦卜、黄瓜、香肠就行，如果再有苹果就更好。这几样，都不难找到。沙拉酱，那时买不到，做沙拉酱，便首当其冲，最考验这道凉菜的功夫。事过四十多年，我已经忘记，做沙拉酱是我自己的独创，还是跟谁学得的高招了。要用鸡蛋黄（最好是鸭蛋黄），不要蛋清，然后用滚开的热油一边浇在蛋黄上，一边不停的搅拌——便搅拌成了我的沙拉酱。有了它，沙拉就齐活了。每一次，在小院里做沙拉酱，朋友都会围着看，像看一出精彩的折子戏，听着热油浇在蛋黄上滋滋啦啦的声音而心情格外欢快。很有好几位朋友，从我这里取得做沙拉酱的真经，回家照葫芦画瓢献艺。

烤苹果，我是师出有门。在北大荒插队，回北京探亲，在哈尔滨转火车，曾经慕名到中央大道的梅林西餐厅吃过一次西餐。最早这是家流亡到哈尔滨的老毛子开的西餐厅，烤苹果是地道的俄罗斯风味的西餐。多年之后，我到莫斯科专门吃烤苹果，味道还真的和梅林做得非常相似。要用国光苹果，因为果肉紧密而脆（用富士苹果则效果差，用红香蕉苹果就没法吃了，因为果肉太面，上火一烤就塌了下来），挖掉一些内心的果肉，浇上红葡萄酒和奶油或芝士，放进烤箱，直至烤熟。家里没有奶油和芝士，有葡萄酒就行，架在篦子上，在煤火炉上烤这道苹果（像老北京的炙子烤肉），关键是不能烤糊。虽然，做法简陋，照样芳香四溢。特别是在冬天吃，白雪红炉，热乎乎的，酒香果香交错，有一种说不出的味道和感觉。很多朋友是第一次吃，都觉得新鲜，叫好声迭起，让我特别有成就感，满足卑微的自尊心。

1978年春节，我结婚也是在这里的小屋，没有任何仪式的婚礼，只是把几位朋友请到家里聚会了一次，我依然做了这两道拿手菜，外加了一瓶味美思酒。这种酒，是在葡萄酒里加进了一些中草药，味道独特。

最难忘的一次聚会，是1982年夏天，我大学毕业，专程回北大荒一趟，重返我曾经插队的大兴岛二队。因我是第一个返城后回北大荒的知青，队上的老乡非常热情，特地杀了一头猪，豪情款待。酒酣耳热之际，找来一个台式录音机，每一位老乡对着录音机说了几句话，让我带回北京给朋友们听。回到北京，请朋友来我家，还是在这个小屋，还是在这个小院，还是做了我拿手的这两道菜，就着从北大荒带回来的60度的北大荒酒，听着从北大荒带回来的这盘磁带的录音，酒喝多，话说多，直到深夜依依不舍散去。送大家走出小院，望着他们骑着自行车迤逦远去的背影，真的很难忘。那一夜，星星很亮，很密，奶黄色的月亮，如一轮明晃晃的纸灯笼，高悬瓦蓝色的夜空，是我在洋桥住过的近八年时光中最难忘的夜晚。

前些日子读梁晓声的长篇小说《人世间》，里面也提到了聚会。小说从1972年逐年次第写到2016年，他们的聚会便也从1972年到2016年。这四十年来，每年大年初三在小说主人公周秉义家破旧低矮的土坯房聚会，彰显了普通百姓赖以支撑贫苦生活相濡以沫的友情，那样让人心动。快到了小说的结尾，2015年大年初三周家的聚会，没有了原先的风光。尽管周秉义已经搬进了新楼，不再是贫民窟的土坯房。曾经亲密无间的那些朋友发生了变化，有的死亡，有的疏远，有的隔膜，下一代更是各忙各的，不再稀罕旧日曾经梦一般的聚会。来的有限的人们，在丰盛的年饭面前，一个说自己这高，一个说自己那高，得节食，得减肥，让聚会变得寡趣少味。曾经在贫寒日子里那样让人向往的聚会，无可奈何地和小说一起走到了尾声。

2016年的大年初三，周家的聚会彻底结束，梁晓声只用了一句话写了这最后的聚会："2016年春，周家没有朋友们相聚，聚不聚大家都不以为然。"不动声色轻描淡写的这一笔，却让我的心里为之一动，怅然良久。四十余年已经形成习惯磨成老茧的聚会无疾而终，曾经那样热衷那样期盼那样热闹那样酒热心跳那样掏心掏肺的聚会，已经让大家觉得"不以为然"了。

我想起在洋桥我家小屋的聚会。1975年到1983年，将近八年时间的聚会，也到此划上了句话，比周家四十年的聚会要短得多。

当年，大家下班后，骑着自行车，从北京各个角落奔到我家，蒜瓣一样，围着台式录音机听录音的情景，恍若隔世。如今，很多人自己开着小汽车，没有小汽车，也可以打的或网约滴滴车，但很难再有这样情景了。

如今在北京再不只是莫斯科餐厅一家西餐厅，西餐也不再那样稀罕，沙拉酱更是品种繁多，不再用热油浇蛋黄土法炮制，烤苹果更是让大家贻笑大方。也就是1983年初从搬离洋桥起，这样的聚会已经渐渐稀少直至彻底消失，大家再聚会，会到饭店里去了。我的武功尽废，曾经那两道手艺便再也没有露脸的机会。

记得搬家的那天，是朋友开着一辆大卡车帮我搬家的。因房子要留给弟弟一家住，他们在青海柴达木一时还没有回京，洋桥小屋，便荒芜了一阵子。但家具一些东西还在。夏天，我回去取一些旧物，推开栅栏门，居然发现小院长满一人多高的蒿草，一下子，恍惚走进北大荒的荒草地一般。后来，一个朋友结婚无房，暂时借住这里，大概嫌放在屋角的一个破旧的铁皮箱子碍事，便把铁皮箱子搬到小院里。后来，我发现铁皮箱子的时候，由于雨水的浸泡，箱子已经沤烂。箱子里装的没有什么值钱的东西，是我中学时代和在北大荒写的几个日记本，还有回北京后写的一部长篇小说，厚厚一摞一千多页的稿纸，连魂儿都不在了。

那个小屋，那个小院，连同洋桥那片地铁宿舍，和马家堡村那一截火车站老站台遗迹，全部都已经不在，代之而起的是一片高楼大厦。

味美思酒，也买不到了。

2020年12月10日于北京

遥想洋桥今夜月

从北大荒回北京的时候，我带回不少木料。同学从农场木材厂特意为我找来的黄檗罗木，这样好的黄檗罗，在木材厂不多，都已经用电锯切割好木板。木质微黄，纹路清晰，好看得像线条流畅得能唱歌的水面，荡漾起一圈圈的涟漪。

那些木板有两米多长，我怕火车不好托运，便请队上的木匠帮我一锯两截。他看了看那一堆木板，对我说："好木料呀，锯断了多可惜，回家就没法子打大衣柜了，你还得结婚呢。"

他说得我心头一热。是啊，我还要结婚。那时候结婚都讲究打大衣柜。那时流传着这样的顺口溜儿：抽烟不顶事儿，冒沫儿（指喝啤酒）顶一阵儿，要想办点事儿，还得大衣柜。他想得很周全。

于是，他没有帮我锯断木头，而是找来木板，帮我打了两个硕大无比的木箱子。然后，他蹲在地上一边抽烟，一边对我说："装一个箱子太沉，到了北京，你一个人搬不动。"地上积雪没有融化，散落着被斧头削砍下的木屑，新鲜得如同从雪中滋生出来柠檬黄的碎花。

这是1974年开春的事情。

我回到北京，1975年夏天，从前门老屋搬家到洋桥。安定下来之后，并没有准备打大衣柜，因为我的女朋友还在天津大学上学，是那时的工农兵学员，得等她毕业。第二年，又赶上唐山大地震，打大衣柜的事，便拖到了1977年的开春。反正木料在家里放着，做饭不怕没柴烧。那时候，北京有走街串巷的木匠，背着工具，吆喝着招揽生意。我便把他请进屋门，请他打大衣柜。这是个从河北农村来北京找活儿干的木匠。他看看木料，惊讶地叫一声，问我："你这都从哪里找的？"我告诉他是从北大荒带回来的。他叹了口气说："怪不得呢，只有北大荒的老林子有这么好的木料，北京城，难找了！"

最后，他问我："这么多木料，你就打一个大衣柜？不可惜了？"我便对他说："再打个写字台，木料够吗？""没问题！"他答道，便开始在我家干活儿。那时，洋桥的地铁宿舍每户都有一个小院，他干活儿的场地足够宽敞，很容易让他耍手艺。中午饭在我这里吃，一早一晚，他都回住地自己吃。他不挑食，我母亲做什么他就吃什么；住得不算远，来往还算方便。每天小院里多了锯刨木头的声音，纷纷落地的锯末和刨花，散发着木头的清香，四处飘散。

下班后，有时我会帮他打打下手，彼此熟络起来，他曾经对我说：这可都是好木料，这样的黄檗罗，现在是军用材料，做枪托用呢，又坚实又软，有韧性。他还对我说：我做了这么多年木匠，第一次用这黄檗罗打家具，我可得好好给你打个大衣柜，对得起这黄檗罗！

他说得很认真。当时，我并没有当回事，黄檗罗很珍贵，但在北大荒的老林子里有不少。在我的印象里，只有红木做的大衣柜才是最珍贵的。

最后，他帮我打好了一个单开门的大衣柜，一个两头沉的写字台。剩余的边角料，他又打了一个小小的储物柜和床头柜。最后，他帮我把这两大两小的四件家具用油漆油好。他自作主张对我说：别用乱七八糟的颜料，就用清漆，黄檗罗本身的木纹就好看！看他说得那么认真，对待这四件家具，像对待自己要出嫁的闺女。为表示感谢，完工后的那天晚上，我留下他吃饭，陪他喝了点儿北大荒酒。他连说这酒好喝，比二锅头好喝！然后，他指着大衣柜和写字台，对我说：我敢保证，满北京城，也难找到这样一个用黄檗罗做的大衣柜和写字台。你就可劲儿地使吧，使一辈子也使不坏！

大衣柜做好了，唯一的缺憾，是没有配上镜子。那时的大衣柜一般讲究的是双开门和单开门。单开门，一边上面是几个抽屉，下面是一个柜子；另一边的门上则要有顶天立地的一整面镜子。这是那时大衣柜的标准样式，就像当时流行的蓝布中山服或绿色军装一样。没有配上镜子，不怪木匠，那时买镜子，要票。在票证的年代里，买自行车手表缝纫机要票，买棉花买布买家具，也都需要票。没有想到，买镜子，还需要票。我没处找镜子票，只好让它虚席以待。大衣柜的一扇门上，没有镜子，空荡荡的，像张大豁牙子的嘴巴，不好看，新婚的妻子，便用一块花布挂在上面，暂且桃代李僵，替代镜子，虽照不见人影，花布上的花枝漂亮，也算是聊胜于无。

原想，不就是一块大衣柜的玻璃吗？还能那么难买？不就是要一张玻璃票吗？不见得那么难淘换吧？谁想到，就是那么难，一年多下来，竟然就是无法买到一块大衣柜的玻璃。

这一年的冬天，过年前的一次北大荒荒友聚会。一个同在北大荒的北京知青，刚回北京，怎么那么巧，街道知青办分配工作，在磁器口的一家玻璃店上班。聊天中，她听说我想买大衣柜的玻璃，对我说："你找我呀！"我说："你刚去上班，能行？我可是没玻璃票呀！"她笑道："不行，想办法呗！你听我的信儿吧！"

我便开始等信儿。

1977年春天做好了大衣柜，1978年春节结婚。过完了年，过了春天，又过了夏天和秋天，到了冬天，又快要过年了。还没有信儿，我忍不住给她打了个电话，问她："我的大衣柜的玻璃还有戏没戏了？"她说："怎么没戏了？等着你来买玻璃呢！"我说："你不是让我等你的信儿吗？敢情我这是傻老婆等茶汉呢！"她说："你可真够实诚的，你就不会主动找我来问问。"说罢，她呵呵笑了起来。

挂上电话，我有点儿生气。说好了，有信儿，她告诉我，我这足足等了有一年。看来不是自己的事，别人不会那么上心。心里暗想，还是跟她的关系一般，要是当年在北大荒搞过的对象，哪怕只是悄悄地短暂一瞬的暗恋呢，情况肯定就不一样了。不能说是"世味年来薄似纱"，人情世故的亲疏远近，本来就是这样。同在北大荒曾经的荒友，这种身份认同，不过如当今随处乱发的名片一样，只是文字书写的符号，有些飘渺，不那么牢靠。

1983年，我搬离洋桥，房子弟弟一家在住。一直到1990年初，洋桥地区拆迁，代之而起一片高楼大厦。新房子在一街之隔的新楼区，曾经这里的平房，这么快就没有了踪影，像电影里的空镜头切换，场景突变，犹如童话一般，阳光璀璨，鲜花盛开，音乐响起。变革的时代，百废待兴，城市化进程的速度和幅度，超出一般人的想象。搬家的时候，大衣柜、写字台和那个小小的储物柜和床头柜，统统没有要。曾经视为那么珍贵的黄檗罗，就这样被我弃之如履，换上了一套那时候流行的罗马尼亚板式家具。现在回想，发现在那个瞬息万变的年代，很多东西随着人们的价值系统在变，而变得之快之大，连自己都没有意识到。这是潮流裹挟着人们，不由自主地在获得一些新的东西的同时，必然要失去一些旧的东西，老北京话说的是：旧的不去，新的不来。不仅是那时候，即便现在，不少人也还是会以为旧的没有新的好，所谓唯新是举。我便是这样的人，潮流涌起的时候，泛起的泡沫，却自以为是雪浪花。

一晃，日子过得飞快，从上个世纪九十年代，到了2021年，过去了三十年。如果从北大荒回到北京做那个大衣柜的时候算起，已经过去了四十四年。我从尚未结婚，一下子就变成两鬓苍苍。

　　一年多前的夏天，在龙潭湖公园里，遇见一帮北大荒的荒友，正在湖边翩翩起舞，说是准备知青聚会表演的节目。在那一群荒友中，见到了当年在磁器口玻璃店卖玻璃的女知青，聊起天来，我说起当年买大衣柜玻璃的往事，开玩笑对大家说："我们家的大衣柜的镜子，一直等着她卖我呢，她可倒好，一直也没卖给我。我们家的大衣柜一直没有装上玻璃！"她笑着反唇相讥："你倒怪我了！玻璃就在那儿放着，你不来买，那么大一块玻璃，还让我给你扛回去怎么着？哪有求人这么办事的，倒像我欠你的了！大衣柜的玻璃，落下话把儿了！"大家听了都呵呵笑了起来。

　　其实，我就是拿她打镲。她说的没错，这事不能怪她，我早想明白了，也是我懒，大衣柜两米多高，玻璃最起码得用一米五六长，到她那儿去买容易，买回来扛回家难，便让我给一拖再拖，等这块大衣柜的玻璃，像等成戈多了。很多年轻时候的事情，苦痛也成了今天的欢乐回忆；彼此的隔膜，当时系成的疙瘩，现在也像是系上的蝴蝶结了。

　　有意思的是，曾经大衣柜玻璃的替身——那块花布还在。年前收拾旧物时，看见它成了一块包袱皮，包裹着几件早就不穿又没有丢掉的旧衣服。花布上曾经鲜艳的花色已经掉色，如同花枝干枯的标本，花样年华只留在记忆里。看见这块褪色的旧花布，忍不住想起了它多年替代大衣柜玻璃的同时，也想起了当年北大荒劝我没有锯断黄檗罗的木匠，想起用黄檗罗为我打大衣柜的木匠，当然，也想起了玻璃店这位好心的荒友。

　　忽然，想起曾经读过的前辈沈祖棻教授写过的一联诗：遥想当年詹桥月，梦中归路几人同。四十多年过去了，真成了遥想，遥想着这块花布垂挂在大衣柜上的样子，特别是在有微风有月亮的夜晚，随风飘起摇曳的样子，月光打在它上面暗影浮动的样子，辉映着黄檗罗木的大衣柜，辉映着整个小屋，是那样的明丽、生动，又有几丝温馨。青春虽然在这里消逝，儿子却在这里长大，我在这里复习功课，"二进宫"考上了中央戏剧学院。艰苦的日子，月光如水，一下子明亮了起来。

2021年2月26日元宵节于北京

母亲的世界

四十多年前，我从前门搬到洋桥，尽管离陶然亭公园不远，但那里明显属于城乡结合部的郊区。如今，已经成为高楼林立的闹市。沧海桑田，半个来世纪的时间造化，足以看见城市化进程的足迹，不止是雪泥鸿爪那么浅显。

洋桥往北一点，有一座小石桥，从西北蜿蜒而来的凉水河，从这里往东南拐弯儿，一直流向如今繁华的亦庄开发区。再往北一点，叫四路通，这是一个很好听的地名。听作家从维熙对我讲，他年轻时候劳改在这里劳动，那时更是荒僻的乡村。这里有一个火车通行的岔路口，京沪线、京包线、东北线往来的火车都要经过这里。所以，别看这个路口不大，车流量大，路口的横杆常常是横躺下老半天不起来，阻挡上下班的人流车流。

那时，我在一所中学里教书，每天必要路过这个路口，无论骑自行车还是坐公交车，总会被挡在那横杆前，一堵堵半天，焦急的心伴着火车隆隆声一起在这里轰鸣。便常想这个地名，四路通？真是具有反讽的意味。后来，我专门写了一篇小说《岔路口》，发表在《人民文学》杂志上。

从前门搬到洋桥，完全是我的主意。我去北大荒插队后，街道积极分子，俗称"小脚侦缉队"中的一位，欺负我父亲的历史问题和母亲的年老无力，"公然抱茅入竹去"，抢占了我家老屋，把父母挤进这逼仄的小屋。父亲病故后，我从北大荒回到北京，住进小屋，忍受不了窗前全院用的水龙头整天水声哗哗不断。正好洋桥有一位复员转业的铁道兵，孩子要上小学了，他希望让孩子到城里上个好学校，看中了我家边上的第三中心小学，便和我各取所需换了房子。

我以为这是一个好的选择，离开了我的伤心之地，应该也是母亲的伤心之地。便在暑假母亲去姐姐家小住的时候，麻利儿地搬了家，等接母亲回来，以为会给母亲一个惊喜。殊不知母亲并不情愿，只是没有表达。前门住了几十年的老街老院老屋，纵使有占领老屋的得志小人，毕竟还有好多善良的老街坊。一种故土难离的感情，在母亲心头升起，住进洋桥没几天，母亲向我提出想回老院看看时，我才感觉到的。

1983年，我从洋桥搬家至和平里，好心的同学怕母亲坐搬家的大卡车颠簸，特意开着一辆小轿车接母亲。那是母亲第一次坐小轿车，也是母亲最后一次看到前门。车子从永定门开出一直向北，穿过前门外大街，从前门楼子东侧驶向天安门广场。母亲最后看了一眼高耸的前门楼子，多么熟悉的前门楼子，父亲就是在前门楼子后边的小花园（如今建成了毛主席纪念堂）里，清早练太极拳，一个跟头倒地，脑溢血去世的。

都说年轻的时候不懂爱情，其实，年轻的时候，最不懂父母。生理年龄上代沟，又赶上那样一个疯狂的年代，更把代沟扩大。自以为是，又自私膨胀的年轻人，常常会把年老的父母像断楫孤舟一样搁浅在沙滩上。

搬到洋桥的第二年赶上唐山地震。母亲惊醒喊起我来，小屋幸好无恙，只是屋檐下的蜂窝煤被震倒一片。那时，洋桥这一片地铁宿舍的人全都住进空场上搭建的简陋地震棚。幸好是夏天，住的时间不长。母亲没有说什么，但在她的眼光里，我看出了多少有些埋怨，好像对我说：看你搬的这个好地方，要是在咱们老院，不会这样的。老屋虽旧，结实得很！

地震之后没几天，我的一位小学同学，阔别多年之后，到前门老院找我没有找到，问清街坊我搬家洋桥新址，执着地找到这里。她是我童年的好友，文化大革命时去了东北，一别经年，在哈尔滨读了大学物理系，毕业后在哈尔滨工作，这一年到上海出差，途径北京，才有了这次意外的重逢。母亲自然熟悉她的。赶巧那天晚上，我们那一排房子突然停电，很多人都从屋里出来。她跟着我也出了屋，自告奋勇地对我说："有梯子吗？我上去看看。"我找来梯子，跟在她身后爬到房顶。电线就晃晃悠悠地横在上面，不知她怎么三鼓捣两鼓捣，电路接通了，电灯亮了，房下面一片叫好声。

老友走后，母亲对我叹口气说："要是还住老院，用得着人家这样好找？还让人家登高上房给你修电线？"我看得出，母亲还是怀念老街老院老屋。童年伙伴的突然造访，让她的这一份怀念加强。

这只是我一时的感觉，并没有放在心上。人老了，都会念旧。我们都还不老，不也念旧吗？不念旧，我的这位童年的好伙伴，何必那么远费那么周折跑到洋桥来看我？我没有想到，除了念旧，还有孤独，已经如蛇一样悄悄地爬上母亲的心头，吞噬着母亲的心。毕竟这里没有母亲认识的一个人，特别是白天人们上班后，更显得寂寥，只有远处不时传来的阵阵火车鸣笛声，能打破这死一样的寂静。我没有想到，对于老人，孤独是可怕的，对于母亲这样柔弱又内向的人，病魔已经借助孤独，逼近母亲。只是，我一无所知。

一天夜里，母亲突然出现在我的面前，吓了我一跳，她悄悄对我耳语，生怕别人听见："有人要害你！你可要注意，要是把你害了，我可怎么办？"我以为她可能是做了噩梦，并没有在乎，只是安慰她："没有人要害我，干嘛要害我？您放心吧！"

一直到1977年初的一天，我正带着学生在一所工厂学工劳动，学校的一位领导急匆匆地找到我，对我说："你家里有点儿事，让你赶快回家！"领导没敢告诉出了什么事，回到家一看，屋子里围着好多人，还有一位警察。这才知道，母亲从家里走出，走到北边不远的凉水河前，想投河自尽。她觉得我已经被害，自己无法再活了。河边有一道很陡很长的漫坡，母亲无法走下去，她是坐着慢慢地蹲下去，蹲到河里的。初冬的河水还没有结冰，而且很浅。母亲只是半个身子浸泡在河水里，被人发现，救了上来。

母亲的棉裤已经湿透，好心的街坊帮助母亲脱下棉裤，看着母亲枯瘦的光腿伸进被子里，我的心一阵绞痛，才意识到母亲病了，病得不轻了。

我带母亲到安定医院，那里是北京精神病专科医院。医生告诉我，母亲患的是幻听式精神分裂。那一刻，我后悔这次搬家。我只想到自己，没有设身处地地想想年老孤独的母亲，从熟悉的前门搬到洋桥这个陌生的郊区。

时隔多年之后，我读到布罗茨基回忆他童年的文字，说到彼得堡市区和郊区的巨大差别，他写道："来到郊区，你离这个世界上的一切更远，来到真正的世界。"这句话，可能对于别人算不得什么，却让我有些触目惊心。我想起了母亲那年的病。这句话的前半句，说的是母亲，"来到郊区，你离这个世界上的一切更远"，确实是母亲离这个世界上的一切更远，孤独感才更重，病才袭上门来。这句话的后半句，说的则是我，来到郊区，我以为来到真正的世界，却是以母亲的病为代价。

布罗茨基在这句话的前面，还说了这样两句话："郊区，这是世界的开始，而不是它的结束。这是习惯性世界之结束，但这是当然大得多、多得多的非习惯性的世界之开始。"洋桥，虽然住了不到八年的时光，对于我的意义却非同寻常。它让我认识到了习惯性的世界的结束，也认识到了非习惯性的世界的开始。对于我，习惯性的世界，其实就是自我为中心的世界，习以为然；非习惯性的世界，则是他人的世界，或者说是客观的世界。从习惯性到非习惯性的变化，是从自我的世界跳出来认识真正客观的世界，尽管有些残酷，却是我告别青春期的重要节点。母亲以她的病的代价，帮助我成长。

一年多之后，1978年，我考入中央戏剧学院。报到是在11月的一个周日，我一直拖到吃完晚饭，才离开家。骑着自行车，刚到屋后的拐角处，下意识地回了一下头，看见母亲正倚在墙角，显然是我出门后她紧接着也出了门。我赶紧跳下车，推着车走到她的跟前。她挥挥手让我赶紧走。我报到之后，找到被分配的宿舍，只有靠门的上铺。那一晚，睡在上面，怎么也睡不着，只听见窗外白杨树的大叶子被风吹得哗哗地响。我爬了起来，跳下床，骑上自行车，往洋桥赶。学院在棉花胡同，离洋桥二十来里，不算太远，我赶到家时，却推不开门，呼喊着母亲，母亲打开门，我才看见门后顶着粗粗的一根木棒。我的心悬到嗓子眼儿，眼泪一下子滚落出来。

我和母亲商量，送母亲先到姐姐家住，母亲同意了。四年的时光，母亲以她的牺牲帮助我大学毕业。母亲更帮助我认识了从未认识的非习惯性的世界，也认识了母亲的世界。

2021年1月21日大寒后一日于北京

父亲的虚荣

作为父亲，哪怕再卑微，没有任何值得一说的丰功伟业的光荣，却都是有着虚荣之心的。如果说光荣是呈现于外的一层耀眼的光环，虚荣则是隐藏于内的一道潜流，也可以说是光环对照下的倒影。唯此，才双璧合一，成为人心理与性情的多侧面而让人形象立体，虽有些可笑甚至可气，却也可亲可爱。

长篇小说《我父亲的光荣》，是法国著名作家、法兰西文学院院士马塞尔·帕尼奥尔"童年三部曲"的第一部。在这部小说里，非常有意思的一段，写他当中学教师父亲的同事钓鱼迷阿尔诺先生，钓到一条大鱼，照了一张和这条大鱼的合影，把照片带到学校显摆他的战功。父亲嘲笑阿尔诺先生："让人把他和一条鱼照在一起，哪里还有什么尊严？在一切缺点中，虚荣心无疑是最滑稽可笑的了！"可是，当父亲用一杆破枪，终于击中了普罗旺斯最难以击中的林中鸟王——霸鹟的时候，也情不自禁地和霸鹟合影，记录下自己的战功。而且，像阿尔诺先生一样，也将照片带到学校去，给大家看看，显摆显摆。不仅如此，在和霸王鹟合影之前，父亲摘下新买不久的鸭舌帽，特意换上了一顶旧毡帽，因为旧毡帽四周有一圈饰带，而鸭舌帽没有。父亲拔下霸鹟两根漂亮的羽毛，插在饰带上，迎风摇曳。

看，父亲的虚荣心，如此彰显。

还读过法国女作家安妮·艾诺的一本书《位置》，写的也是父亲。她的父亲经历了两次世界大战，战后开一家小酒馆，艰苦度日。身份比帕尼奥尔的父亲还要低下而卑微，但一样拥有着作为父亲的虚荣心。没有文化，没有钱，父亲拿着二等车票却误上了头等车厢，被查票员查到后要求补足票价时被伤自尊，却还要硬装出一副驴死不倒架的样子来。爱和女客人闲扯淡时说些粗俗不堪的笑话，特别是星期天父亲收拾旧物手里拿着一本黄色刊物，正好被她看到的那种尴尬，又急忙想遮掩而装作若无其事的那种虚荣……

看，父亲的虚荣，并非个别。不管什么身份、什么出身、什么地位的父亲，都有着大同小异的虚荣心。只不过，艾诺的父亲手里拿着一本黄色刊物，帕尼奥尔的父亲手里拿着一张和霸鹟的合影照片。刊物也好，照片也好，都那么恰到好处的成了父亲虚荣心的象征物，让看不见的虚荣心有了看得见摸得着的形象。

父亲的虚荣心，并不是那么面目可憎，或如帕尼奥尔的父亲曾经鄙夷过的"滑稽可笑"，而是在这样的"滑稽可笑"中显得是那样的朴素动人。父亲的虚荣心，给予我们的感觉，尽管并非丝绸华丽的触摸感觉，却是亚麻布给予我们的肌肤相亲的温煦。为父亲的光荣而骄傲，也应该尊重父亲的虚荣，光荣和虚荣，是父亲天空中的太阳和月亮。

读完这两部小说，我想起四十八年前的一桩往事。那时，我还在北大荒插队，有了一位女朋友，是天津知青。那一年的夏天，我们两人一起回家探亲，商量好她到天津安定好，抽时间来北京看看我的父母。她来北京那天，我从火车站接她回到家，只有母亲在家。我问母亲我爸哪儿去了？她告诉我，给你买东西去了，这就回来！正说着，父亲的手里拎着一网兜水果，已经走进院子。那是父亲和我的女友第一次见面，也是唯一一次见面。父亲没有进屋，就在院里的自来水龙头前接了一盆水，把网兜里的水果倒进盆中洗了起来，然后端进屋里，让她吃水果。

如果是在平常的日子里，买来水果，洗干净，请我的女友吃，算不得什么。我心里知道，那却是父亲最不堪的日子，因为1949年以前参加过国民党，还是国民党部队里的少校军需官，在我去北大荒之后，从老屋被赶到这两间破旧逼仄的小屋，而且，还被驱赶去修防空洞。这一天，是特意请了假，先将干活儿的工作服和手套藏好，再出门买水果来迎接我的女友。我明白，买来的这些水果，是为了遮掩一下当时家里的窘迫，也是为了遮掩他当时的虚荣心。

读过帕尼奥尔和艾诺的书后，四十八年前，父亲手里拎回的那一网兜水果，和帕尼奥尔父亲手里拿着的那张照片，以及艾诺父亲手里拿着的那本刊物，一起一再浮现。叠印在我的眼前。

其实，父亲买的水果不多，只是几个桃，几个梨，还有两小串葡萄。一串是玫瑰香紫葡萄，一串是马奶子白葡萄。我记得那么清晰。

2021年2月14日于北京细雨中

老手表史记

上中学的时候，有一位女同学和我很要好。我们两家住在同一条老街上，几乎门对门，挨着很近。她常来家里找我，一起复习功课，一起读诗，一起聊天，一起度过青春期最美好的日子。

高二暑假过后，她来我家，忽然发现她的腕子上戴着一块手表。那个年月，手表是稀罕物，所谓"缝纫机、自行车和手表"三大件之一。大人戴手表的都很少，我家生活拮据，父亲只有一块有年头的老怀表，却不是揣在怀中，而是挂在墙上，当成全家人都能看得到的挂钟。一个中学生戴块手表，更是少见，起码，在我们全班没有一个同学戴手表。

我知道，她出身在干部家庭，生活富裕，这从我们住的院子就可以看出。她家在推倒一片破旧的房屋后盖起的崭新院落里，大门上方水泥拉花墙面嵌有一个大大的红五星标志，新时代的色彩很明显；我住一座清朝就有的老会馆，拥挤破败得已经成为大杂院，大门更是油漆斑驳脱落。

那是1965年的秋天。她腕子上的这块手表，在我的眼前闪闪发亮，映着透过窗子照进来夕阳的光线，反着光亮，一闪一闪的，像跳跃着好多萤火虫，让我的心里涌起一股说不出来的感觉，仿佛读过的童话里贫儿望见公主头上戴着的闪闪发亮的皇冠。大概她发现了我在注视她的手表，对我说了句："暑假里过生日，我爸爸给我买的。"说着，一把从腕子上摘下手表，揣进上衣的口袋里。这块手表，忽然让她有些不好意思。

这块手表，一直闪动着，伴随我们一起度过中学时代。高三毕业，文化大革命爆发了，学校停课了，大学关门了，前面的路渺茫，不知道等待我们的命运是什么。1967年的冬天，我弟弟先报名去了青海油田，是我们这一群人中第一个离开家、离开北京的。那一晚到火车站为弟弟送行，她也去了。火车半夜才开走，她家大院的大门已经关闭，回不了家，只好跟着我们院子的几个孩子，一起来到另一个人的家里，也是我们同学，从小一起长大，大家都很熟悉。他家的屋子宽敞，家长很宽容，让我们几个孩子横倚竖卧地挤在各个角落里，度过那个寒夜。

在一张餐桌前，我和她面对面坐着，开始还聊天，没过一会儿，就都困了，脑袋像断了秧的瓜，垂到桌子上，睡着了。一觉醒来，我看见她双手抱着头，还趴在桌上睡着，随着呼吸，身子微微地起伏，腕子上的那块手表，滴答滴答跳动的声音特别响，在安静的房间里清脆地回荡，像是有什么人迈着节奏明快的步子从远处走来。窗外，月亮正圆，月光照进窗子，追光一样，打在手表上，让手表成为了舞台上的主角一般格外醒目。看不见她的脸，只看见她腕子上的手表，我仔细看着，看清楚了，是块上海牌的手表。

那一夜，这块手表的印象，成为了我们分别的记忆定格。半年多之后的夏天，我们两人前后脚去了北大荒，我们两家各自的颠簸与动荡，让我们都走得那样匆忙而狼狈不堪，没有来得及为彼此送别，从此南北东西，天各一方，有情寒潮，无情残照，断了音讯。

1970年，我有了第一块手表。那时，我在北大荒务农，弟弟在青海油田当修井工，有高原和野外工作的双重补助，收入比我高好多，他说我赞助你买块手表吧。那时候手表是紧俏商品，国产表要票券，外国表要高价。我本想也买块上海牌手表，却无法找到手表票，弟弟说那就多花点儿钱买块进口的表吧。可进口的手表也不那么好买，来了货后要赶去排队，去晚了，排在后面，就买不到了。那时我中学的一个同班同学，他分配在北京工作，每一年从北大荒回家探亲，我们都要聚聚，叙叙友情。听说我要买表，他自报奋勇说："这事交给我了！"我有些不好意思，因为要去赶早排队，得请假。他却对我说："你就甭跟我客气了，谁让我在北京呢！"

他家在花市头条。为万无一失，保险买上这块表，天还没亮，擦着黑，他就从家里出来，骑上自行车，穿过崇文门外大街，再穿过我家院前三里多长的整条老街，赶到前门大街的亨得利钟表店排队，排在了最前面，帮我买了块英格牌手表。那天，下了整整一夜的大雪，到了早晨，雪还在纷纷扬扬地下。我的这位同学，是特意请了半天的假，顶着纷飞的雪花，骑着自行车，帮我买到这块英格牌手表的。

那时候，他自己还没有一块手表。这让我很过意不去，他对我说："你在北大荒，四周一片都是荒原，有块手表看时间方便。我在北京，出门哪儿都看得到钟表，站在我家门前，就能看见北京火车站钟楼上的大钟，到点儿，它还能给我报时呢！"

1974年的冬天，分别了整整七年之后，我和她阔别重逢。那时候，我已经从北大荒回到北京，在一所中学里当老师；她作为第一批工农兵大学生刚刚毕业不久，留在哈尔滨工作，从哈尔滨途经北京到上海出差。她找到我家，尽管早已是物是人非，但我一眼看见她腕子上戴着的还是那块上海牌的手表，不知为什么心里竟然一动，仿佛又看见了中学时代的她，也看见那时候的我自己。那块手表成为了我们逝去青春的物证或纪念。

我不知道她这块上海牌手表一直戴到哪一年，我的那块英格牌手表，一直戴到1992年的夏天。那时候，我正从西班牙到瑞士，刚刚从苏黎世出海关，那块英格牌手表突然停摆了。回到北京，拿到钟表店修，师傅说表太老，坏的零件无法找到，没法修了。想想，这块瑞士产的手表，居然在踏进瑞士国土的那一刹那突然寿终正寝，冥冥之中，实在有些匪夷所思。

人生如梦，转眼二十九年过去了，我的这块英格牌手表，一直压在箱子底，没有舍得丢掉。看到它，我会想起为我买这块表的那位同学，和那天清早天色蒙蒙中飘飞的纷纷扬扬的雪花。也会想起我的那位女同学和她的那块上海牌手表。几番离合，变成迟暮，一晃，我们都老了，老手表记录着我们从学生时代到如今友情五十余年绵长的历史。

很久没有联系了，年前一个大风天的下午，没有出门，座机的铃声响了，接到的竟然是她的电话，熟悉的声音，即使隔开那么长的时间，隔着那么长的电话线，还是一听就听出来了。我很有些意外，她说她的电话簿丢了，是偶然看见了她的一个三十多年前的老电话本，上面写的电话号码，都是她父亲的一些老同事和她自己的老朋友的，便给上面的每一个电话打打试试，看看还能不能打通，大部分都不通了。还真不错，都多少年过去了，你的电话还真的通了。

我告诉她，我的电话号码一直没变。手机和座机都没有变。我一直觉得，很多老的东西，是值得保留的，保留住它们，就是保留住回忆，保留住自己。逝去的岁月，再不堪回首也好，再五味杂陈也罢，就像卡朋特老歌唱的那样，它们能让昔日重现。所谓野渡无人舟自横。舟在，人便也在了，渡口的水便也荡漾起旧日的涟漪。

电话里，我们聊了很多，其中就有很多昔日的回忆，花开一般重现在电话筒里。我很想问问她的那块上海牌手表一直

戴到哪一年。可是，在你来我往线头多得杂乱无章水流四溢的
谈话中，竟然把这块手表的事给冲走了。放下电话很久，我才
想起忘记问这块手表的事了。又一想，这块上海牌手表，已是
老古董，她肯定早就不戴了。不过，我相信，能保留着老电话
簿，保留着老朋友的友情，她一定也会和我一样保留着那块老
手表的。

我想起当年曾经一起读过的济慈《希腊古瓮颂》那首有
名的诗里面的诗句：

> 等暮年使这一切都凋落，
> 只有你如旧。
> 你竟能铺叙
> 一个如花的故事，比诗还瑰丽。

济慈的诗是写给一只古瓮的，写给我们的老手表——上
海牌手表，英格牌手表，也正合适。

2021年元旦试笔于北京

微不足道的相逢

　　1966年的秋天，我从北京到上海。那时候，流行"大串联"，学生坐火车可以不用买票。到了上海，第一站是去虹口公园看鲁迅墓。那时候，特别崇拜鲁迅，曾经囫囵吞枣读了十卷本的《鲁迅全集》，抄录了整整一大本笔记。

　　怎么那么巧，在鲁迅墓前，居然碰见了我的一位同班同学。和我一样的心情和心理，他也来此朝拜鲁迅。

　　高中三年，我们爱好相同，文学与文艺，让我们友谊渐生而日浓。在学校的文艺晚会上，我们两人一起表演过诗朗诵。演出效果不错，我们被请到中央人民广播电台去录音，朗诵的声音，通过无线电波播放出来，有些飘渺，好像不是我们的声音，而让我们都有些心旌摇荡。那是高三第一学期的冬天。第二年春天，我报考中央戏剧学院表演系，他报考中国音乐学院声乐系，乳燕初啼，双双通过初试和复试。相互告知后，我们是那样的兴奋，跃跃欲试，恨不得一飞冲天。整整一个春天，在校园里，我们常在一起畅谈未来，几乎形影不离。未来展开美好的画卷，就像眼前校园里的鲜花盛开，芬芳伴随着我们的青春芳华。

就在等待入学的时候，我们的友谊戛然而止。原因很简单，他高举起那时候流行的"武装带"（被称为板儿带），抽打在我们学校老师的身上。我再也不想见到他。

在鲁迅墓前，竟然狭路重逢。墓前的鲁迅雕像，仿佛活了一样，目光炯炯，正在注视着我们。一时间，我们都愣在那里，不知说什么才是。他垂下头，我也垂下了头。

我们走到鲁迅墓广场前的一棵广玉兰树下，黄昏的阳光透过繁茂的枝叶，挥洒在我们的身上，斑驳而跳跃着，迷离而凄迷。他先开了口，说他知道自己错了！他一直想找我说这句话。我看出，他是真诚的。我原谅了他。可是，从那以后，一别经年，我再也没有见过他。各自辗转插队之后，他曾经给我写过一封信，我也没有回信。

1992年的春天，我从福州回北京的途中，路过上海停了几天，参加一个会议，结识了一位年轻的新朋友。虽然与1966年相隔了二十六年，到上海，我最想去的地方没有变，还是虹口公园的鲁迅墓。他知道了我的心思，说和我一起去。我知道，年轻的一代，不少已经没有当年我们对鲁迅近乎顶礼膜拜的感情，他们对鲁迅和萧红之间的感情更好奇更关心。他是好心，想陪我。而我却是重游故地，捡拾旧梦，所谓三月烟花千里梦，十年旧事一回头。不过，不只是十年，而是二十六年矣！

在鲁迅墓前，我对这位年轻的朋友，讲起二十六年的旧事。我问他，我从此再没有见这位同学，是不是做得有些绝对？他不置可否，只是说了句："其实，你并没有原谅他。"然后，又补充说了句："那时候，你们还没有我现在年纪大呢！"

我不再说话，知道他是委婉地表达自己的意见，也是委婉地批评了我的做法。但是，心里想的是那朝老师身上抢下来的皮带头，是大大的铜扣呀。铜扣！怎么下得去手？很多的事情，是难以忘记的。不过，他说得也是，那时我们都还年轻呀。马克思不是说过吗，年轻人犯错误，上帝都可以原谅。况且，年轻时候，你自己就没有犯过错吗？

这么一想，不知怎么的，望着鲁迅雕像，心里忽然冒出这样的念头，如果这时候我的这位同学能够出现，就像二十六年前那个秋天的黄昏一样，在这里有一个意外的相逢，该多好！已经过去了二十六年，我们从十八岁到了四十四岁。青春早已不再。鲁迅还在，只是雕像，青春不老，老眼看尽往来人。

离开鲁迅墓，来到广场前一排广玉兰树下，已经不知道哪一棵是二十六年前的那棵广玉兰树了。那些广玉兰树长得都很相似，如人群簇拥而立，让回忆一下扑面而来，又似是而非，遥远而朦胧，不那么真实似的。

忽然，我指着一棵广玉兰上的一枝垂挂下来的叶子，对这位年轻的朋友说："你能够着它吗？"他一跃而起，轻松地够

着了枝叶，顺手还摘下一片叶子，递给我。不知为什么一时兴
起，竟然不甘示弱一般，我也跟着朝树上使劲儿地蹦了一下。
但是，我没有够着枝叶，眼前只是一片绿阴蒙蒙，天光闪闪。

日子过得飞快，到今年转眼二十九年又过去了，虽然到
过上海多次，却再也没有去过虹口公园看鲁迅墓。很多原来以
为能如花岗岩一样坚固持久的感情与心情，经不住时间的磨
洗，日渐稀释而风化。

偶然间，读到俄罗斯诗人阿赫马托娃一首题为《我很少
把你想起》的诗。她在开头的一段写道：

> 我很少把你想起，
>
> 也不迷恋你的命运，
>
> 可那微不足道的相逢，
>
> 刻在心中抹不掉的印记。

我忽然想起了1966年秋天的那次相逢，过去了漫长的
五十五年，但也真的是"刻在心中抹不掉的印记"。

阿赫马托娃在这首诗的最后一节写道：

> 我对未来施展秘密的魔法，
>
> 倘若黄昏天色蔚蓝，
>
> 我预感到第二次相逢，
>
> 预见那逃不开的重逢。

　　阿赫马托娃的这首诗是1913年写的，和我的1966年相逢，毫不相干，我却顽固地想起了那年鲁迅墓前的相逢，即使是微不足道的相逢，也说明虽然已经过去了五十五年，我并没有忘记我的这位中学同学。其实，也是没有忘记我自己的青春。我对未来没有任何魔法可施，也没有什么诗人魔咒般的预感，但是，我一样渴望第二次相逢，即便很少把你想起。相逢1966年那位我的中学同学，也相逢1992年那位年轻的朋友。

　　期待相逢时黄昏天色蔚蓝。

2021年1月8日于北京

没有一丝风

    大约有三十六七年了。那年的冬天，我寄居天津，突然接到一个电话。是个女人打来的，声音很陌生，不知何人，便问，她笑着让我猜。我猜不出，她笑得更响，说出了她的名字，但这个名字依然让我想不起她是谁。她接着说："您真是贵人多忘事，您忘了，当年咱们二队小学校里排练《红灯记》，我演的李铁梅呀！"

    李铁梅！我一下子想起来了，她是二队车老板的那个小丫头呀！那时候，我在队上的小学校里教书，队上的头头心血来潮，非要让学生排练《红灯记》，为了轰动，造成影响，还非要排整出的《红灯记》，就找到我，说："听说你是考上戏曲学院的，这任务对你是小菜一碟了！"我跟他解释不清戏剧学院和戏曲学院是两码子事，只好赶鸭子上架。之所以找她来演李铁梅，是看她长着一条长辫子，别的女孩子没有，没有长辫子，还是李铁梅吗？这么着，她被我赶鸭子上架，演了李铁梅。那时候，她不是上三年级，就是上四年级。长得白白净净，挺好看的。

不要说这帮孩子，就是我也不会唱京戏呀，完全是对着收音机里的唱段，照猫画虎，一点点学。不过，这比上课要好玩，这帮聪明的孩子的潜力被挖掘出来，连打带闹，连玩带演，最后演出还真有那么点儿意思。北大荒，地僻人稀，哪里看过什么京戏？有一帮小孩演《红灯记》，人们都看个新奇，便到各队演出，看得大家哈哈大笑。她人长得俊俏，嗓子也不错，演的李铁梅最出彩，特别受欢迎。以后，队上的新年联欢会，人们都要她唱一段《红灯记》，成为了队上的保留节目。

我在队上当老师一年多后，就调走了，很快又回到北京也有十多年了，再也没有见过她，不知道她从那里找到电话号码，联系上了我，更不知道她找我有什么事情。她没有回答我的这些问题，先问我天津的地址，说马上过来看我。我以为她还在北大荒，说那么老远千万别跑……她打断我的话说："我现在在北京呢。立刻上火车站买票去天津，您等着我啊！"

那时，我住在老丈人家，地方挤，不方便，便和她约在宁园。这是袁世凯时代建的一座公园，当时想建成慈禧太后的行宫，所以，别看公园不算大，却有皇家园林风格，亭台湖泊，长廊水榭，很是幽静。宁园离我住的地方很近，我常带孩子到这里玩。这里紧靠着天津北站，坐在火车上她就能看见，下了火车一拐弯儿就是，找我也近便一些。到时已经快中午，她一眼认出我，我几乎认不出她来，个子长得高高的，眉眼似乎更漂亮，一身枣红色的呢子大衣，装扮和城里姑娘一样，看不出当年柴禾妞一点儿影子了。真的是女大十八变。想想，那一年，她也就二十五六的样子。

快到饭点儿了，那时候，宁园有家餐厅，就在水榭里，我请她到那里吃饭，顺便聊起这十多年的经历，才知道我离开北大荒后，她从二队调到农场的宣传队演节目。以前演李铁梅的经历，成为她晋级的资本。在宣传队里，她和打扬琴的上海知青恋爱。她坦率地告诉我是她追的人家，她就是想离开北大荒到大城市去。她说得那么坦率，如果说是有心机，也是直肠子，一根线，没有那么多弯弯绕。我笑着说她："你长得漂亮，他肯定也早动了心。"她摆摆手说："那倒也不全是，您想我是北大荒一个本地的柴禾妞，他是上海人，能一下子看上我吗？我就想，我就是手提红灯四下看，一门心思死照着他，他就是块石头，也能照暖了吧？"

她快言快语，可是真是有意思的人，在二队教她的时候，排练《红灯记》的时候，是个挺腼腆的小丫头呢！

吃饭的时候，她要了点儿白酒，边喝边对我说："如果不是您让我演李铁梅，我可能永远是二队的柴禾妞，早嫁人，跟我妈一样，生一堆孩子，过一辈子。您让我打开了眼界，知道了除了二队，还有那么大的大世界。我一直都特别感谢您，可惜，您走得太早，我总也联系不上您！这次来北京，我说什么也得找到您！没有您，就没有我的今天！"我说："你这话说得过了，我不过是让你演个李铁梅，而且，当初只是因为你长着一条长辫子。"她一摆手，说："别管当初因为什么，反正现在我来到北京，又来到天津，过两天再去上海，都是大城市吧？都说因为您当初让我演李铁梅，要不我一辈子都去不了这些地方！这是我的心里话，我找您，就是想对您说我的这句心里话。"

这顿饭最后她非要结账，怎么拦都拦不住，她对我说："您说这都十多年了，我好不容易才找到您，为的就是感谢您，不让我请您吃这顿饭，我心里过得去吗？"说得收银台的服务员不住地笑。

沿着宁园的湖边，我们边走边聊，十多年的光阴，仿佛回溯，一个小丫头化蛹为蝶，我很为她高兴。她终于和上海知青花好月圆，在上海知青调回上海前结了婚，只是她的户口还无法办到上海，只能这样每年一次探亲假，两地跑着。不过，总是万里长征迈出了关键的第一步。冬天的宁园，人很少，非常安静，没有一丝风，湖边柳树的枯枝一动不动，像画上的一样。如果有风，哪怕是小风，冬天就会显得冷，风像是温度的催化剂，风越大，天气越冷。没有一丝风，冷似乎隐去，可以忽略不计，站在阳光下，暖和得像春天。望着她青春洋溢的脸庞，我祝福她。

一晃，过去了三十多年，再没有见过她，也一直没有她的音讯。前两天，忽然传来她去世的消息。我很是惊讶，算一算，她应该六十岁开外，忙打听是什么病？是胃癌。她和上海知青分居两地，好多年没有调到一起，吵吵闹闹，最后离婚。这是她的病的根本原因。其实，如果再坚持一两年，调动也就成了。命运到底没有成全她。李铁梅的长辫子！我想起当年的往事，如果不是我找她演李铁梅，她会有这样的命运吗？即使她作为柴禾妞，起码现在会好好地活着。不知道，我当年偶然的举动，是帮了她，还是害了她？

总想起三十多年冬天的宁园，没有一丝风，站在阳光下，那样的暖，暖得让我们都相信好像是春天。

2020年12月14日于北京

荒原上的红房子

兵团组建之后，将农场改编为部队编制。那时候，我所在的大兴农场变为57团，在团下面新设立一个独立营，叫作武装营。

1972年的初春，我奉命到武装营报到。那时，我在二连猪号喂猪。武装营组建毛泽东文艺宣传队，新到任的营教导员邓灿点名将我调去。我和他并不熟悉，知道他是第一批进北大荒开荒的老人，1958年复员转业官兵。1968年，他负责到北京招收知青，我由于家庭出身问题报名未被学校批准，曾经找过他，他破例将我招收去了北大荒。这一次，是第二次见面。听说，调我之前，营部几位头头讨论，有人不仅再次提出我的家庭出身问题，而且，又附加提出我在二连为三个所谓"反革命"鸣不平而和连队的头头对着干的新问题，而持反对意见。邓灿力排众议，说肖复兴就是一个北京小知青，有什么大不了的问题！

我来到了营部。营部设在三连对面的路口旁，这是一个丁字路口，是进出大兴岛的唯一通道。营部的背后是一片荒原，在一望无际的萋萋荒草衬托下，营部显得孤零零。那是新盖起来的一座红砖房，西边最小的一间，是电话交换台，里面住着一个北京知青小王，一个哈尔滨知青小刘，都是六九届的。东边一间稍大些，住着几个三连小学的女老师，三位北京知青，两位天津知青。中间最大的房子，便是营部，办公室兼宿舍，住着教导员邓灿、副教导员和副营长，还有通讯员和我。一铺火炕上，晚上睡着我们五个人。其中的这位副连长，便是竭力反对调我来营部的人，他原来是我们二连的连长。

我很快就和大家熟络起来。通讯员喜子，原来是我们二连农业技术员的儿子，我刚到二连的时候，他还是个孩子，跟屁虫一样，成天跟在我们知青的屁股后面一起玩，自然一见如故。他有辆自行车，为了到各连队通知各种事情，没事的时候，他常骑着自行车驮着我，到处疯跑，团部演出露天电影，他更是驮上我，骑上八里地去看电影。

开头的那些天，宣传队其他从各连队调来的人还没来报到，白天，几位领导下地忙去的时候，屋子里就我一个人，交给我的任务是要在这段时间里写一整台的节目。写累了，无聊得很，我便去交换台和小王、小刘聊天。小王爱说，小刘爱笑，交换台房间不大，她们两个整天憋在那里，也闷得慌，我一去，也都很高兴，窄小的交换台里，便热闹得像喜鹊闹枝。那时候，小王有个对象，也是北京知青。我对小王说：什么时候，带你的对象让我们看看！小王说好啊，正好你帮我参谋参谋！小刘没有对象，小刘值班的时候，小王约会去了，小刘一个人守着交换机，更是无聊，自然更欢迎我去聊天。我问她：人家小王都有对象了，你怎么没有？眼珠子比眼眉毛高？她冲我摇摇头说：我不想找！我问为什么？她说我不想一辈子就待在这儿，我想回哈尔滨！

中午的时候，我会去隔壁女老师的宿舍，她们下课回来吃饭，人凑齐了，会更热闹。她们见我实在无聊，建议我去学校讲课，作为调节。我去了，上了一节数学课，教室的窗后四面洞开，春天的风吹进来，带着荒原上草木清新的气息。她们坐在教室后面听课，望着她们还有学生明亮又好奇的眼睛，让我的感觉十分良好。

休息天，副教导员和副连长都回家了，只有邓灿留下来，他不仅没结婚，甚至连对象都没有。想想那时候，他三十出头吧。和他熟了之后，我指着隔壁女老师宿舍，开玩笑对他说：你看中哪个了，我替你去说说！他一摆手，对我和喜子说：走，打猎去！便拿起他的双筒猎枪，带着我们两人去了荒原。春天打野兔子；冬天打狍子。打狍子，最有意思，狍子见人追上来，会站在那里不动，撅着屁股朝向你，等着挨打，你一打一个准儿，因为狍子的屁股是白色的，一圈圆圆的，像靶子一样，非常醒目。北大荒有两个俗语，一个是"狍子的屁股——白腚"，一般说制订的规矩或条例一点用没有，便会说这句。一个是"傻狍子"，说人傻，不像北京人说傻蛋，而是说傻狍子，含蓄又形象。我第一次吃狍子肉，便是邓灿打到的一只狍子。不过，狍子肉不好吃，很瘦，一点儿不香。邓灿对我说：飞龙和野鸡好吃，什么时候，咱们打一只飞龙或者野鸡吃！可是，他从来没有打到过一只飞龙或野鸡。

宣传队的人到齐后，每天从早到晚排练，这样空闲的日子没有了。只有到了晚上回来睡觉，这座红砖房才又出现在面前，才会让我又想起那些个闲在的日子，到东西两头的屋里和那几个女知青插科打诨的欢乐时光。荒原之夜，星星和月亮都特别明亮，真正是星垂平野阔，月涌大江流。营部的这座红砖房，像是童话中的小屋，即便离开了北大荒那么多年，也常会浮现在梦中，有时会觉得不那么真实，怀疑它是否真的存在过。青春时节的痛苦也是美好的，回忆中的青春常会被我们自己诗化而变形。

武装营的历史很短，一年多之后解散。宣传队便也随之寿终正寝，所有人都风流云散。没过多久，我便离开北大荒，调回北京当中学老师。

回北京三年后一个冬天的早晨，我上班路过珠市口，在一家早点铺吃早点，和交换台的小王巧遇，我们一眼认出彼此，她端着豆浆油条跑到我的桌前，兴奋地说起过往，说起营部的那座红房子。说起彼此的现状，才知道她和原来的那个北京知青早就吹了，吹的原因是她查出来一个卵巢出现了问题，不得不做手术摘除。不过，现在，她挺好的，调回北京之后找了个对象结婚，有了一个孩子，日子过得美满。

交换台的小刘，我再也没有见过。2013年的冬天，传来她病逝的消息，很让我惊讶。她爱笑爱唱爱跳。她终于如梦以偿回到哈尔滨，却那么早就离开了我们。

1987年，我到佳木斯，知道邓灿已经在农垦总局当副局长，家就住在佳木斯。我到他家拜访，见到了他的夫人陈荫萍。我知道已经他们成为了一对，但在武装营时候，并不知道他俩在暗通款曲，信件往来已如长长的流水，合在一起，够一部长篇小说的容量了。陈原来和我同在二连，也是北京知青，先开康拜因，后当会计。我和她熟悉得很，初到北大荒，她还为我缝过被子，只是也不知道，其实在当年邓灿到北京接收北京知青时，她对邓灿就有了好感，算是一见钟情吧。那一晚，在他们家吃的晚饭，喝的北大荒酒，喝到夜深，月明星稀，物是而人非。

去年中秋节前，我微信邓灿问候，给我回信的是陈荫萍，没有想到她告诉我老邓患有了老年痴呆症，只是初期，却时而糊涂，身体大不如以前。想起以前他带我踏雪荒原打狍子时的情景，恍若隔世。

2004年，我重返北大荒。当年营部的通讯员喜子，已经是农场建三江管理局的副局长，他开着辆吉普车迎接我。想起当年他骑着自行车驮着我看露天电影，我指着吉普对他说：真是鸟枪换炮了！要说，他也是我看着长大的，昔日的友情，由于这么长时间的发酵而变得格外浓烈。我请他开车带我到三连走访一位原来我们二连的铁匠老孙，才知道一年前老孙去世，感时伤怀，让我和老孙的爱人忍不住一起落泪。

　　谁想到临别前的酒席上，小赵喝多了，醉意很浓地对我说起老孙的爱人：别看你对老孙家的婆子哭，她什么都不是，你看看她家都弄成了什么样子，鸡屎都上了锅台……这话一下子把我激怒，我指着他的鼻子说：她什么都不是，那你说说你自己是什么！你当个副局长就人五人六了……我们竟然反目相向，怒言以对。时间，可以酿造友情，也可以阻断友情。

　　我们一起回三队的时候，我曾经对他说去看看营部那座红房子。他对我说早拆掉了！我还是坚持要去看看，他把吉普车停在丁字路口等我，我一个人向原来营部的方向走去，那里是一片麦海，它前面的大道旁是一排参天的白杨。夏日酷烈的阳光下，麦海金灿灿的，白杨树阔大的叶子被晒得发白，摇动着海浪一样的声响。

2021年2月28日于北京细雨中

豆秸垛赋

　　在北大荒，豆秸垛和麦秸垛，是秋天和夏天的两种意象。不过，我只留意过豆秸垛，没有怎么留意麦秸垛。那时候，我们二队每家的房前屋后最起码都要堆上一个豆秸垛，很少见有麦秸垛的。我们知青的食堂前面，左右要对称地堆上两个豆秸垛，高高的，高过房顶，快赶上白杨树高了。这些豆秸，要用整整一年，烧火做饭，烧炕取暖，都要靠它。麦秸垛，一般都只是堆在马号牛号旁，喂牲畜用，不会用它烧火做饭取暖，因为它没有豆秸经烧，往灶膛里塞满麦秸，一阵火苗过后，很快就烧干净了，只剩下一堆灰烬，徒有热情，没有耐力。

　　返城后很多年，看到了梵高的速写、莫奈以及毕沙罗的油画，很多幅画的是麦秸垛，一堆堆，圆乎乎，胖墩墩，蹲在收割后的麦田里，闪烁着金子般的光。才发现麦秸垛挺漂亮的，只不过当初忽略了它的存在。只顾着实用主义的烧火做饭烧炕取暖，不懂得它还可以入画，成为审美的浪漫主义的作品。

后来看到文学作品，大概是铁凝的小说，她称麦秸垛是矗立在大地上女人的乳房。这样的比喻，我从来没有想到过，尽管我在北大荒经历过好几年麦收。但我不得不承认，这个比喻新鲜，充满乡土气息和人情味，让我忍不住想起当年在北大荒一望无际的麦田里，弯腰挥舞着镰刀也抖动着大乳房的当地能干的妇女。

再后来，看到聂绀弩的诗，他写的是北大荒的麦秸垛："麦垛千堆又万堆，长城迤逦复迂回。散兵线上黄金满，金字塔边赤日辉。"他写得要昂扬多了，长城、黄金和金字塔一连串的比喻，总觉得压在麦秸垛上，会让麦秸垛力不胜负。不过，也确实让我惭愧自己当年在北大荒收麦子时缺乏这样的想象力。

但是，对于豆秸垛，我多少还是有些想象的，那时看它圆圆的顶，结实的底座，阳光照射下，一个高个子胖胖的女人似的，健壮挺拔，丰乳肥臀，那么给你提气。当然，比起麦秸垛的金碧辉煌，豆秸垛灰头灰脸的，像土拨鼠的皮毛。只有到了大雪覆盖的时候，我才会为它扬眉吐气，因为那时候，它像我儿时堆起的雪人，一身洁白，站在各家的门前，像守护神。

用豆秸，是有讲究的。会用的，一般都是用三股叉从豆秸垛底下扒，扒下一层，上面的豆秸会自动地落下来，自动儿有节奏的填补到下面来，绝对不会自己从上面塌下来。在这一点上，无论绘画还是文学再如何美化的麦秸垛，都无法与之相比。很简单，如果是麦秸垛，早就像一滩稀泥一样，坍塌得一塌糊涂，因为麦秸太滑，又没有豆秸枝杈的相互勾连。所以，就是一冬一春快烧完了，豆秸垛都会保持着原来那圆圆的顶子，就像冰雕融化时那样，即使有些悲壮，也有些悲壮的样子，一点一点地融化，最后将自己的形象湿润而温暖地融化在空气中。

因此，垛豆秸垛和垛麦秸垛，是完全两回事。垛豆秸垛，在北大荒是一门本事，不亚于砌房子，一层一层的砖往上垒的劲头和意思，和一层一层豆秸往上垛，是一个样的，得要手艺。大豆收割完了之后，一般我们知青能够跟着车去地里拉豆秸回来，但垛豆秸垛这活儿，得等老农来干。在我看来，能够垛它的，会使用它的，都是富有艺术感的人。在质朴的艺术感方面，老农永远是我的老师。

不能怪我偏心眼儿，对豆秸垛充满感情。这样的感情，不仅来自艺术感方面，也来自情感方面。

我从北京来到北大荒第二年，刚刚入秋的时候，厄运降临在我的头顶。因为为队上三位被错打成"现行反革命"的当地老农鸣冤叫屈，队上头头联手工作组的组长，在全队大会上说我是过年的猪早杀晚不杀。一时，黑云笼罩，我成了不可救药的坏蛋，二队几乎所有的人都不敢再理我，躲我唯恐避之不及。

那一年的秋收，便成为我一个人的秋收。那时，每天天不亮，就要顶着星星，出工割豆子，每人一条垄，一条垄，八里长，割完一条垄，快手能赶在日头落前，慢手得要到月亮出来了。

我属于慢手，常常是全队的人都割完，收工回家吃晚饭了，我还撅着屁股，挥着镰刀，在地里忙乎着。直直腰身，望望还是一眼望不到头的豆地，黑糊糊地笼罩在迷蒙的月光中，心里涌出一种绝望的感觉。偌大的豆子地里，只剩下我孤零零的一个人，秋风掠过豆秸梢，干透的豆子在豆荚里哗啦啦直响，想去年秋收第一次割豆子时自己曾经写过的"大豆摇铃"之类的诗句，不禁哑然失笑。

这倒不是工作组或队上的头头对我有意的惩罚，每个人都是割一条垄，只能怪我手太笨，干农活实在不行。但是，没有一个人肯伸把手帮我一下，即使连平常和我关系还不错的人，都不见了踪影，只是将他们怜惜的心情在暗中传递，不敢明里伸出援手。这让我感到有些悲哀，有一种天远地远孤零零被抛弃的感觉。

有一天的晚上，由于头天刚下过一场雨，地里有些泥泞，割豆子便更显得艰难。人们都已经收工了，我还在豆地里盘桓。上弦月早就升起来，由于有雾，光线不亮，朦朦胧胧地洒在已经结霜的豆秸上，斑驳之中，银光闪闪的，像眼泪晶莹在闪烁。已经是阴历的九月初，北大荒的天气很冷了，晚风吹过，更多凉意和凄清的感觉。豆秸上有刺，上霜后变得坚硬扎人，我没有戴手套，手心手背扎得火燎一样的疼。

咬咬牙，还得继续往前割，一定要割到头，否则更会遭人嘲笑。现在想想，那一晚的情景，多少有些悲凉，一片割不完的豆地，一弯凄清的月牙，一个孤独的人影，真的，还不如把我关在草棚里写检查更好受些。

就在这时候，我听见前面不远的地方传来了唰唰的声音。起初，我以为是风渐大了，吹过豆秸的声响；但仔细听，不像，因为那唰唰的声音很有节奏。我站在豆地里，很有些奇怪，想再好好听听，怕是钻出来一条獾或狐狸。这在北大荒的秋夜里，是常有的事。

很快，一个人头在豆秸上浮动，是一头长长的秀发，暗淡的月光下勾勒出朦胧的轮廓。是个女人。很快的速度，她前面的豆子纷纷倒地，她扬起脸来，站在我的面前，笑了，嘴唇上露出两颗小虎牙，秀气的脸上淌着汗珠，月光下，晶莹透亮。娇小玲珑的身材，和四围阔大无边的豆地和幽幽的黑夜，对比得那么不成比例，那么醒目。

我认出她来，是刚从北京到我们队上的69届小知青，那一届的北京学生，连锅端，都去各地插队，她班上大多同学来到我们二队。她刚到我们队才两个多月，我没有和她说过一句话，甚至叫不出她的名字。很久很久以后，她对我说，她刚来到我们队上，第一次见到我，是我独自一人坐在树下笨手笨脚地缝衣服，我们队上的农业技术员老韩远远地指着我对她说：他是北京二十六中的高中生，很有才，工作组正整他！就是这简单的"很有才"三个字害了她，让她竟然割完了自己的那一垄豆子之后，又跑过来帮助我割。

　　我在北大荒整整六年，割过很多次豆子或麦子，这是第一次也是唯一一次有人帮助我割豆子。是这样一个娇小的小姑娘，刚来我们队两个多月的小姑娘，和我从来没有说过话的小姑娘。

　　割完了一垄豆子，要往回走八里地，才能回到队上吃晚饭。路上，她把她手上戴着的一副手套递给我，说豆子扎手，戴上手套好些。我看看手套，是一副白线手套，但每个手指上都粘有一小块黑色的胶皮。刚要对她说：给了我，你戴什么？她就说话了：我还有。就这样，我们一起走了八里地的夜路，上弦月在我们的头顶，无边的荒原，在我们的脚下。我们再没有说一句话，就这样默默的走着。

　　那时候，我不知道，她更不知道，为此她要付出代价。

　　事后，我才知道，因为她和我的接触，引起队上头头和工作组的注意。他们的联想和想象力，远比我更为丰富。一对年轻男女在旷野豆地又是在幽暗的黑夜里的相遇，八里地的长途漫步，以后又频繁往来，接下来发生的事情，不是顺理成章，还要费口舌再去说吗？男女关系，在那个时代里，是一件最见不得人的事情，也是最容易致人于死地的杀手锏。

　　于是，工作组找她谈话，为了增加震慑力，也为了确保一战功成，工作组特意请来了农场保卫处的处长坐镇。如果这个男女关系的问题坐实，我就真的成了一头过年的猪，只能老老实实引颈等候处理的那最后一刀了。

　　那一晚，是数九寒冬北大荒最冰冷的时候，纷纷扬扬的大烟炮儿，没有阻挡保卫处处长从十六里外的农场场部赶到我们的队上。在和知青宿舍一道之隔的队部里，一盏昏黄的马灯前，保卫处的处长、工作组的组长、我们二队的队长，几个大老爷们儿，对付一个娇小的小姑娘。尤其让我无法想到的是，保卫处的处长居然掏出他的手枪，一把拍在桌子上，叫喊着，非要让她交待出和我有男女关系的事情。尽管她知道这不过是为了吓唬她而用的道具，还是被吓得直哭。再逼问她，她说了句：根本没有的事，我交待什么？任凭他们怎么红白脸轮番上阵，她只是哭，再不说一句话。

即使再偏远的地方，余波荡漾中，人心也容易被扭曲。在压力面前，有人选择顺从，有人选择屈服，有人选择背叛，有人选择躲避，那一年，我二十二岁，她还不到十七岁。很多时候，我会想，如果那个风雪呼啸的夜晚，那盏昏黄的马灯下，那把拍在桌子上的手枪前，换成是我，我会怎么样？我能和她一样吗？

我们二队的队部，在以后的日子里，包括我在二队的时候，也包括1982年和2004年我两次重返北大荒，路过它的时候，我都没有再进去过。

由于她的坚持，我幸免于难。

第二年，刚刚开春的一个黄昏，我独自一人拿着饭盒，依然如丧家犬一样，垂着头往队上的知青食堂走，忽然觉得四周有许多眼睛聚光灯似的都落在我的身上。那种感觉很奇怪，其实我并没有抬头看什么，但那种感觉像是毛毛虫似的，一下子爬满我的全身。抬头一看，在我前面不远食堂的豆秸垛旁，站着一个的姑娘，手里拿着一个铝制的饭盒。我不敢确定，是不是在那里等着我。

是她，她可真会找地方，她身后的豆秸垛，是那样的醒目，让我想起秋收她帮我割豆子接垄时相遇的那个结霜的夜晚。似乎那是一场戏的开头，这时候收割完的豆荚垛起来的豆秸垛，成了她特意选择的一个明亮的收尾。

那一刻，那个褐色的有些像是经冬后发旧狍子皮的豆秸垛，被晚霞照得格外的灿烂，映照得像着了火一样的红。

食堂前是两大排知青宿舍，那一刻，宿舍所有的窗户都打开了，从里面探出了一个个脑袋，露出了一双双惊愕的眼睛，望着我们，仿佛要演什么精彩的大戏。我的心里都有些发毛，觉得芒刺在身，站在那里一动不动。她就那样向我走了过来，在众目睽睽之下，一直走到我的面前。我的脑子里一片空白，只是在想她的胆子也太大了，这种时候还和我那么亲热地讲话，就不怕沾包儿吗？

那时候，她才刚满十七岁啊。

什么叫作旁若无人？那一刻，我记住了这句成语，也记住了她和那个北大荒落日的黄昏，并且记住了那个在晚霞映照下像是着了火一样的豆秸垛。

那是1970年的春天，整整五十年前的春天。北大荒的豆秸垛！

2020年5月1日改毕于北京

北大荒过年

在北大荒，过年的那几天，最热闹。虽然寒冷，甚至会大雪封门，有了一个年在那儿等待着，便像有了一个很亲的亲人，或者一个什么美好的东西，等着我们张开双臂去拥抱，伸出手去拿一样，让我们兴奋，跃跃欲试。再寒冷的日子，再艰苦的日子，有了期待，总会让自己春心荡漾而苦中作乐。

每年这个时候，生产队上要干两件大事。一件是在场院前面的队口，用水浇筑几盏冰灯。在只有马灯的时候，会在冰灯里面放一盏马灯，光亮直到马灯的灯油耗尽为止；有了电灯之后，就在里面放个灯泡，在外面直接拉上电线，冰灯可以亮上一宿。队口直对着通往农场场部的那条唯一的土路，冰灯对着的方向，仿佛也就可以通过这条土路，到达场部，再从场部过七星河，一路顺风顺水到佳木斯，到哈尔滨，到北京，到家了。

那时，我写过"二队的冰灯，照亮远方，一直到北京，和天安门广场初放的华灯，汇成一片璀璨的灯光"之类可笑的诗句。其实，那几盏冰灯，很简单，很粗陋，没有任何造型，不圆不方，怪兽一样，就那么趴在那里，幽灵一般的灯光，闪烁在大年夜黑黢黢的夜色中，闪烁在无边的荒原上，天苍苍，野茫茫，孤单却明亮。

另一件事是会杀一头猪，一半卖给各家的老乡，一半留给知青过年。有肉吃，才会像是真的在过年。队口的冰灯，只有知青会产生一些似是而非的感觉，一般人对猪肉比对冰灯要感兴趣。由于平常的日子里，除了庆祝麦收和豆收，很少杀猪，年前杀猪成为了我们二队的节日，很多孩子大人，还有我们知青，会围上去像看一场大戏一样看热闹。杀猪是个技术活儿，不是什么人都会杀猪的，也有愣头青的知青曾经跃跃欲试，但队上的头头都没有允许，别的活儿可以试，杀猪不行，一刀捅下去，猪要是不死，挣扎出捆绑的绳子，跳了出来，到处乱窜，劲头儿比发情的公猪还要无法想象，弄不好会伤人的。

所以，我们知青从来只是围观。一般是由我们队的一个外号叫作"大卵子"的副队长负责杀猪，年年杀猪，都只是他一人坐阵。他长得人高马大，此刻更是威风凛凛。他富有经验，胸前系着黑色胶皮的围裙，手持一把牛耳尖刀，要一刀下去，猪立刻毙命。那劲头儿，总让我想起《儒林外史》里的胡屠户，有时也会觉得，有点儿像《水浒》里卖刀的杨志。要看"大卵子"当时的表现而定，如果是英气逼人，就像杨志；

如果是牛逼哄哄，就像胡屠户。不管"大卵子"什么样的表现，每一年杀猪都会赢得满堂彩，没有出什么意外，算是进入过年之前最盛大的仪式中功德圆满的揭幕。

这一年，春节前杀猪，闹出一桩事。

"大卵子"刀起刀落之间，麻利儿地将一头猪杀完，又吹气剥皮，滴血剔骨，割下猪头，剁下猪脚，再掏干净下水，最后，将一开两扇的猪肉摊在案板上。这一系列的活儿，没有什么停顿，连贯如同行云流水，一气呵成。这是"大卵子"最得意的时候，横陈在案板上白花花红艳艳的猪肉，就像是他精心制作的艺术品，或是他任意摆弄的什么精巧的玩意儿，让他非常有成就感。他的注意力在刀上，他眼角的余光却散落在人群中，他要的就是人们哪怕是无语的惊讶和张大嘴巴的赞叹。这时候，他俨然就是舞台上的主角，收获着台下观众的目光和掌声。

就在"大卵子"和人们的注意力集中在彼此的身上和案板上的猪肉的时候，割下来的那个还在滴着血的猪头，神不知鬼不觉地不见了。"大卵子"清点案板上下他的战利品，才发现刚才放在案板下面的猪头不翼而飞，地面上，只剩下了一滩溃溃的血迹。

一连几天，队上的几个头头，开始分头行动，寻找猪头。知青宿舍，老乡家里，豆秸垛中，场院席下，树窠子里面……角角落落，都找遍了，也没有找到。一个那么大的猪头，显山显水，能藏到哪里呢？它横不是藏在哪个知青的被窝里吧？队上头头发狠地这样说。

队上的头头没有找到猪头，却认准了一定是知青干的好事。这个判断，当然是没错的。不是知青，老乡谁也不会为一个猪头冒这个风险。一年，吃不着几回肉，馋的有的知青半夜里偷老乡家的狗，活生生杀掉，放上辣椒和大蒜，加上点儿盐，炖一锅吃，不仅是我们一个生产队发生过的事情。我们队一个上海知青，用弹弓打麻雀，或者趁着夜色掏鸟窝，架起火烧鸟肉吃解馋，也成为人们效法的前车与后辙。知青们当然都盼着过年杀猪呢，偷猪头是早就想好的事情，等着事过境迁以后神不知鬼不觉地到老乡家，或者到我们猪号那口炜猪食的大柴锅里，炜一锅烂猪头肉，美美的就着烧酒下肚呢。

一个外号叫作"野马"的北京知青，像是盗御马的窦尔顿一样，成为这次偷猪头的主角。

偷完猪头之后，他早料到队上不会善罢甘休，肯定要追查，所以，未雨绸缪，他把这个猪头藏在一个所有人都想不到的地方，然后，装作无事人似的，任队上几个头头走马灯似的到处乱找，自己闲看云起云落。

队上的头头气炸了，开大会宣布，如果年三十之前，把猪头交出来，既往不咎，如果不交出来，一定追查到底，一定要给偷猪头者严厉的处分。迫于压力，很多原来都想共享猪头的知青，开始松动了，纷纷劝"野马"：算了，别为了一个猪头，挨一个处分，塞在档案里，跟着你一辈子，不值当的。

最后，"野马"交出了猪头。他把"大卵子"带到我们猪号前的那口深井前。那口井有十几米深，井口结起厚厚的冰层，像座小火山，又陡又滑。"大卵子"杀猪行，爬井口这厚厚的冰层，很笨，跌了好几个跟头。猪头被"野马"藏在了井下。拽上来的猪头，冻得梆梆硬，结上了一层厚厚的冰霜，雪白雪白的，水晶一般，晶莹剔透，美过容似的，格外夺目。

这一年的春节，"野马"偷藏在井下的猪头，成为队上人们饭前的开胃菜，和酒后的谈资，成为了这一年春节特别出彩的节目，比队口上的那几盏冰灯更闪闪烁烁。

2021年1月16日于北京

大年夜的冻酸梨

北大荒讲究猫冬。过年的那几天休息，更是要猫冬了。任凭外面大雪纷飞，零下三四十度，屋里却是温暖如春。一铺火炕烧得烫屁股，一炉松木桦子燃起冲天的火苗，先要把过年的气氛点燃得火热。即使是再穷的日子，一年难得见到荤腥儿，队上也要在年前杀两口猪，炖上一锅杀猪菜，作为全队知青的年夜饭。同时，还要剁上一堆肉馅，怎么也得让大家在年三十的夜里吃上一顿纯肉馅的饺子。应该说，这是在北大荒一年里我们最热闹最开心的日子。

当然，北大荒的大年夜里，饺子并不是绝对的主角，杀猪菜也不是，它们二位和酒联袂，才是过年的三主角，是这一夜亮相的刘关张。这时候的酒，必备两样，一是北大荒军川农场出的六十度烧酒，一是哈尔滨冰啤，一瓶瓶昂首挺立，各站一排，对峙着立在窗台上，在马灯下威风凛凛地闪着摇曳不定的幽光。那真算得上一半是火焰一半是海水，滚热的烧酒和透心凉的冰啤交叉作业，在肚子里左右开弓，翻江倒海，是以后日子里再没有过的经验。得特意说一说冰啤，是结了冰碴甚至是冻成冰坨的啤酒，喝一口，那真是透心的凉。照当地老乡的话说，是"傻小子睡凉炕，全凭火力壮"，年轻时吃凉不管酸，喝得痛快，如今让冰啤落下胃病的不在少数。

大年夜里，知青汇聚在我们队上的大食堂里。大食堂是我们队上的"人大会堂"，所有的会议，包括批判会、联欢会晚会，都在这里召开或举办。和其他时候的会不同，大年夜的聚会最为热闹，烟火气浓，人声鼎沸。那时候，没有红灯笼可挂，但队口上和食堂外有冰灯闪烁，虽制作得简易，歪七扭八，却应和着食堂里的欢声笑语，烘托着我们过年的别样气氛。

痛饮之下，这一夜，喝醉酒的人不在少数。即使没有喝醉，嗓子眼儿也让酒烧得直冒火。这时候，解酒，或者解渴，以浇灭嗓子眼儿冒火的最好的东西，不是老醋，不是热茶，而是冻酸梨。这玩意儿，北大荒独有。以前，老北京也曾经一度有过冻酸梨卖，但不是一个品种，远不如北大荒的冻酸梨个头儿硕大，汁水饱满，更主要的是酸度十足，一口咬下去，在平常的日子里，会让你回味无穷，在大年夜这样的醉酒时刻，就更是一下子钻进胃里，然后一箭穿心，将酒击溃，让你即便不是瞬间酒醒，起码让你打一个激灵，清醒几分，嗓子眼儿冒出的火熄灭大半。

关键是这时候，得有冻酸梨呀！冻酸梨，成为此刻的救兵，众人的渴望，比饺子、杀猪菜和酒，都要重要的主角了。

就在这时候，秋子从厨房里端出一大盆凉水中的冻酸梨。怎么就这么恰当其时呢？急急风的锣鼓点儿一响，主角就应声出场，赢来了一个挑帘好！

秋子是我们队上的司务长，他是北京知青，我中学的同学。不是他料事如神，而是秃顶上的虱子明摆着，大年夜里大伙的酒肯定得喝高了。年三十这天一清早，秋子便开着一辆铁牛到富锦县城，想去为大家买冻酸梨，顺便为大家再采购点儿过年其他的吃食。富锦县城，离我们队一百来里地，铁牛是一辆轮式的三轮柴油车，突突突地冒烟，跑得却不快，这一来一去，得跑上小一天。所以，秋子一大早就出发了，谁知道起个大早还是赶了个晚集，跑遍了富锦县城大小所有的商店，柜台上都是空空如也，什么吃的东西都没有了，连平常卖不出去的水果罐头都没有了。好不容易，秋子看见一家商店的角落里堆着半麻袋黑皱皱的家伙，就近一摸，是冻酸梨，尽管不少都冻烂了，是别人不买的剩货，秋子还是都包了圆儿，把这半麻袋冻酸梨都买了回来。一百来里地赶回我们二队，才解了大年夜大家的燃眉之急。

那种只有在北大荒才能见到的冻酸梨，硬梆梆，圆鼓鼓，黑乎乎的，说好听点儿，像手雷，像铅球；说难听点儿，跟煤块一样。放进凉水里拔出一身冰碴后，才能吃，吃得能酸倒牙根儿。但那玩意儿真的很解酒，和酒是冤家，是绝配。那一年的大年夜里，我们都是靠它解酒、润嗓子、开胃口。

冻酸梨吃得一个不剩，大家缓过了气，开始唱歌。开始，是一个人唱，接着是大家合唱，震天动地，回荡在大年夜的夜空中，一首接一首，全是老歌。唱到最后，有人哭了。谁都知道，都想家了。此刻，爸爸妈妈只能孤零零地在遥远的北京家里过年了。

队上，有狗的吠声，歌声惊动了它们。

队口和食堂外的冰灯，寂寞地亮着。

2021年1月18日于北京

过年五吃

　　春节是我们中国的一个最大的节，传统形成的说法叫作过年。一个"过"字，含义众多，对于普通百姓而言，尤其对于小孩子，其中一个含义是和"吃"字等量齐观的。这和我们长期处于农业社会有关，也和我们长期经济不发达有关，吃便显得格外重要，过年大吃一顿解解馋，是以往那个拮据日子里人们的一种盼望。如今，尽管经济早已有了长足的发展，吃喝不愁，但是，长期所形成的过年吃食的讲究，已经流传下来，不仅成为了我们的味蕾一种顽固记忆，也成为了我们春节民俗的一种传统。

　　过年的饺子，自然是春节吃食的头牌。不必说它，只说说记忆中的小吃，尽管只是配角，对于北京人而言，却一样是不可或缺的。如果说过年的餐桌排兵布阵，是一场大戏，主角自然必不可少，七大碟，八大碗，现在也越来越不在话下，但是，如果缺少小吃这样的配角出场，也会少了色彩，少了滋味。特别是主角和主将越来越讲究的如今的春节，重新认识这些配角，恐怕更会让我们过得多一些年味儿呢！

现在想起来，在我小时候过年，小吃很多，对于我不能缺少的小吃，有这样五种：杂拌儿、糖葫芦、金糕、芸豆饼，还有心里美的萝卜。

杂拌儿，在老北京分为糙细两种：细杂拌儿，是桃杏太平果等各种果脯，金丝小枣，蜜饯的冬瓜条，蘸糖的藕片和青梅；糙杂拌儿，主要有虎皮花生、花生蘸、核桃蘸、风干的金糕条、染上各种颜色的糖豆（包在里面的是黄豆），还必须得撒上青红丝。小时候过年，就盼望着家长买回杂拌儿来。因为价钱贵，平常日子里，是吃不到的，这是过年才有的特供。细杂拌儿比糙杂拌儿更要贵一些。如今，各种果脯和蜜饯都还有卖的，但蘸糖的藕片和冬瓜条少见了。用蜜饯过的冬瓜做成馅、再配其他果料做成的点心，南北方都有。冬瓜条由外潜藏于内，让我们少了过年时的一种口味。糙杂拌儿，就是现在的干果大杂烩，已经成为"每日干果"的必须。但是，现在的没有青红丝。没有了青红丝的干果，便不叫糙杂拌儿，别看只少了这两样，却是像做汤少了盐一样，少了滋味。这滋味是记忆的滋味，是传统的滋味。

糖葫芦，比杂拌儿要张扬。这也怪杂拌儿个头儿太小，放在盘子上，拿在手心里，跟豌豆公主似的，都不显眼。糖葫芦长长一串，红红火火，多么打眼。糖葫芦也是过年的标配。杂拌儿可以不买不吃，但糖葫芦，哪家的孩子不要买上一串呢？可不是平常日子里走街串巷小贩插在草垛子卖的糖葫芦，是那种长长一串得有四五尺长的大串糖葫芦。这种糖葫芦，因其长，一串又叫一"挂"。以前，民间流传《竹枝词》说："正月元旦逛厂甸，红男绿女挤一块，山楂穿在树条上，丈八葫芦买一串。"又说："嚼来酸味喜儿童，果实点点一贯中，不论个儿偏论挂，卖时大挂喊山红。"这里说的大挂，就是这种丈八蛇矛长一挂的山糖葫芦。春节期间逛庙会，一般的孩子都要买一挂，顶端插一面彩色的小旗，迎风招展，扛在肩头，长得比自己的身子都高出一截，永远是老北京过年壮观的风景。如果赶上过年下雪，糖葫芦和雪红白相衬，让过年多了一种鲜艳的色彩。

金糕，是糖葫芦的一次华丽转身。老北京过年，各家餐桌上是离不了金糕的，很多是拌凉菜时用来作为一种点缀，比如凉拌菜心，它被切成细长条，撒在白菜心上，红白相间，格外明艳。这东西以前叫作山楂糕，后来慈禧太后好这一口，赐名为金糕，意思是金贵，不可多得。因是贡品而摇身一变成为了老北京人过年送礼匣子里的一项内容。清时很是走俏，曾专有《竹枝词》咏叹："南楂不与北楂同，妙制金糕属汇丰。色比胭脂甜如蜜，鲜醒消食有兼功。"

这里说的汇丰，指的是当时有名的汇丰斋，我小时候已经没有了，但离我家很近的鲜鱼口，另一家专卖金糕的老店泰兴号还在。就是泰兴号当年给慈禧太后进贡的山楂糕，慈禧太后为它命名金糕，还送了一块"泰兴号金糕张"的匾（泰兴号的老板姓张）。泰兴号在鲜鱼口一直挺立到上个世纪五十年末，到我上中学的时候止。我要吃的得是那里卖的金糕。金糕一整块放在玻璃柜里，用一把细长的刀子切，上秤称好，再用一层薄薄的江米纸包好。江米纸半透明，里面的胭脂色的山楂糕朦朦胧胧，如同半隐半现的睡美人，甭说吃，光看着就好看！前几年，鲜鱼口整修后，泰兴号重张旧帜，算是续上了前代的香火。

芸豆饼，可以说是我过年时情有独钟的小吃。小时候，只有春节前后的那几天，在崇文门护城河的桥头，有卖这种芸豆饼的。都是女人，蹲在地上，摆一只竹篮，上面用布帘遮挡着，布帘下有一条热毛巾盖着，揭开热毛巾，便是煮好的芸豆，冒着腾腾的热气，一粒粒，个儿大如指甲盖，玛瑙般红灿灿的。她们用干净的豆包布把芸豆包好，在芸豆上面撒点儿花椒盐，然后把豆包布拧成一个团，用双手击掌一般上下夸张的使劲一拍，就拍成了一个圆圆的芸豆饼。也许是童年的记忆总是天真而美好，也没有吃过什么好吃的东西吧，至今依然觉得那芸豆饼的滋味无与伦比。虽然不贵，但兜里没有钱，春节前几天，天天路过那里看她们卖芸豆饼，只好把口水咽进肚子里，一直熬到过年有了压岁钱，疯跑到崇文门桥头，买芸豆饼，可劲儿地吃，怎么那么好吃？

如今，以前过年的小吃，可以说应有尽有，唯独这个芸豆饼见不着了。这让我多少有些遗憾和不甘。我曾经翻到一本民国旧书《燕都小食品杂咏》，看到有一首题为"蒸芸豆"的诗："芸新豆蒸贮满篮，白红两色任咸甘。软柔最适老人口，牙齿无劳恣饱餤。"诗后有注："芸豆者，即扁豆之种子。蒸之极烂，或撒椒盐，或拌白糖均可。"虽然未写裹在豆包布里的最后那一拍，但说的就是芸豆饼。我以此为据，向好多人推荐，应该让这芸豆饼重见天日，成为今天过年的一种新鲜小吃。

老北京，水果在冬天里少见，萝卜便成为了水果的替代品，所以一到冬天，常见卖萝卜的小贩挑着担子穿街走巷地吆喝："萝卜赛梨！萝卜赛梨！"过年我买萝卜，不是为吃，而是为看。卖萝卜的小贩，萝卜托在手掌上，一柄萝卜刀顺着萝卜头上下挥舞，刀不刃手，萝卜皮呈一瓣瓣莲花状四散开来，然后再把里面的萝卜切成几瓣。这种萝卜必须得是心里美（天津的卫青不行），切开后，才会现出五颜六色的花纹，捧在手里，像一朵花。吃完后的萝卜根部，泡在放点儿浅浅水的盘子里，还能长出漂亮的萝卜花来，和过年守岁的水仙花有一拼呢！

2021年2月6日写毕于北京

冬果两食

　　小时候，入冬后，常吃的果子，不是现在的苹果香蕉梨之类，那时候，香蕉少见，苹果和梨还是有的，只是比较贵，买不起，很少吃罢了。常吃的是黑枣和柿子。这两样果子很便宜，而且，经放，保存的日子久，可以吃上整整一冬。

　　这是两种北方才有的果子。而且，必须是在北方的中部，再往北，到了黑龙江就见不到了。黑枣比柿子成熟要晚，黑枣落树，摆在城里的小摊上一卖，等于告诉人们，秋天结束，冬天就真的到了。在老北京人尤其是小孩子的眼里，黑枣上市，意味着月份牌要掀开冬天这一页了。

　　黑枣，名字叫枣，其实和枣并不是一家子，倒和柿子同属柿树科，是血脉相连的一家。吃起来，它们的味道还真有那么一点儿相似，特别是和晒干的柿饼的味道比，黑枣真的是有一种脱不开同宗同族的干系。只不过，黑枣的个头儿很小，也就如指甲盖那样大小，像是小时候没发育好，一直长不起来，和个头儿硕大的柿子没法比。两厢站在一起，一个如豌豆公主，一个似敦敦实实的胖罗汉。颜色也悬殊太大，一个黑得如小煤渣，一个橙红橙红的像小太阳。

它们都很便宜，黑枣，两分钱能买一大把，小贩一般用废报纸或旧书页，叠成一个漏斗形，抓一把黑枣撒在里面。这是小贩的精明，上宽下尖的纸包，装的黑枣显得很多。两分钱，也能买一个大柿子。不过，一般我们小孩子更愿意花两分钱买一包黑枣，一粒粒的，像吃糖豆儿，里面的籽儿又多，得边吃边不住吐籽儿，吃的时间会很长。

卖糖葫芦的小摊上，也有把一粒粒黑枣串起来，蘸上糖，像把山药豆儿穿起来一样当糖葫芦卖。不过，起码要五分钱一串，而且，也没有几粒，我从来没有买过。应该说，那是黑枣的改良版、升级版。不过，包裹上一层糖稀结晶后的黑枣，即使像穿上了一层透明的盔甲披挂上阵，也只是虾兵蟹将而已，实在是个头儿太小了。

柿子也有改良版和升级版，柿饼便是其一。北方人晾晒柿饼是一绝，晒干的柿饼，外表挂一层白霜，像柿子整容后涂抹的粉底霜，容颜焕发。而且，改变了柿子的身材和模样，将原来的磨盘形的柿子晒成了扁扁的如同馅饼的样子，柿饼的"饼"起得真好，那样形象，又有烟火气。柿饼冬天可以吃，夏天也可以吃，而且是夏天做冷食果子干必不可少的最重要食材。在没有冰箱储存，没有变季果蔬的年月里，一种水果，四季可吃，是很少见的。柿子变为柿饼，足见大自然的功力，水果如此易容变色的，也是很少见的。

冻柿子也是柿子的一种变体。表面模样没变，但在数九寒风天的作用下，柿子冻得梆梆硬，里面的果肉都冻成了结实的冰块儿。在北京所有的水果里，只有冻酸梨能和它有一拼，其它任何水果这样一冻就没法再吃了。如果说水果和人一样，也是有性格的话，那么，柿子的性格，和经霜雪后而不凋的松柏，有几分相似。有时候，我觉得特别像那些在朔风呼啸的冬天里跳进冰河里游冬泳的人。

我最爱吃的是这种冻柿子。我看周围不少孩子，和我一样也爱吃这玩意儿。冻柿子必须要用凉水拔过才能吃，否则根本咬不动。凉水和冻柿子，都是一样的冰凉，凉碰凉，竟然相互渗透，彼此化解，像石头和石头碰撞出火花一般，起到了神奇的作用，等柿子外面结成了一层透明的薄冰的时候，凿碎薄薄的冰茬儿，柿子就可以吃了。那时候，家里的大人买回来冻柿子，我和弟弟就迫不及待地从自来水管子接来满满一盆凉水，开始拔柿子。蹲在地上，看着凉水中冻柿子的变化，像看一出大戏，等待着它的高潮出现，那高潮我们早已经知道，就是柿子的外壳出现那一层薄冰。等了老半天也没见动静，最让我们心急如火。

终于等到柿子的外壳渐渐地被凉水拔出了一层薄薄的冰，每一次都会让我们兴奋异常。柿子皮像纸一样薄，几近透明；里面的肉，已经变成了糖稀一样粘稠，咬开一个小口，使劲儿一嘬，里面的果肉像汁液一样流淌出来，很自觉地就顺着嗓子眼儿滑进肚子里，冰凉，转而热乎，甜甜的，有一丝丝香味儿，真是一种奇妙无比的感觉。现在想想，有点儿像奶昔。北京人形容这种柿子和吃柿子的样子，叫作"喝了蜜"。

吃到最后，如果还只剩下咬破的那一个小口，其他地方没破的话，我会用嘴对着这个小口，使劲儿地吹气，能把柿子皮吹得鼓鼓胀胀，像一个小皮球。对着阳光照，薄薄的柿子皮，被阳光映照得橙红色变淡，阳光像水一样在里面流淌。如果柿子皮破了，我就将皮撕开，吃里面的柿子核。包裹柿子核外面有一层肉很有韧性，经嚼，和柿子肉不是一种味道。我特别喜欢嚼柿子核。有时候，我会突然觉得，柿子核，会不会就是柿子的心呀？我怎么会把人家的心给嚼了呢？就会觉得人真的太残忍了，什么都吃！

大人也爱吃这种"喝了蜜"的冻柿子。有些大人按照祖辈传下来的老规矩，入九之后，每个九的第一天，吃一个冻柿子，一直吃到九九，可以防止咳嗽。这样的传统，有点儿像画九九消寒图，在每个九时画上一朵梅花，到九九结束的时候，满纸梅花盛开，图得都是冬去春来的吉利与安康。那时候，我住的大院里，房东特别信奉这样吃冻柿子治咳嗽的老法子。他家的窗台上，入冬后会摆放着一排整整齐齐的磨盘柿子，格外醒目。那时候，北京雪多，赶上下雪天，橙黄的颜色，在白雪的衬托下，那样鲜艳，像是给房东家镶嵌起一道琥珀项链，成为了我们大院独特的一景。

前两年的冬天，芝加哥大学东亚系的宝拉教授，带着她的美国学生到北京访学。她是意大利人，在美国读完博士后教书，教授中国文学，说一口流利的中文。她对史铁生很感兴趣，专门请我带她到史铁生家中拜访过。这一次，她教她的这些学生刚刚读过老舍的《骆驼祥子》，便找我帮她带着第一次来到中国的这帮年轻学生，看看北京的老胡同。我带他们逛八大胡同。在陕西巷的赛金花旧居怡香院附近，看到一家窗前摆着一排柿子。在美国，她没有见过，问我这是什么，我告诉她是柿子，要冻过之后再用凉水拔过之后再吃，以及入九之后每个九的第一天吃这样一个"喝了蜜"的冻柿子，说可以治咳嗽。她听了很惊奇，将我的一番话翻译成英文给她的学生们听，学生们也很惊奇，连连掏出手机给这一排陌生的柿子噼里啪啦地拍照。

　　以前，在老北京的院子里，讲究种一些树木，种柿子树的有不少，图得是"事事（柿柿）如意"的吉利。这样的传统，在我们的国画里，从古至今一直还在不断地画，不断地体现。种枣树的也有不少，特别是结马牙枣的枣树。最有名的是郎家园的枣树，郎家园以前是清朝皇家的御用外国画家郎世宁旧地。但是，种黑枣树的极其少见。曾经走访过老北京那么多的老院，我只在西河沿192号，原来的莆仙会馆里，见过一棵老黑枣树。那年夏天，我专门到那里看这棵老黑枣树，它正开着一树的小黄花，落了一地的小黄花，碎金子一般闪闪发光。我不明就里，为什么北京院落里少见黑枣树。大概黑枣不如马牙枣红得红火，更不如柿子吉利吧，过去老北京话，管被枪毙叫作"吃黑枣儿"，是挨枪子儿的意思。但是，黑枣真的很好吃，黑枣花真的很漂亮，比枣花要漂亮得多。

不过，再如何好吃好看，还是抵不过柿子树，传统的力量，是拗不过的。

在山西街，京剧名宿荀慧生的老宅健在，当年他亲手种植的老柿子树也还健在。荀慧生先生在世的时候，柿子熟了，他是不许家里人摘的，一直到数九寒冬，他也不许家人摘，只有来了客人，才用竹梢打下树枝头梆梆硬的冻柿子，用凉水拔过，请客人就着带冰碴儿的柿子吃下。树梢上剩下的冻柿子，在过年前，他才会让人打下来，给梅兰芳送去，分享这一份只有冬天才有的"喝了蜜"。

2021年2月9日于北京

栗香菊影慰乡愁

老北京冬天的大街上，有两种小摊最红火，一种是卖烤白薯的，一种是卖糖炒栗子的。卖烤白薯的，围着的是一个汽油桶改制的火炉；卖糖炒栗子的，则要气派得多，面对的是一口巨大的锅。清代《都门琐记》里说："每将晚，则出巨锅，临街以糖炒之。"《燕京杂记》里说："每日落上灯时，市上炒栗，火光相接，然必营灶门外，致碍车马。"想巨锅临街而火光相接，乃至妨碍交通，想必很是壮观。而且，一街栗子飘香，是冬天里最热烈而温暖浓郁的香气了。如今的北京，虽然不再是巨锅临街，火光相接，已经改成电火炉，但糖炒栗子香飘满街的情景，依然还在，而沿街围着汽油桶卖烤白薯的，则很少见了。

早年间，卖糖炒栗子的，大栅栏西的王皮胡同里一家最为出名，那时候，有《竹枝词》唱道："黄皮漫笑居临市，乌角应教例有诗。"黄皮，指的就是王皮胡同；乌角，说的就是栗子。将栗子上升为诗，大概是因为经过糖炒之后的升华，是对之最高的赞美了。

当然，这是文人之词，对于糖炒栗子，比起烤白薯，文人更为钟情，给予更多更好听的词语，比如还有："栗香市前火，菊影故园霜。"将栗子和文人老牌的象征意象的菊花叠印一起，更是颇有拔高之处。不过，诗中所说的由栗子引起的故园乡情，说得没错。我来美国多次，没有见过一个地方有卖糖炒栗子的，馋这一口，只好到中国超市里买那种真空包装的栗子，味道真的和现炒现卖的糖炒栗子差得太远。

有一年11月，我去南斯拉夫（那时候，南斯拉夫还没有分开变成塞尔维亚和黑山），在一个叫尼尔的小城，晚上，我到城中心的邮局寄明信片，在街上看到居然有卖栗子的，虽不是在锅里炒的，也是在一个像咖啡壶一样小小的火炉上烤的。烤制的器具袖珍，栗子个头儿却很大。我买了一小包尝尝，虽然赶不上北京的糖炒栗子甜，却味道一样，绵柔而香气扑鼻，一下子，北京的糖炒栗子摊，近在眼前。

在国外，像这样见到卖糖炒栗子的绝无仅有。尽管他卖的是烤栗子，不是糖炒栗子。但是，能够买到吃到这样的栗子，也足以堪慰乡愁了。想起周作人当年写的《苦茶庵打油诗》，其中有一首写道："长向行人供炒栗，伤心最是李和儿。"不管他是如何借李和儿之典来为自己当时附逆心理遮掩，单说这个南宋在汴京卖糖炒栗子出名的李和儿，在当时的京城为从汴京的来人所献糖炒栗子而伤心洒泪，其怀乡的乡愁之浓郁，足以感人。在异国他乡，虽吃的不是家乡的栗子，栗子中的乡愁之味，是一样的。

比起糖炒栗子，南方有卖煮栗子的，每个栗子都剪出三角小口，而且加上了糖桂花，味道却差了些。缺少火锅沙砾中的一番翻炒，就像花朵缺少了花香一样，虽然还是那个花，意思差了很多。桂花的香味，和栗子的香味，不是一回事。

制作糖炒栗子并不复杂，《燕京杂记》里说："卖栗者炒之甚得法，和以沙屑，活以饴水，调其生熟之节恰可至当。"一直到现在，糖炒栗子，变煤火为电火，但还是依照传统旧法，只是有的减少了饴糖水这一节。糖炒栗子变成了火炒栗子，缺少了那种甜丝丝的味道了，也缺少了外壳上那种油亮亮的光彩了。

记得那年10月在日本广岛一个非常大的超市里，好多处卖糖炒栗子，每一处都挂着醒目的幌子，上面写着"天津栗子"，这让我有些好奇，因为北京卖栗子，都是以房山或河北迁西的栗子为最佳，为招牌，没听说卖过天津栗子的。不过，广岛的栗子，个大，又匀称，而且，皮油亮油亮的，像美过容一样好看，确实要比北京卖的栗子更有颜值。

京城卖糖炒栗子的有很多，让我难忘的一家——说是一家，其实，就是一个人招呼。他是我在北大荒的一个荒友，同样的北京知青，上个世纪九十年代初，从北大荒回到北京，待业在家，干起了糖炒栗子的买卖，是首批卖糖炒栗子的个体户。他在崇文门菜市场前，支起一口大锅，拉起一盏电灯，每天黄昏的时候，自己一个人拳打脚踢，在那里连炒带卖带吆喝，以此维持一家人的生计。那里人来人往，他的糖炒栗子卖得不错。他人长得高大威猛，火锅前，抢起长柄铁铲，搅动着锅里翻滚的栗子，路旁的街灯映照着他汗珠淌满的脸庞，是那样的英俊。我不敢说他卖的糖炒栗子最好吃，却敢说是卖糖炒栗子中最靓丽的美男一枚。

如今，北京城卖糖炒栗子的，"王老头"是其中出名的一家，因为出名，还特意将"王老头"三字注册为商标，可谓京城独一家。二十多年前，"王老头"的糖炒栗子，在栏杆市，临街一家不起眼的小摊，因为他家的糖炒栗子好吃，四九城专门跑到那里买货的人很多。我也是其中之一。确实好吃，不仅好吃，关键是皮很好剥开。栗子不好保存，卖了一冬，难免会有坏的。因此，衡量糖炒栗子的质量，除栗子坏的要少，肉要发黄，以证明其是本季新鲜的之外，就是皮要好剥。好多家卖的糖炒栗子的皮很难剥开，是因为火候掌握的问题。可以看出《燕京杂记》里说的"调其生熟之节恰可至当"，是重要的技术活儿。恰可至当，不那么容易。

前些年修两广大街的时候，拓宽栏杆市，拆掉了沿街两旁的很多房屋，"王老头"搬至蒲黄榆桥北，靠近便宜坊烤鸭店，店铺虽然不大，比起以前要气派得多，而且，门前还有"王老头"显眼的招牌。每一次从国外回到北京，先要到"王老头"那里买栗子，以慰乡愁。

2021年2月2日改毕于北京

起士林忆

　　天津好吃的餐馆有很多，很奇怪，唯独两家印象最深：中餐馆登瀛楼，西餐馆起士林。可惜的是，如今，登瀛楼旧址不存，便越发显得一直坚守在原地不动、原味不变的起士林的珍贵。

　　第一次到起士林，是上个世纪八十年代之初。那时候，我爱人在天津工作，尚未调来北京，孩子还小，跟着妈妈。我在中央戏剧学院读书后留校任教，便常利用寒暑假和节假日到天津看望他们娘俩。白天，妈妈上班，我便带着孩子瞎转悠，不知怎么的，就转到了小白楼，看到了起士林的小洋楼。那时候的起士林装修不豪华，一楼零售面包之类的西点，二楼是餐座，很简朴疏朗，客人不多，价格很便宜，记忆中几块钱就够我们两人吃的了。当然，那时我每月的工资也才只有四十七元半。

起士林的红菜汤、罐焖牛肉和奶油杂拌，是孩子最爱吃的，便成了我们必点的经典篇目。以后，只要我从北京来到天津，必要带孩子到起士林。

那时候，漂泊的流浪汉一般，我到天津只能借住他人之所，暂且栖身。住过的地方很多，其中有一年暑假住在孩子的大姨家。大姨看我们东奔西走住别人家，心里有些不落忍，说还是住自己家里来吧，便腾出自己住的大屋，让我们一家三口住了进去，自己住进小屋。我心里很是感动。暑假快要结束，临离开天津时，为表示谢意，我请大姨和大姨夫去起士林吃西餐。他们虽然在天津，大概也很少去起士林，去的那天，特意穿戴整齐，大姨穿着条漂亮的裙子，衬托着一双亭亭玉立的长腿。穿丝袜的时候，不知怎么搞的，丝袜断了丝，漏了个小洞，很有些心疼，还是匆忙地和大家一起到了起士林。上楼梯时，我看她还在不住地瞅自己的腿。那个年月，改革开放不久，丝袜是从广东那边买来的，也还是稀罕物呢。西餐，同样也是，尽管起士林的历史很悠久了，从末代皇帝溥仪到枭雄袁世凯到文人俞平伯等诸位，常光临那里觥筹交错的都是名角要员，一般人谁去那里开洋荤呢？"文革"期间，起士林更名为天津餐厅，连这个洋人的名字也是犯忌的呢，一般人更是对它敬而远之，后来改卖包子，更是令人啼笑皆非。时代的变迁，对于我们普通人，都是在这样细小的事情上，看出端倪，感受到温度。就像风吹过来了，会吹动我们的头发，吹动家里的窗帘，让我们感到凉爽或炎热。

　　一晃，孩子长大了，就看出我们老了。孩子上大学的时候，已经到上个世纪之末。那时候，几乎每年的春节前后，我们一家三口都来天津拜年。孩子大舅的女儿，正上中学，我便带着这两个孩子，一起到起士林吃顿西餐，顺便逛逛小白楼。还是老三样：红菜汤、罐焖牛肉和奶油杂拌。餐后甜品，要两块蛋糕，我要一杯咖啡，两个孩子各要一份冰淇凌。虽然吃了那么多次老三样，依旧觉得好吃，美味无比。蛋糕要比一楼卖的精致，咖啡非常好喝，咖啡豆是真正现磨的，奶油是真正的鲜奶油，很浓，很香。

　　那时候，餐厅中央醒目地放着德式的大啤酒桶，在卖现榨的鲜啤酒，四周的人依旧不是很多，很幽静，室外的喧嚣被结结实实地挡住。灯光闪烁中，有舒缓的音乐如水荡漾起温柔的涟漪。那种氛围，很适合怀旧。我想起这些年来和孩子在起士林的桩桩往事，日子也像水一样流逝，流逝了我整个的青春，生命的循环，转眼到了孩子的青春时节。涧深松老忘荣谢，天阔云闲任卷舒。起士林就是最好的见证，只是它阅尽春秋，不动声色。

　　同时，我也感到，经历了如此悠久岁月的这家老餐厅，尽管德式的味道已经有些改变，但是，在时代几度变迁动荡之中，还能在原址浴火重生，坚持到如今，生命力足够顽强，实在是不容易的事情。我们很多老字号的餐馆也好其他买卖也罢，经历百年沧桑之后，无论是毁于战火，还是让位于建设，原址早已不存，登瀛楼就是实例。而在国外，这样有着悠久历史的老店铺，保存完好的却非常多。即使在日本那样窄小的地方，那些再逼仄简陋的老店，也会世代经营，像一个个的活标本，从历史长河中走到今日。在整个天津，起士林真是一个奇迹。

北京也有很多家西餐馆，老的如六国饭店里的西餐厅，劝业场里裕珍园，陕西巷里醉琼林，大栅栏里的二庙堂等，如今都已不存。新中国成立后的新桥、老莫，乃至更晚的马克西姆，都年头不长，无法和起士林比。今年，是起士林建店一百二十周年。漫长的历史，让起士林有了岁月的包浆，到那里吃饭，不仅有菜品绵长的味道，更有时光流逝的回味——而且，因每个人记忆不同而让回味属于自己独有。

2021年1月3日于北京

过年的饺子

　　在我国的节日里，春节是最大的一个节。寻常百姓庆祝这个节日，称之为"过年"。"过年"的这个"过"字，很有些讲究。在我看来，一是指一年即将过完了，新的一年就要来临；一是指为这个节日庆祝欢度的意思，但不说是庆祝或欢度，只说是"过"，就像过日子一样的"过"，极富普通百姓平易质朴的心思和性情。这是中国语言独有的丰富意味。

　　千百年来岁月变迁之中，春节的很多风俗变化很大，有些甚至已经不复存在，比如新桃换旧符等。唯一长存不变的，是过年的饺子。考虑到空气污染等因素，甚至连过年的鞭炮现在都可以不要，而被电视里的春节联欢晚会所替代，但饺子是必须得有的。在过年的民俗中，饺子成为了千年铁打不变的永恒主角，让我们看到这个风云变幻而激烈动荡的世界上，纵使有朝令夕改和始乱终弃的不少存在，但毕竟还是有恒定的存在，让我们的心铁锚一样，沉稳在这个世界起起伏伏的生活之中。尽管如今早不是过去生活拮据的年代，即使在平常的日子里，我们也常吃饺子，饺子已经屡见不鲜。但是，在过年的这场轰轰烈烈的大戏里，饺子的头牌位置无可取代，可以说，饺子就是春节的定海神针，不吃饺子，不算是过年。

当年，前辈作家齐如山先生对饺子情有独钟，曾经收集过北方关于饺子的谚语有五百多条。民间谚语的流行，是日常生活积淀后的结晶体，是普通百姓语言总结后的艺术表达，是时间磨洗后的民俗史的诗意注脚。一个饺子，居然可以有五百多条谚语，可见饺子对于日常生活的渗透力，记忆影响我们民风民俗的威力。我国的食物品种众多，可有哪一种能够和饺子比肩，也拥有如此多的谚语倾诉在我们的生活里？

关于饺子的谚语，最出名的一句是：团圆的饺子，分手的面。团圆，恰恰是春节最重要的主题。一年将近，新春伊始，在外面奔波的家人，春运的火车再挤，也要千难万难地赶在年三十除夕夜回到家里，吃这顿团圆饺子。饺子这一团圆的象征，将春节的意义仪式化、形象化、情感化，共鸣并共振于全国人民过年的那同一时刻。

那同一时刻，是在年三十之夜和大年初一交替之时，全家聚集一起，饺子端上桌，要和除旧迎新的鞭炮烟花声中融汇一起。即使没有了鞭炮和烟花，也是要和电视里的春节联欢会那新年的钟声响起融汇在一起的。过年的饺子，如此隆重出场，显示出它与平常日子非同寻常的味道与意义。这是我们古老的文化传统，就像端午节要吃粽子，中秋节要吃月饼一样，千百年农业社会所造就的食物链，在乡土气息浓郁的代代传递中，固化了这样的文化传统，不仅回味在我们的味蕾中，更融化在我们民族根性的血脉里。这是世界任何国家和民族都少见的。即使今年因为疫情，很多人会在原地过年，暂时回不了家，但在年三十之夜那同一时刻吃饺子，是不会变的。那一刻两地相隔的饺子，只会更多了一层对团圆思念的滋味。

　　齐如山先生当年说他曾经吃过一百多种馅的饺子。我不知道，我们国家的饺子馅到底有多少种。不过，我觉得馅对于饺子并不重要。过去有这样一句俗语：包子有肉不在褶上，改一下，说饺子过年不在馅上，也是可以的。饺子馅种类过多，喧宾夺主，则冲淡了饺子本身的象征意义。如同现而今月饼的馅名目繁多，甚至包上了燕窝鱼翅一样，不过是物化和商业化的表征而已。

　　饺子过年，其中的馅，可以丰俭由人，从未有过高低贵贱之分。过去，皇上过年吃饺子，底下人必要在馅中包上一枚金钱，而且，金钱上必要镌刻上"天子万年，万寿无疆"之类过年的吉祥话，讨皇上欢喜。穷人过年怎么也得吃上一顿饺子，哪怕是野菜馅的呢！曾听叶派小生毕高修先生告诉我这样一桩往事，他和京剧名宿侯喜瑞先生，同在落难之中，结为忘年交。大年初一，客居北京城南，四壁徒空，凄风冷灶，两人只好床上棉被相拥，忽然看到墙角里有几根冻僵了的胡萝卜，忙下地拾起胡萝卜用水洗洗，剁巴剁剁，好歹包了顿冻胡萝卜馅的饺子，也得过年。馅，可以让饺子分成价值的高低，但作为饺子这一整体形象，却是过年时不分贵贱的最为民主的象征。

饺子的形状，在历史的演进中到底是如何形成的，让我很好奇。因为包裹有馅的面食，包子、馅饼、盒子、月饼、元宵，一般都是圆形的，为什么饺子独是弯弯月牙形的呢？我一直不明就里。这里有我们民族文化、民俗和心理的什么样的元素呢？一般解说是饺子这样的形状像是过去的元宝。这和过去拜年时常说的过年话"恭喜发财"是相通的，可以解释得通。但和过年时团圆的意义没有关联。我是不大满意这样的解释的，或者说，这只能是解释的一种。饺子的形状必有更深刻的密码在，只是我的学识太浅，不懂得罢了。

后来，读作家魏巍的长篇小说《东方》，其中写到饺子，他比喻下锅的饺子像一尾尾小银鱼，在滚沸的水中游动。不知道这是不是第一次将饺子比喻成小银鱼，但鱼的形象让我想起，在我们的民俗传统中是有讲究的，所谓"吉庆有余"嘛！过去，杨柳青的年画里，专门有印着胖娃娃抱着大鲤鱼的，贴在很多人家的墙上。在老北京，过年的时候，胡同里专门有挑担吆喝着卖小金鱼的小贩，图的就是过年这样喜庆吉祥的意思。这样一说，饺子倒多少和过年的喜庆相关了。饺子的形状，像鱼，总比像元宝，更艺术化点儿，也更有了丰富一点儿的意思在了。

我活了七十多岁，过了七十多个春节，过年的饺子，是一顿也没落过的。即使当年在北大荒，生活艰苦，条件有限，一个生产队，上百号知青，食堂里哪里包得过来那么多饺子？食堂便宰一头肥猪，把肉馅合好，连同面粉发给每个人，让大家八仙过海各显神通包饺子，美名曰：自己动手，丰衣足食。每个人领来面粉和肉馅，馅是现成的，面加水也好合，最后这饺子可怎么个包法儿？连案板和擀面杖都没有啊。大家便把被褥掀起，露出火炕边的那一圈窄窄的炕沿板当面板，用啤酒瓶子当擀面杖，饺子也就硬是包了出来。尽管模样奇形怪状，爷爷孙子大小不一，往洗脸盆里放满水，放在火上烧开，噼里啪啦地把饺子倒进去，水花四溅声和大家的欢笑声交织一起，最后，一大半饺子煮破煮飞，浑浑沌沌煮成了片汤，毕竟有了过年的饺子可吃，年过得一样热闹非常。当时曾经作诗调侃："酒瓶当作擀面杖，饺子煮熟成片汤。窗外纷纷雪花飞，那年过得笑声扬。"

前几年，因为孩子在美国读书毕业后又在那里工作，我去美国探亲，一连几个春节都是在那里过的。那是一个叫作布鲁明顿的大学城，很小的一个地方，人口只有六万，其中一半是大学里的老师和学生。全城只有一个中国超市，也只有在那里可以买到五花肉、大白菜和韭菜，这是包饺子必备的老三样。为备好这老三样，提早好多天，我便和孩子一起来到超市。超市的老板是山东人，老板娘是台湾人，因为常去那里买东西，彼此已经熟悉。老板见到我进门先直奔大白菜和韭菜而去，笑吟吟地对我说：过年包饺子吧？我说：对呀！您的大白菜和韭菜得多备些啊！他依旧笑吟吟的说：放心吧，备着呢！

那一天，小小的超市挤满了人，大多是中国人，大多是来买五花肉、大白菜和韭菜的。尽管大家素不相识，但望着各自小推车中的这老三样，彼此心照不宣，他乡遇故知一般，都像老板一样会心地笑着。

就要过年了！

2021年春节前夕于北京

记不住的日子

　　作家愿意语出惊人。马尔克斯说："记得住的日子才是生活。"这话说得有些苛刻，也有些绝对。起码，我是不大信服的。

　　记得住的日子才是生活，那么，记不住的日子就不是生活了吗？不是生活，又是什么呢？显然，马尔克斯所说记得住的日子，是指那些不仅有意思甚至是有意义的日子，可以回味，乃至省思，甚至启人。他将生活升华，而和日子对立起来，让日子分出等级。

　　细想一下，如我这样庸常人的一辈子，所过的日子就是庸常的，不可能全都记不住，也不可能全都记住。而且，记得住的，总会是少于记不住的。就像这一辈子吃喝进肚子里的东西很多，如果按照以前我的每月粮食定量是三十二斤，一辈子加在一起，不算水和菜，就得有上千乃至上万斤，但真正变成营养长成我们身上的肉，不过百十来斤。如果所过的日子全部都能记得住，那么，会像吃喝进的东西全部都排泄不出去，人也就无法活下去了。

马尔克斯将记得住的日子当成一杯可以品味的咖啡或葡萄酒。普通人乃至比普通人更弱的贫寒人的日子，只能是一杯白水。

人的记忆就像筛子，总要筛下一些。筛下的，有一些，确实是鸡零狗碎，一地鸡毛，但其中一些不见得比记住的更没有意义，没有价值，只是不愿意再像磐石一样压迫在心里，而有意识或无意识地让它们尘逐马去，烟随风散。人需要自我消化，让心理平衡，才能让日子过得平衡。这或许就是阿Q精神吧？有些鸵鸟人生的意思，不会或不敢正视，只会将自己的头埋在土里。不过，如果要想让有些事记住，必须让有些事不记住，这是记忆的能量守恒定律，是生活的严酷哲学。用老百姓的话说，就是拿得起，放得下。所谓拿，就是记得住；放，则是那些没必要记住的事情吧。

在北大荒的时候，我见过一位守林老人。我们农场边上，靠近七星河南岸，有一片原始次森林。老人在那里守林守了一辈子。他住在林子里的一座木刻楞房中，我们冬天去七星河修水利的路上，必要路过那座木刻楞房，常会进去，烤烤火，喝口热水，吃吃他的冻酸梨，逗逗他养的一只老猫，和他说会儿闲话。他话不多，大多时候，只是听我们说。附近的村子叫底窑，清朝时是烧窑制砖的老村，那里的人们都知道老人的经历，从前清到日本鬼子入侵，前后几个朝代，是受了不少苦的，一辈子孤苦伶仃一个人，守着一只老猫和一片老林子过活。

我一直对老人很好奇，但是，你问他什么，他都是笑笑摇摇头。后来，我调到宣传队写节目，有一段时间，专门住在底窑，每天和老人泡在一起，心想总能问出点儿什么，好写出个新颖些的忆苦思甜之类的节目。可是，他依然什么也没有对我说。不说，不等于没记住，只是不愿意说罢了。我这样揣测。和老人告别，是个春雪消融的黄昏，他对我说：不是不愿意对你唠，真的是记不住了。我不大相信。他望着我疑惑的眼神，又说：孩子，不是啥事都记住就好，要是都记住了，我能活到现在？这是他对我说的最多的一次话。

守林老人的话，说实在的，当时我并没有完全听懂。五十多年过后，看到马尔克斯的这句话，忽然想起了守林老人，觉得记忆这玩意儿，对于作家来说，是一笔财富，记得住的东西，都可以化为妙笔生花的文字。对于历尽沧桑苦难的普通人来说，记得住的东西越多，恐怕真的难以熬过那漫长而跌宕的人生。我读中学的时代，经常引用列宁的一句话叫作"忘记过去，就意味着背叛"。其实，对于普通人而言，过去要是真的都记住了，过去的暗影会压迫今天的日子，也可以说是今天的生活，会如梦魇般缠绕身边不止，也是可怕的。

前些日子，读到英国诗人莎拉·蒂斯代尔的一首题为《忘掉它》的短诗，其中有这样几句："忘掉它，永远永远。/时间是良友，它会使我们变成老年。/如果有人问起，就说已经忘记，/在很早，很早的往昔/像花，像火像静静的足音，在早被遗忘的雪里。"觉得诗写的就是这位守林老人。

生活和日子，对于普通人，是一个意思。有学问的人将"一"写成美术体的阿拉伯数字1，法文un，或者英语one，不过是居高临下唬人而已。记得住的日子，是生活；记不住的日子，也是生活。实在是没有必要给生活镀上一层金边，让日子化蛹成蝶，翩翩起飞。

2021年3月1日写毕于北京雨雪之后

百家小集

总策划 肖风华　主　编 向继东

---

*即将出版